AF196725

ullstein

Das Buch

Kriminalobermeisterin Klaudia Wagner kann sich im Moment nicht über zu viel Stress im Job beschweren: Es geht ruhig zu bei der Kripo Lübben im Spreewald. So ruhig, dass Klaudias Chef seiner Abteilung eine Teambildungsmaßnahme verordnet hat: einen Lehrgang im Wursten. Klaudia ist wenig begeistert und wünscht sich schon fast, dass ein Mordfall sie von der gewöhnungsbedürftigen Aufgabe erlöst. Doch als dann tatsächlich aus dem Novembernebel ein Polizeiboot mit Kollegen von der Spurensicherung auftaucht, hat Klaudia ein schlechtes Gewissen: Auf einer der kleinen Inseln im Spreewald wurde ein junger Mann brutal niedergeschlagen. Auch eine Leiche lässt nicht lange auf sich warten. Bei ihren Ermittlungen stößt Klaudia auf eine alte Feindschaft zwischen den Kahnführerfamilien von Lübbenau, die auch heute noch Opfer fordert. Klaudia muss tief in die Vergangenheit eintauchen, um den Fall zu lösen …

Die Autorin

Christiane Dieckerhoff, Jahrgang 1960, machte eine Berufsausbildung zur Kinderkrankenschwester, ist Mutter zweier erwachsener Kinder und lebt in Datteln. Sie schreibt vor allem aktuelle und historische Krimis.

Von Christiane Dieckerhoff sind in unserem
Hause bereits erschienen:

Spreewaldgrab · *Spreewaldtod* · *Spreewaldwölfe*

CHRISTIANE
DIECKERHOFF

SPREEWALD RACHE

KRIMINALROMAN

Ullstein

Besuchen Sie uns im Internet:
www.ullstein.de

Wir verpflichten uns zu Nachhaltigkeit
- Papiere aus nachhaltiger Waldwirtschaft
  und anderen kontrollierten Quellen
- ullstein.de/nachhaltigkeit

MIX
Papier | Fördert
gute Waldnutzung
FSC® C021394

Originalausgabe im Ullstein Taschenbuch
1. Auflage April 2018
2. Auflage 2024
© 2018 by Christiane Dieckerhoff
© dieser Ausgabe: Ullstein Buchverlage GmbH, Berlin 2018
Wir behalten uns die Nutzung unserer Inhalte für Text und
Data Mining im Sinne von § 44b UrhG ausdrücklich vor.
Umschlaggestaltung: zero-media.net, München
Titelabbildung: © alamy
Satz: LVD GmbH, Berlin
Gesetzt aus der Berling und der Neuen Helvetica
Druck und Bindearbeiten: ScandBook, Litauen
ISBN 978-3-548-28951-9

Prolog – 1993

Der Junge war so wütend, dass er sich selbst den Rückweg abschnitt. Er stieß die Tür zum Bootshaus auf und legte den Riegel vor. Dann erst drehte er sich um, presste den Rücken gegen das sonnenwarme Holz und starrte ins Zwielicht. Abgedeckte Kähne schaukelten auf dem Wasser, und Staub tanzte in der Luft.

»Ich weiß, dass ihr hier seid«, rief er.

Keine Antwort, nur das Knacken des Holzes, das Plätschern der Spree. Trotzdem meinte er, ihren unterdrückten Atem zu hören.

Wahrscheinlich lagen sie in einem der Kähne und hielten die Luft an. Er wusste, dass sie hier waren, und er wusste auch, was sie taten. Sie hatte es ihm gesagt, gelacht hatte sie. Aber es war ein wütendes Lachen gewesen. Wahrscheinlich war sie selbst scharf auf ihn. Schweiß perlte von seinem Haaransatz, es war ein heißer Tag. Ein Tag, an dem man schwimmen ging, kein Tag, um die eigene Schwester zu verfolgen. Mit einer ungeduldigen Handbewegung wischte er Schweißtropfen und Gedanken fort.

»Zieh dich an und komm endlich raus.« Er hatte keine Lust auf ihre Spielchen. Ungeduldig steckte er sich eine

Zigarette zwischen die Lippen. »Oder findest du dein Höschen nicht?«

Immer noch keine Reaktion.

»Ich geh hier nicht ohne dich raus, das kannst du dir abschminken. Ausgerechnet einer von denen.« Er nahm die Zigarette aus dem Mund und spuckte seine Verachtung in die Spree. Immer hatten die Klingebiels ihr Fähnchen nach dem Wind gedreht. Erst Nazis, dann überzeugte Kommunisten und schließlich Demokraten. Und immer war es zu ihrem Vorteil gewesen. Alles hatten sie an sich gerissen, dieses Bootshaus, das Wohnhaus am Fließ. Alles. Es war nicht recht, dass die jetzt hier wohnten, in dem Haus, das ihnen gehörte. Aber der alte Klingebiel war nach 1945 schneller Funktionär geworden, als eine Kippe Feuer fing, und hatte Opa bei den Russen angeschwärzt, um es zu kriegen. Nazi sei er gewesen. Dabei war jeder in der Partei gewesen. Opa war im Lager verreckt, während der hier fett geworden war. Nur die Werkstatt im Wald war ihnen geblieben, und von da aus hatten sie neu angefangen. Und jetzt das. Die Genossenschaft hatte er gegen sie mobilisiert, nur weil sie den kleinen Hafen wiedereröffnet hatten. Den Krieg hatte er ihnen erklärt, kaputt machen wollte er sie.

»Komm endlich.« Immer noch keine Reaktion, kein Geräusch, nur das Plätschern der Spree und ein leises Zischen, das er sich nicht erklären konnte.

Wut und Enttäuschung brandeten in ihm auf. Er wandte sich ab. Sie hatte gelogen. Natürlich hatte sie das. Schließlich gehörte sie zu dem Pack. Frustriert steckte er sich die Zigarette wieder zwischen die Lippen, griff nach seinem Feuerzeug, sein Daumen ratschte über das Zündrädchen, und genau in diesem Moment begriff er, woher das Zischen kam, aber es war zu spät: Eine Wolke aus Feuer hüllte ihn ein, fraß sich in seine Haut, versengte seine Haare. Er ließ das Feuerzeug fallen, Wasser, dachte er. Ich muss ins Wasser. Ein Kreischen dröhnte in seinen Ohren. Laut, schrill, voller Schmerzen. Sein eigenes Kreischen. Er warf sich nach vorn, fiel, doch es war nicht die kühle Oberfläche der Spree, die ihn erwartete, sondern Holzbretter. Seine Finger krümmten sich in der Hitze, doch das merkte er schon nicht mehr.

1. Kapitel

Klaudia konnte sich eine Menge unter teambildenden Maßnahmen vorstellen: wandern, bowlen oder von ihr aus auch grillen. Doch das hier gehörte eindeutig nicht dazu. Sie knirschte mit den Zähnen, bis ihr rechtes Ohr klingelte. Wenn sie klug gewesen wäre, hätte sie sich krankgemeldet. Aber sie war nicht klug, nur pflichtbewusst und ein bisschen dämlich. Also war sie vor Tau und Tag am kleinen Hafen am Spreeschlösschen gewesen, um sich mit ihren verfrorenen Kollegen von Schiebschick durch den dichten Novembernebel staken zu lassen. Die Tour endete schließlich auf einer von Erlen gesäumten Lichtung am Rande des Hochwaldes, wo sie ihre Gastgeber Mario und Jana Schenker bereits erwarteten. Auf dem Anleger kläffte ein Hund, der aussah wie eine Mischung aus Dackel und Fuchs und auf den Namen Balduin hörte.

Beim Anblick des halben Schweins, das an einer ausgefahrenen Leiter vor einem Holzschuppen hing, wäre sie am liebsten wieder zu Schiebschick in den Kahn gestiegen, doch der hatte bereits abgelegt. Und den Kahn ihrer Gastgeber konnte sie schließlich schlecht nehmen. Oder vielleicht doch? In Gedanken stieg Klaudia in den schmalen Spreekahn, dessen Borte blau leuchtete. Weit würde sie damit nicht kommen. Sie konnte nicht staken. Also blieb ihr nichts anderes übrig, als sich ein Lächeln in die Mundwinkel zu tackern.

Schenker hatte ihnen in einem Satz das Du angeboten und das Füttern des Hundes verboten und die Truppe dann in ihre Arbeitsplätze eingewiesen. Also stand Klaudia nun an diesem blank gescheuerten Holztisch und trug ein Haarnetz, das im Nacken juckte. Außerdem schützte eine knielange Plastikschürze Fleecejacke und Jeans, und ihre Finger steckten in zu großen Einmalhandschuhen.

Obwohl es ein sonniger Tag werden sollte, lag noch immer dichter Nebel über dem Fließ. Die Novemberkälte kroch durch die Sohlen ihrer Sneaker und wanderte Klaudias Waden hinauf, während sie eine Schüssel unter den Fleischwolf hielt, aus dem eine blassgraue Masse quoll.

»Tolle Idee«, flüsterte sie Petra zu, die die Kurbel drehte. »Hättest du das nicht verhindern können?«

Unauffällig schob Klaudia etwas von der Masse über den Schüsselrand. Mit sicherem Hundeblick hatte Balduin sie sofort als Schwachstelle erkannt und sich zu ihren Füßen niedergelassen.

»Ich hatte ja keine Ahnung.« Mit spitzen Fingern warf Petra weiteren Speck in den Fleischwolf.

Dampf waberte über die Lichtung und verlor sich im schütteren, gelben Laub der Erlen. In der Nähe des Schuppens hing ein eiserner Kessel über einer Feuergrube, in dem Schulterfleisch und Speck kochten.

Das wird die Wurst, hatte der Metzger gesagt. Die beiden Schenkers unterstützten die Kriminalbeamten des Lübbener Polizeireviers, die mit Kochen und dem Vorbereiten der Därme beschäftigt waren oder wie Klaudia und Petra aus fein gewürfeltem Schweinespeck Bindemasse für Blutwürste herstellten.

Der ideale Lebenszweck, schoss es Klaudia durch den Kopf. Die Liedzeile hatte sich in ihr festgesetzt wie der tranige Geruch von gekochtem Fleisch in ihrer Jacke. Mit einem konspirativen Schnaufen meldete sich der Hund zu ihren Füßen, und Klaudia beförderte einen weiteren Klecks passierten Specks über den Schüsselrand.

»Ob PH das im Führungsseminar an der FH POL gelernt hat?« Wie alle Kollegen kannte Klaudia nur die englisch ausgesprochene Abkürzung. *Pi Aitsch*. Der Vorname ihres Chefs war das Geheimnis des Lübbener Polizeireviers. Klaudia hob die Hand, um eine Haarsträhne unter das Haarnetz zu schieben. Gerade noch rechtzeitig fiel ihr ein, dass sie gerade den Hund gefüttert hatte, und so pustete sie die Haarsträhne zur Seite.

»Meinst du wirklich?« Die blassgraue Masse stockte.

Klaudia seufzte verstohlen. Petra war zwar eine Seele von Mensch und sie hatte auch einen ziemlich derben Sinn für Humor. Allerdings war Ironie an sie verschwendet. Natürlich glaubte Klaudia nicht, dass irgendein Dozent der Fachhochschule der Polizei ihrem Chef geraten hatte, mit seinem Team Wursten zu gehen. Aber seit er im Sommer ein Personalführungsseminar für leitende Beamte besucht hatte, gehörten zu seinem Vokabular Begriffe wie teambildende Maßnahmen und Mitarbeiterführung. Und dass sie nun hier auf der Lichtung standen, war eine direkte Folge davon.

»Eine Leiche wäre mir lieber gewesen.« Klaudia

schaute zu den männlichen Kollegen. Während PH voller Enthusiasmus in dem großen Topf rührte und dabei mit dem Metzger plauderte, gönnte Frank sich eine Zigarettenpause auf dem Anleger der Hütte. Seit dem 1. Oktober waren seine Zeiten als Geheimwaffe aus Königs Wusterhausen gezählt, und er gehörte offiziell zum Team der Kripo Lübben. Nachdem er und Klaudia im Frühjahr einen denkbar schlechten Start miteinander gehabt hatten, verstanden sie sich nach ihrem letzten Fall recht gut.

»Ist dir eine halbe Sau nicht tot genug?«, fragte Petra.

So viel zum Thema verschwendete Ironie, dachte Klaudia. »Was soll man da ermitteln?«, entgegnete sie. »Selbstmord und natürlicher Tod scheiden ja wohl aus.«

»Willst du den Metzger verhaften?« Petra kicherte bei der Vorstellung.

»Und weshalb wollt ihr meinen Bruder verhaften?« Jana stellte ein Tablett mit gut gefüllten Schnapsgläsern auf die freie Fläche neben dem Fleischwolf. »Bedient euch.«

»Schön habt ihr's hier«, sagte Petra.

»Ja.« Jana schaute sich ebenfalls um. »Mario hat eine Menge Zeit und Geld reingesteckt, um alles wieder herzurichten.«

»Was war das hier? Eine Jagdhütte?« Klaudia musterte das lang gestreckte Holzgebäude, vor dem sie standen.

»Nein«, antwortete Jana. »Meine Familie hat hier bis zur Wende Kähne gebaut.« Sie griff in die Kitteltasche und holte ihr Handy raus. Ihr Daumen wanderte über das Display. Klaudia glaubte schon, dass sie ihr Bilder zeigen wollte, aber Jana steckte es mit einem ungeduldigen Seufzen zurück.

»Kein Netz?«

»Leider.« Für einen Moment wirkte Jana besorgt, aber dann straffte sie die Schultern.

»Ich kann dir meins geben.« Klaudias Smartphone brachte es immerhin auf zwei Balken. Wenn auch nur intermittierend.

»Nicht nötig.« Jana lächelte wieder. »Wollt ihr mal schauen?« Sie blickte von Klaudia zu Petra. »Wir vermieten auch. Alles komplett eingerichtet.«

»Später vielleicht.« Klaudia hatte wenig Lust, eine Ferienwohnung zu besichtigen. »Steckt bestimmt viel Herzblut drin«, fügte sie hinzu, um ihrer Ablehnung die Schärfe zu nehmen.

»Ja.« Jana Schenker sah zu ihrem Bruder, der mit einem langen Stecken im Wurstkessel rührte. »Er liebt diesen Ort. Ich glaube, er hätte auch gerne Kähne gebaut.« Sie lächelte versonnen. »Aber man kann halt nicht immer machen, was man gerne möchte.«

»Wem sagst du das.« Klaudia dachte an ihr warmes Bett.

»Nimm dir einen«, forderte Jana sie auf. »Hilft gegen die Kälte.«

Warum nicht, dachte Klaudia. Sauf ich mir den Tag halt schön. Sie zog die Handschuhe von den Fingern und nahm sich ein Schnapsglas. Misstrauisch schnupperte sie daran.

»Keine Angst.« Jana Schenker nahm ebenfalls ein Glas vom Tablett. »Wir vergiften euch jetzt nicht mit Gurkenschnaps.«

»Birne, oder?« Klaudia atmete den Duft nach sommerwarmer Birne ein. So kann man sich täuschen, dachte sie, weil sie Jana für Marios Frau gehalten hatte.

Doch jetzt, wo sie wusste, dass sie Geschwister waren, fiel ihr auch die familiäre Ähnlichkeit auf. Beide Schenkers waren eher kräftig gebaut und hatten dünne, mehr dunkle als blonde Haare und rote Wangen, wie Menschen, die viel an der frischen Luft waren. »Das mit dem Verhaften war übrigens ein Scherz.« Sie prostete Jana zu.

»Wegen dem toten Schwein«, ergänzte Petra.

»Ich verstehe.« Jana reichte Petra, die nun ebenfalls die Handschuhe ausgezogen hatte, ein Schnapsglas. »Aber ihr müsst euch darüber keine Sorgen machen. Die Sau hatte ein wirklich gutes Leben und bis zum Schluss keinen Stress.« Jana erzählte noch eine ganze Menge mehr übers Schlachten, und dass die Schweine bis zur letzten Sekunde in ihrer vertrauten Umgebung seien und keine Ahnung hätten, was sie erwartete. Nicht so wie in den Großschlachtereien, fügte sie hinzu, wo die Schweine schon auf dem Transport Todesängste ausstehen würden.

»Das mag alles sein«, sagte Klaudia, als Jana kurz innehielt, um Luft zu holen. Aber, hatte sie hinzufügen wollen, das war nicht unser Thema. In einer ihrer Hirnwindungen lauerte auch noch ein Scherz, der Jana das Absurde der Situation erklärt hätte. In der Theorie war also alles ganz einfach, aber tatsächlich kam nichts davon über ihre Lippen, sondern sie fragte: »Ist dieser Verrat nicht viel schlimmer?«

In dem Moment, in dem der Gedanke ausgesprochen war, wusste sie, dass sie sich gerade keine Freunde machte. Petra schüttelte den Kopf, als sich ihre Blicke begegneten.

»Wie meinst du das?« Jana nahm das Tablett wieder

auf und musterte Klaudia mit der geschulten Geduld einer Verkäuferin im Umgang mit zickigen Kundinnen.

Was sie dachte, stand ihr jedoch in Leuchtbuchstaben auf die Stirn geschrieben: Wieder so eine, die glauben will, dass Fleisch auf Bäumen wächst.

»Ich weiß nicht.« Klaudia kam sich ziemlich dämlich vor, doch jetzt war es für einen Rückzieher zu spät. »Aber ich frage mich schon, wie das sein muss«, sagte sie. »Ich meine, für beide Seiten.«

Klaudia sah den steinigen Weg und die hohen Mauern der Sackgasse, in die sie preschte, konnte aber nicht mehr bremsen. »Wie sich das anfühlt, ein Wesen, das dir blind vertraut, zu töten.« Fast flüsternd fuhr sie fort: »Oder wenn du im letzten Augenblick deines Lebens merkst, dass du dem falschen Menschen vertraut hast.« Sie starrte auf ihr Glas und merkte erst am Zittern ihrer Finger, dass sie über sich selbst sprach.

Petras Arm legte sich um ihre Schultern.

Entschuldigend schaute Klaudia zu Jana Schenker, doch die starrte aufs Fließ.

Klaudia drehte sich um und starrte ebenfalls auf das Boot, das aus dem Nebel glitt.

2. Kapitel

Er war also wieder da. Sie hatte gewusst, dass er kommen würde, als sie seinen Namen in der Todesanzeige gelesen hatte. Sie hatte sich eingeredet, dass es ihr gleichgültig sei. Es war so lange her. Ihr Leben war weitergegangen. Und sie hatte geglaubt, es sei ein gutes Leben.

Doch mit jedem Tag, den die Beerdigung näher rückte, war die Unruhe in ihr gewachsen. Und dann hatte sie ihn gesehen. Einfach so aus dem Nichts war er aufgetaucht, und sein Anblick traf sie wie ein Faustschlag in den Magen. Alles war auf einmal wieder da. Unwillkürlich presste sie die Hand gegen den Mund und konnte doch den Blick nicht abwenden. Er hatte sich nur wenig verändert. Natürlich waren die Jahre auch an ihm nicht spurlos vorübergegangen. Doch sie hatten ihm nicht geschadet, im Gegenteil, sie hatten ihm so etwas wie Patina verliehen: Sein Gesicht und seine Augen sahen aus, als hätte er die letzten zwanzig Jahre in die Sonne geblickt. Seine Haare waren heller und kürzer als früher. Sehr viel kürzer. Und kräftiger war er auch geworden. Nicht im Sinne von dick, wie die anderen Männer seines Alters, sondern eher im Sinne von kraftvoll. Nur der Blick war gleich geblieben, auch wenn die Augen jetzt von einem Netz aus Falten umgeben waren. Sein frostblauer Blick, den nichts erschüttern konnte, strich teilnahmslos über sie hinweg. Er erkannte sie nicht, und dafür war sie dankbar. Er sollte sie nicht so sehen, trotzdem war sie versucht, die Hand nach ihm auszustrecken. Sie war selbst überrascht von ihrer Gier: Sie wollte ihn sehen, spüren, schmecken. Es sollte sein wie früher und die letzten zwanzig Jahre fortspülen. Egal wie viel er gesehen und erlebt hatte. Sie würde es auslöschen. Sie hatte so lange darauf gewartet. Jeden verfluchten Tag. Das begriff sie jetzt. Auch wenn das Leben weitergegangen war, hatte sie gewartet.

›Weitergegangen war‹: was für eine abgedroschene

Phrase. Sie hatte kein Leben gehabt, das weitergehen konnte, sie hatte existiert, mehr nicht. Sie sah seine sehnigen Hände und fragte sich, wie viele Frauen diese Hände seit damals gestreichelt hatten? Wie viele Brustwarzen sich unter seinen Fingerspitzen aufgerichtet hatten? Wie vielen Mündern diese Hände ein begehrliches Stöhnen entlockt hatten? Seine Hände waren wie die Drogen, mit denen sie damals experimentiert hatte.

Sie wandte sich ab. Sie hatte so lange gewartet, jetzt kam es auch nicht mehr auf einen Tag an. Wärme stieg in ihr auf. Wie konnte es sein, dass ihr Herz noch immer atemlos schlug, wenn sie nur an ihn dachte? Er war nicht der erste und auch nicht der letzte Mann gewesen, mit dem sie geschlafen hatte, obwohl sie wünschte, es wäre so. Doch in diesem Moment erinnerte sich ihr Körper mit einer Macht an ihn, die sie taumeln ließ.

Frank hatte sie gelehrt, dass miteinander schlafen mehr war als schwitzen und keuchen, und dann war er fortgegangen, bevor sie es ihm sagen konnte. Einfach so verschwunden. Die Leute hatten geredet, doch das war ihr egal gewesen. Sie hatte sich in ihrem Schmerz vergraben und seinen Sohn geboren, den er nicht kannte. Noch nicht kannte.

Sie stolperte über ihren Schmerz, und auf einmal wusste sie, wo sie auf ihn warten würde.

3. Kapitel

Der Bug des Polizeibootes stieß dumpf gegen den Anleger, dann drehte es bei. Balduin kläffte sich die Kehle aus dem Hals. Irgendwie wusste sein Hundehirn, dass diese Fremden keine Gäste waren.

»Beißt der?« Thang warf Demel das Tau zu.

»Ich schließ ihn ein.« Der Metzger griff nach dem Halsband und zerrte den Hund in den Schuppen. Sofort gesellte sich zu dem Kläffen das Geräusch von kratzenden Pfoten.

»Ihr kommt zu früh!«, rief PH, der immer noch im Kessel rührte. »Die Würste simmern noch.«

»Danke, aber ich habe schon gefrühstückt.« Thang hechtete mit einem eleganten Sprung über die Reling. Allerdings verzog er bei der Landung schmerzhaft das Gesicht. Ganz in Ordnung war sein Bein wohl doch noch nicht. Um seine Augen lagen Schatten, als würde er zu wenig schlafen. Was erstaunlich war, weil sich im Moment selbst die Rechten sehr ruhig verhielten und die Arbeit der Kripo Lübben im Wesentlichen aus Nichtstun bestand.

»Was ist los?« Klaudia trat zu Thang auf den Anleger. Unwillkürlich flüsterte sie. Schon als der Bug des Polizeibootes aus dem Nebel auftauchte, hatten sich ihre Nackenhaare aufgestellt. Und sie war sich sicher, dass auch PHs witziger Spruch eher eine Warnung an die Kollegen war, so nach dem Motto: Vorsicht, Bürger in Hörweite.

Und als jetzt auch noch Wibke an der Reling auftauchte, wusste Klaudia, dass die Saure-Gurken-Zeit vorbei war. Ich hätte mir etwas anders wünschen sollen, dachte sie, verdrängte den Gedanken jedoch sofort wieder. Nicht gedankenlos ausgesprochene Wünsche töteten, sondern Menschen. Die Spusikollegin trug eine kanariengelbe Regenjacke und hatte sich die Kapuze tief ins Gesicht gezogen.

»Wenn die Kripo schon mal einen Ausflug macht«, witzelte sie und sprang ebenfalls auf den Anleger. Doch ihre Stimme klang angestrengt. Wahrscheinlich gehörte ihre Bemerkung in die Kategorie Adrenalinscherze, die man – kaum ausgesprochen – am liebsten verschlucken würde. Balduins Kläffen verstummte, entweder hatte er aufgegeben oder einen Ausgang gefunden, und für einen Moment war nur das Prasseln des Feuers zu hören.

»Sind Sie Frau Schenker?« Thang trat zu Jana. Der schmale halbvietnamesische Kollege wirkte zierlich, wie er so vor der eher kräftig gebauten Frau stand, trotzdem wich sie einen Schritt zurück.

»Ist was mit Daniel?«, flüsterte sie. »Ich hab die ganze Zeit versucht, ihn zu erreichen.« Sie brach abrupt ab. Klaudia und Petra waren gleichzeitig bei ihr und stützten sie.

Sag was, versuchte Klaudia mit ihren Gedanken Thang zu erreichen. Und als hätte er sie gehört, räusperte er sich.

»Er wurde niedergeschlagen.«

»Niedergeschlagen?«, wiederholte Jana. »Aber warum denn?«

»Das wissen wir nicht.« Thang hob die Schultern und ließ sie entschuldigend fallen.

»Hat Daniel nichts gesagt?«, fragte Jana. »Wo ist er überhaupt? Geht's ihm gut?« Mit jeder Frage wurde ihre

Stimme schriller. Der Hund jaulte jetzt wieder, als spürte er ihre Panik.

»Er ist im Krankenhaus in Cottbus.«

»In Cottbus? Aber warum denn?«

»Weil …« So schonend wie möglich klärte Thang die besorgte Mutter über den Zustand ihres Sohnes auf.

»Aber er wird gesund, ja?«

»Er ist bewusstlos«, wiederholte Thang.

»Ich muss zu ihm.« Jana drehte sich im Kreis, lief dann zum Anleger.

»Wenn du willst, fahre ich dich gleich hin«, sagte Klaudia und registrierte Thangs dankbaren Blick. »Aber zuerst muss der Kollege dir noch ein paar Fragen stellen.«

»Ja, natürlich.« Jana nickte: ein eifriges Kind, das nichts falsch machen wollte.

»Wir haben einen Hinweis vom Staatsschutz bekommen, dass auf der Klingeweide eine Techno-Party stattfinden würde, die ein paar Rechte aufmischen wollten.«

»Das war er also …«, flüsterte Jana. Den Rest des Satzes übertönte Marios laute Stimme.

»Auf der Klingeweide?«, fragte er.

Thang nickte.

»Aber Daniel ist kein Rechter«, warf Jana ein. »Er ist ein ruhiger Junge, kein Schläger. Er macht eine Banklehre.«

»Das mag sein«, wich Thang einer direkten Antwort aus.

Was soll er auch sagen, dachte Klaudia. Die meisten Eltern wussten erstaunlich wenig über ihre Kinder, und wenn sie an ihre eigene Jugend dachte, war das wahrscheinlich auch gut so.

»Auf jeden Fall wurde Ihr Sohn niedergeschlagen.«

»Von einem Rechten?«

»Das wissen wir nicht. Es war nicht direkt auf der Klingeweide, sondern er wurde vor einer Datsche gefunden. Ein Anwohner hat Erste Hilfe geleistet. Ein Herr …« Thang kramte sein Notizbuch aus der Parkatasche.

»Hast du dir keine Gedanken gemacht, als er nicht nach Hause gekommen ist?«, fragte Petra.

Klaudia verspürte den albernen Wunsch, Petra gegen das Schienbein zu treten. Sie war Sekretärin und keine Sachbearbeiterin. Es war wenig hilfreich, der Mutter auch noch ein schlechtes Gewissen zu machen.

»Ich war ja selbst nicht zu Hause«, antwortete Jana. »Ich hab hier übernachtet.« Sie zeigte zum Schuppen. »Ich hab die Musik gehört.« Sie schwankte.

»Und da hast du nicht die Polizei angerufen?«, fuhr ihr Bruder sie an.

»Mario! Das reicht!« Klaudia drückte die zitternde Jana auf die Holzbank und blieb dicht bei ihr, die Hände auf ihren Schultern, um ihr Halt zu geben.

»Hier ist doch meistens kein Netz«, murmelte Jana und schaute zu Thang, der immer noch in seinem Notizbuch blätterte.

»Klingebiel«, sagte er schließlich.

»Was, verdammt noch mal, wollte Daniel bei diesem Verbrecher?« Marios Stimme überschlug sich fast.

»Was?«, fragten Thang und Klaudia gleichzeitig, und auch die Kollegen horchten auf.

»Nicht«, jammerte Jana. »Hör auf.« Sie schlug die Hände vors Gesicht. »Das sind doch alles alte Kamellen.«

»Mord ist keine Kamelle«, fauchte Mario.

4. Kapitel – 1993

»Wir sollten das nicht tun. Nicht hier.«

»Warum nicht? Ich wollte es schon immer mal im Kahn machen.«

»Aber wenn uns jemand hört?«

»Wer soll uns um die Zeit hören? Nun komm schon.«

»Deine Mutter zum Beispiel.«

»Die hat was anderes zu tun.«

»Und wenn nicht?«

»Dann wird sie wahrscheinlich trotzdem nicht in den Kahnschuppen kommen.«

»Wenn sie uns erwischt, ist die Hölle los.«

»Scheiß drauf.«

»Das sagst du so. Die denken doch, ich spiel' immer noch mit Puppen.«

»Dabei spielst du mit bösen Jungs. Tust du es gerne? – Hey, sag: Tust du es gerne? Nicht nicken. Sagen.«

»Schon. Aber nur mit dir. Du bist so anders.«

»Ich bin nicht anders: Ich bin gut.«

»Arrogant bist du.«

»Weil ich gut bin. Und nun komm.«

»Das klingt gemein. Du hast gesagt, du liebst mich.«

»Das tu ich doch. Aber du lässt mich ja nicht. Du sitzt da und redest, anstatt zu mir in den Kahn zu kommen.«

»Warum treffen wir uns nicht in der Datsche?«

»Das hab ich dir schon tausendmal gesagt. Es geht nicht.«

»Aber mit ihr ging es, oder?«

»Hör endlich auf damit. Es ist vorbei.«

»Ach ja?«

5. Kapitel

Nachdem Thangs Auftauchen dem Team-Event einen unerwarteten Abschluss bereitet hatte, fuhr Klaudia Jana zum Krankenhaus. Selbst wenn sie es nicht versprochen hätte, wäre diese Aufgabe an ihr hängen geblieben. Weil sie eine Frau war, hielten die Kollegen sie für einfühlsamer im Umgang mit Opfern. Klaudia teilte zwar diese Einschätzung nicht unbedingt, aber ihr war es recht. Sie fuhr lieber nach Cottbus, als sich um die Würste zu kümmern – das machte PH mit Mario – oder die Fallakte anzulegen, was Demels Aufgabe war, oder durch den nassen Spreewald zu stapfen, was Thang und Wibke die nächsten Stunden beschäftigte. Am frühen Nachmittag würden sie sich dann alle wieder im Revier treffen.

Flüchtig schaute Klaudia zu ihrer Mitfahrerin hinüber. Jana drückte sich in die äußerste Ecke des Beifahrersitzes. Sie wirkte, als sei sie bereit, beim ersten falschen Wort aus dem Wagen zu springen. Also hielt Klaudia sich zurück, obwohl ihr Marios Bemerkung nicht aus dem Kopf ging: Mord ist keine Kamelle. Sie fragte sich, welche Geschichte dahintersteckte und welche Rolle dieser Klingebiel darin spielte.

Vielleicht sollte ich Schiebschick mal auf ein Bier einladen, dachte sie. Der alte Fährmann war ein Spreewaldlexikon auf zwei Beinen, und wenn es um alte Geschichten ging, war er unschlagbar.

Nach einigen Irrwegen fanden Klaudia und Jana schließlich die Intensivstation des Klinikums. Klaudia drückte die Klingel, und eine Schwester bat sie, zu warten.

»Was hat das zu bedeuten?«, fragte Jana alarmiert. »Warum lassen sie mich nicht zu ihm?«

»Wahrscheinlich kommt gleich jemand, um uns abzuholen«, beruhigte Klaudia sie. Ein leises Pling kündigte eine SMS von Wibke an: Sind so weit fertig. Wir sehen uns um vier. Was macht das Opfer?

Klaudia wollte gerade antworten, als die Automatiktür aufsprang und ein Arzt in grüner OP-Kleidung zu ihnen auf den Flur kam. Er war dunkelhaarig und nuschelte einen arabisch klingenden Namen, den Klaudia nicht verstand. Sie steckte das Smartphone weg und trat zu Jana Schenker, die aufgeregt nach ihrer Hand griff. Ihre Finger waren so kalt, dass es Klaudia schauderte.

»Wie geht's ihm?«

»Sind Sie die Mutter?« Der Arzt sprach mit leicht schwäbischem Akzent.

Jana Schenker nickte nur. Offensichtlich war die Kapazität ihrer Stimmbänder durch diese eine Frage aufgebraucht.

»Ihr Sohn hat eine schwere Gehirnerschütterung und eine Kalottenfissur.«

Jana schluckte krampfhaft, und Klaudia verstärkte den Druck ihrer Hand, um ihr Halt zu geben. Komm zum Punkt, dachte sie, und als hätte sie den Gedanken laut ausgesprochen, fuhr der Arzt mit einem Lächeln in den Mundwinkeln fort. »Also nichts, was nicht ausheilt.«

Mit einem leisen Stöhnen entspannte sich Jana.

»Trotzdem werden wir ihn die nächsten vierundzwanzig Stunden hierbehalten, und auch nachher braucht er noch mindestens eine Woche Ruhe.«

»Ja, natürlich«, keuchte Jana. »Kann ich …?«

»Er ist sehr müde und braucht unbedingt Ruhe.«

»Ich möchte trotzdem mit ihm sprechen«, mischte sich Klaudia ein.

»Und Sie sind …?« Der Arzt schaute zu Klaudia.

»Kripo Lübben.« Klaudia kramte in ihrem Rucksack nach der Dienst-ID, während sie sich vorstellte.

»Ich glaub's Ihnen auch so.« Der Arzt hob abwehrend die Hände und trat einen Schritt zur Seite. »Aber machen Sie es bitte kurz.«

»Danke.« Klaudia griff nach Janas Ellbogen und schob sie in den Vorraum. Sie war oft genug in Krankenhäusern und auch auf Intensivstationen gewesen, um zu wissen, dass sie nicht einfach so auf die Station durfte. Sie trat also ans Waschbecken und wusch sich die Hände.

»Wie ich sehe, kennen Sie sich aus.« Ein Summton aus seiner Kitteltasche unterbrach den Arzt. »Das letzte Zimmer rechts.« Mit dem Handy am Ohr verschwand er in einem der angrenzenden Zimmer.

Daniel Schenker lag mit geschlossenen Augen und blutverkrusteten Haaren im Bett. Die Schürfwunden in seinem Gesicht waren mit Jodtinktur eingepinselt und so ziemlich das einzig Farbige in seinem Gesicht. In den Händen hielt er einen Spuckbeutel, in dem eine klare, grünlich schimmernde Flüssigkeit im Rhythmus seines Atems schwappte.

»Mein Gott, Daniel.« Jana war mit zwei Schritten am Bett und beugte sich über ihren Sohn. »Was ist nur passiert?« Klaudia schob einen Stuhl ans Bett und drückte Jana Schenker darauf.

Stöhnend öffnete Daniel die Augen. Seine Pupillen zitterten über den Augapfel. Für einen Moment sah es so aus, als würde ihn die Übelkeit wieder übermannen, aber dann schluckte er, und die steile Falte zwischen seinen Augenbrauen verschwand. »Ich weiß nicht«, flüsterte er mit rauer Stimme.

»Hast du gesehen, wer dich niedergeschlagen hat?«, fragte Klaudia.

»Das ist Frau Wagner von der Kripo in Lübben«, sagte Jana Schenker, bevor ihr Sohn antworten konnte. Klaudia hatte das Gefühl, dass sie ihn warnen wollte. Irgendetwas verbarg diese Frau vor ihr.

»Ich weiß nicht.« Daniel würgte wieder und hielt sich den Beutel vors Gesicht.

»Würde es dir etwas ausmachen, einen Moment draußen zu warten?« Klaudia lächelte Jana Schenker an, um ihrer Bitte die Schärfe zu nehmen. »Ich möchte allein mit Daniel sprechen.«

»Aber du siehst doch …«

»Es dauert nicht lange.«

»Er braucht Ruhe, sagt der Arzt.«

»Mama, bitte«, stieß Daniel zwischen zusammengepressten Zähnen hervor.

»Wenn was ist, ich bin vor der Tür.«

»Du hast Glück gehabt«, sagte Klaudia, als sie allein waren. »Ich darf dich doch duzen, oder?«

»Ja klar.« Er tastete nach der Wunde. »Kann man so sehen, muss man aber nicht.«

»Sieht übler aus, als es ist.«

»Aber wahrscheinlich nicht, als es sich anfühlt.« Er schloss die Augen.

Klaudia bewunderte ihn dafür, dass er sich Mühe gab, cool zu wirken. Schade nur, dass sich diese Coolness gegen ihre Ermittlungen richtete. »Du warst also auf dieser Techno-Party.«

»Nein«, widersprach Daniel. »Ich …«

Klaudia hörte geradezu, wie seine Gedanken ratterten. Er war auf der Suche, das spürte sie. Aber wonach? Nach einer Antwort oder einer Lüge?

»Du musst niemanden decken«, sagte sie. »Wir wissen auch so, dass es eine Party gegeben hat.«

»Eine Party?«, fragte er schließlich. »Ich erinnere mich nicht.«

»Was ist das Letzte, an das du dich erinnerst?«

»Ich war zu Hause.«

»Okay«, sagte Klaudia gedehnt. »Und was dann?«

»Ich weiß es nicht.«

»Deine Mutter sagt, du seist bei deiner Freundin gewesen.«

»Wir sind nicht mehr zusammen.«

»Du bist also allein zur Party?«

»Nein.«

»Dann mit Kumpels?«

»Ja. Ich weiß nicht.« Die Antwort kam so schnell, dass Klaudia wusste: Der Junge lügt.

»Bist du auf der Party niedergeschlagen worden?«

»Muss wohl.« Daniels Stimme klang, als taste er sich an einer Abbruchkante entlang.

»Okay«, sagte Klaudia, die immer noch Marios Bemerkung im Ohr hatte. »Warum warst du dann an den Datschen?«

»War ich das?«

»Zumindest wurdest du dort gefunden. Von dem Besitzer. Kennst du ihn?«

»Nein.«

Wieder kam die Antwort zu schnell.

Er schloss die Augen. »Mir ist schlecht.«

»Wir sprechen später noch einmal miteinander«, sagte

Klaudia. »Wenn es dir wieder besser geht.« Obwohl sie bei dieser Ankündigung freundlich auf den im Bett liegenden Jungen herabschaute, wusste sie, dass es in seinen Ohren wie eine Drohung klang.

6. Kapitel

Daniel schloss die Augen. Diese Polizistin machte ihm Angst, irgendwie hatte er das Gefühl, dass sie in ihm lesen konnte wie in einem Buch. Der Gedanke gefiel ihm nicht. Wieder öffnete sich die Tür, schabte über das Linoleum. Seine Mutter roch nach Rauch und Schnaps.

»Daniel?« Sie flüsterte, so als hätte sie Angst, ihn zu wecken.

Willst du dich entschuldigen? Daniels Magen hob sich, und er verschloss seine Sinne gegen ihre Anwesenheit. Er wollte nicht mit ihr sprechen. Früher schon, da hatte er mit ihr reden wollen. Gestern noch, aber da hatte sie ja Besseres zu tun. Heute wollte er nicht mehr reden. Heute wusste er Bescheid. Er hatte die Polizistin angelogen. Keine Amnesie. Leider. Er wusste noch alles, bis zu dem Augenblick, als ihm ein heftiger Schmerz die Lichter ausgeknipst hatte. Wie ein Film flimmerte die Erinnerung über seine geschlossenen Lider. In der Rolle des Narren: er selbst, Daniel Schenker!

Er hatte vor der Aussegnungshalle gewartet. Außer ihm lehnte nur noch ein Penner an dem Gestell für die Gießkannen und starrte auf seine schlammweißen Turnschuhe. Flüchtig hatte sich Daniel gefragt, wer der Typ sei. Er kannte ihn nicht, hatte ihn noch nie im Ort gesehen, und trotzdem hatte er etwas Vertrautes an sich, das ihn verwirrte. Als hätte er den Gedanken laut ausgesprochen, schaute der Penner auf, und für einen peinlichen Augenblick kreuzten sich ihre Blicke. Daniel zog sich die Kapuze über den Kopf, versenkte die klammen Finger in den Hosentaschen und starrte auf seine roten Chucks. Hoffentlich ist er da. Der Gedanke traf ihn so eisig wie der Novemberwind. Bis zu diesem Moment hatte er die Angst unterdrückt, sein Plan könnte an der einfachen Tatsache scheitern, dass sein Vater nicht zur Beerdigung gekommen war. Doch jetzt, während er von einem Fuß auf den anderen trat, erschien es ihm immer wahrscheinlicher, dass er sich hier vergeblich die Eier abfror. Gerade als er sich abwenden wollte, öffneten sich die Türen der Feierhalle, und der Sarg wurde von Fährmännern in roten Westen herausgetragen. Der Penner trat einen Schritt zurück, als wollte er nicht gesehen werden, und auch Daniel wäre in diesem Moment liebend gerne unsichtbar gewesen. Dem Sarg folgten die Witwe und der älteste Sohn mit seiner Familie und einige andere Menschen in Trauerkleidung, die sehr gut zu den prall gefüllten Zeilen unter der Todesanzeige passten, und schließlich – nach einer Lücke, die ihm das Herz in die Kehle jagte, traten die Schlössers aus der Halle. Wie die anderen Trauernden hielten sie den Blick auf ihre gefalteten Hände gesenkt. Natürlich! Daniel hätte sich ohrfeigen können. Die Schlösser war ja eine geborene Klingebiel. Also so etwas wie seine Tante. Außerdem war sie die Mutter von Onkel Marios Gesellen. Daniel erinnerte sich noch gut an die Diskussionen, die Dominiks Einstellung vorausgegangen waren. Aber dann hatte die Vernunft gesiegt. Niemand wollte mehr Metzger lernen, also hatte sein Onkel Dominik eingestellt. Unwillkürlich zog Daniel sich die Kapuze tiefer in die Stirn. Wenn Frau Schlösser herumerzählte, dass sie ihn auf der Beerdigung gesehen hatte, wüssten es bald auch sein Onkel und seine Mutter. Scheiße.

Daniel konnte und wollte den Gedanken nicht zu Ende denken. Erst als die Schlössers an ihm vorbeigegangen waren, schaute er auf und begegnete dem Blick von Dominiks Mutter. Sie schaute über die Schulter zurück, und ein wissendes Lächeln stahl sich in ihre Mundwinkel, dann wandte sie sich ab. Daniel hatte die Hoffnung fast aufgegeben, als sein Vater doch noch auf den Vorplatz trat. Er sah aus wie auf den Bildern, die von ihm im Netz kursierten, und Daniel erkannte ihn sofort. Seit er durch einen Bericht in der *Lausitzer Rundschau* erfahren hatte, dass sein Vater Fotograf war, folgte er ihm auf Instagram. Auf den Fotos, die er dort postete, paddelte er über Seen oder lehnte an staubigen Offroadern.

Daniel hatte sich dem Trauerzug angeschlossen und später hatte er dann im Spreewaldidyll, wo die Trauerfeier stattfand, an der Theke gesessen, bis sein Vater sich von den anderen Trauergästen verabschiedet hatte, dann war er ihm gefolgt. Obwohl es schon spät war, waren viele Menschen unterwegs. Die meisten in seinem Alter. Sie alle gingen über die Brücke, als hätten sie ein gemeinsames Ziel. Auch sein Vater ging über die Brücke. Doch als Daniel die Brücke erreichte, stellte sich ihm der Penner vom Friedhof in den Weg und sagte, sein Vater wolle ihn nicht sehen, er habe Damenbesuch. Daniel hatte keine Ahnung, woher der Alte das wusste. Trotzdem war er nach Hause gedackelt, aber da war niemand, und er war noch einmal losgegangen, und diesmal war er bis zur Datsche gekommen. Vorbei an den tanzenden Menschen, niemand hatte auf ihn geachtet. Und dann hatte er am Haus gestanden und durchs Fenster geblickt. Das Letzte, an das er sich erinnerte, waren die rot lackierten Fingernägel der Frau.

»Ich weiß, dass du nicht schläfst«, sagte seine Mutter.

Und ich weiß, was du gestern getan hast, dachte Daniel und schlug die Augen auf.

7. Kapitel

Nach der Befragung verließ Klaudia das Krankenhaus und machte sich auf den Rückweg. Wegen einer Wanderbaustelle verließ sie die A15 schon in Lübbenau und fuhr auf der parallel zur Autobahn verlaufenden Bundesstraße nach Lübben, trotzdem schaffte sie es nur so gerade eben innerhalb der akademischen Viertelstunde zur Besprechung. Sie hastete die Treppen hinauf und schlitterte um siebzehn nach vier in den Besprechungsraum. PH saß mit der Schäfchentasse in der Hand auf seinem üblichen Platz vor dem Flipchart, und auch die anderen Kollegen hatten sich bereits mit Kaffee versorgt. Ein hastiger Blick in die Runde entspannte Klaudia. Sie war nicht die Letzte. Noch fehlte Wibke. Erleichtert ließ sie sich auf den freien Stuhl zwischen Demel und Thang fallen.

Demel schob ihr einen gefüllten Kaffeebecher hin. »Wie geht's dem Jungen?«

»Beschissen, aber wach.« Dankend nahm Klaudia den Becher.

»Und was sagt er?«, fragte PH.

»Erinnert sich an nichts.«

»Gut möglich.« Thang klopfte sich mit einem Kugelschreiber gegen die Zähne, wie immer, wenn er nachdachte.

PH beugte sich vor und schob eine noch sehr dünne Fallakte über den Tisch. An ihrem heißen Kaffee nippend, schlug Klaudia sie auf. Noch enthielt sie nicht mehr als eine TKÜ-Anordnung, über die Thang den Jungen identifiziert hatte, seinen Bericht und eine lange Namensliste. Wahrscheinlich alle Besucher der Techno-Party. Klaudia überflog die Liste. Unwillkürlich suchte sie nach dem Namen des Typen, der im Sommer die Radmuttern an ihrem Peugeot gelockert hatte. Als sie ihn nicht fand, suchte sie nach Annalene. Die Tochter ihres Kollegen und Vermieters war in dem Alter, wo man zu solchen Partys ging. Aber auch ihr Name stand nicht auf der Liste. Erleichtert konzentrierte Klaudia sich auf Thangs Bericht.

»Da steht nichts von irgendwelchen Rechten.« Sie schaute von der Akte auf.

»War wohl eine Fehlinformation«, antwortete Thang.

»Unser Staatsschutz«, ätzte Klaudia. »Wie immer gut informiert. Seit man sie im Sommer aus Staatsschutzgründen bei Ermittlungen ausgebremst hatte, war sie nicht besonders gut auf die Kollegen aus Cottbus zu sprechen.

»Aber immerhin waren wir da und haben den Jungen gefunden.«

»Ich dachte, den hätte dieser Klingebiel gefunden.«

»Wir waren zeitgleich da. Er ist raus, weil er uns gehört hat, und ist quasi über den Jungen gestolpert.«

»Darüber sollten wir noch einmal mit ihm sprechen. Ich ruf ihn gleich nach der Besprechung an.« Klaudia scannte den Bericht. »Da steht keine Telefonnummer.«

»Er ist nicht von hier und hat wohl kein Handy.«

»Er hat kein Handy?«, fragte Klaudia.

»Wohl eher der Festnetztyp, was?«, warf Demel ein.

Klaudia versuchte, sich einen Festnetztypen vorzustellen, und ein grauer Typ mit zurückweichendem Haaransatz und Bierbauch tauchte vor ihrem inneren Auge auf.

Thang grinste schief. »Eher Abenteurer und Zivilisationsverweigerer«, sagte er.

»Na, dann versuch ich halt so mein Glück.« Klaudia las weiter. »Valera?«, fragte sie in die Runde. »Wo liegt denn das?«

»Venezuela«, antwortete Thang.

»Oh«, sagte Klaudia. »Und was macht er dann hier?«

»Du solltest dich mehr für deine neue Heimat interessieren und Zeitung lesen«, antwortete Demel. »Dann wüsstest du, dass er wegen der Beerdigung hier ist.«

»Dann wüsste ich wahrscheinlich auch, von welcher Beerdigung die Rede ist.« Klaudia verdrehte die Augen.

»Fritz Klingebiel hat seine letzte Fahrt angetreten«, deklamierte Demel pathetisch. »Die Zeitungen waren voll davon. Jeder Verein, der etwas auf sich hält, vermisst ihn: die Genossenschaft, der Anglerverein, der Kleingartenverein, die freiwillige Feuerwehr und wo der Verstorbene noch überall ein hochgeehrtes Mitglied gewesen ist.«

»Okay.« Klaudia hob die Hände, um Demels Redefluss zu stoppen. »Er ist also wegen der Beerdigung hier.«

»Er ist der Sohn des Verstorbenen.«

»Danke, das hab ich mir jetzt auch gedacht.« Klaudia beugte sich wieder über die Fallakte. »Diese Klingeweide gehört dann wohl der Familie? Und da war die Techno-Party?«

»Korrekt«, antwortete Thang.

»War er eingeladen?«

»Wohl eher nicht.«

»Und er hat sie einfach so machen lassen?«

»Die Musik hat ihn nicht gestört, sagt er.«

»Aber kaum kommt ihr um die Ecke, geht er vors Haus und findet den Jungen.«

»Du denkst an Marios Bemerkung?« PH fuhr sich mit Daumen und Zeigefinger übers Kinn. »Das war doch nur so dahingesagt.«

»Mag sein«, sagte Klaudia. »Trotzdem lag der Junge vor Klingebiels Datsche.«

»Vielleicht hat er sich dahin geschleppt«, warf Demel ein.

»Wie war die Spurenlage vor Ort?« PH lehnte sich zurück und verschränkte die Arme vor der Brust. Wieder ganz der souveräne Chef, der die Besprechung leitet.

»Wibke wird dazu mehr sagen können.« Thang räusperte sich.

»Wo ist sie überhaupt?«

»Steckt im Stau«, antwortete Petra, die das Protokoll führte.

»Aber«, fuhr Thang fort, »ich würde mein Weihnachtsgeld verwetten, dass der Junge an der Datsche niedergeschlagen wurde.«

»Was macht dich da so sicher?« Es war PH anzumerken, dass er die einfache Lösung – Junge auf illegaler Party niedergeschlagen – bevorzugte.

»Warten wir ab, was Wibke sagt«, wich Thang aus.

Sein Bauchgefühl also, dachte Klaudia. Jeder von ihnen kannte es, keiner gab es gerne zu. Es klang so nach magischem Denken, dabei war es nichts anderes als die Summe von Erfahrungen, die bei manchen, scheinbar klaren, Fällen unterhalb des Solarplexus aktiv wurde.

8. Kapitel

Zweimal lief sie an der Brücke vorbei, die übers Fließ führte. Als sie das erste Mal nach dem Holzgeländer griff, kam ihr ein Penner entgegen, und sie fragte sich, ob er versucht hatte, in eine der Datschen einzubrechen; das kam vor. Obwohl sie sich sicher war, ihn noch niemals zuvor gesehen zu haben, wirkte er seltsam vertraut. Der abschätzende Blick aus seinen tief liegenden Augen brachte sie dazu umzukehren. Ob er sich fragte, was diese Frau in ihrer schwarzen Kleidung und den blank geputzten Pumps auf diesem schlammigen Weg wollte? Er folgte ihr nicht, und nach einer Weile schalt sie sich selbst eine Idiotin und lief zurück. Diesmal lehnte eine Joggerin am Handlauf und wischte über ihren iPod. Sie wartete. So langsam wurde ihr kalt. Aber auf keinen Fall wollte sie gesehen werden, wenn sie den Weg zur Datsche einschlug. Jede Minute, die verging, steigerte ihre Angst. Was, wenn er sie nicht sehen wollte? Er war so abweisend gewesen; hatte nicht mit ihr gesprochen, sie übersehen, als existiere sie nicht. Ob er die Wahrheit ahnte? Der Gedanke erschreckte sie. Aber wie sollte das gehen? Niemand außer ihr wusste, was damals geschehen war. Außerdem: Sie hatte es für ihn getan.

Ihr dritter Versuch war erfolgreich. Die Dämmerung breitete sich bereits zwischen den Bäumen aus, als sie allein auf dem Wotschofskaweg stand. Das Herz wummerte in ihrer Kehle, und ihre Beine weigerten sich, sie über diese Brücke zu tragen. Sie fürchtete sich vor der Zeit, die vergangen war, und vor dem, was sie aus ihr gemacht hatte. Sie war keine zwanzig mehr und hatte Dellen und Krampfadern. Deshalb hatte sie Stunden damit verbracht, sich zurechtzumachen, doch jetzt hatte sie auf einmal Angst, dass ihre ganze Mühe vergeblich gewesen war.

Sie atmete die Gedanken weg und blickte sich um. Seit damals war sie nicht mehr diesen Weg gegangen. Zu viele Erinnerungen lauerten in den Ästen der Erlen. Sie hastete den schmalen Privatweg entlang, der entlang der Weide zu den Datschen führte. Sie blieb stehen, als sie das erste Haus erreichte. Drei Datschen standen hier am Ufer der Spree, mehr Hütten als Häuser, aber jedes hatte seinen eigenen Anleger. Im Sommer wurden sie an Touristen vermietet. Im Winter standen sie leer, wenn sich nicht gerade Penner hier einnisteten. Und jetzt wohnte er hier. Vorübergehend. Nicht mehr lange, und er würde wieder fortgehen. Nicht ohne mich, dachte sie. Über ihr raschelte der Abendwind in den Erlen. Ohne zu zögern, öffnete sie das niedrige Gartentor, hob den angeschlagenen Blumentopf mit der vertrockneten Geranie an, der auf dem Gurkenfass stand, das neben dem Haus aufgebockt war, nahm den Schlüssel heraus und steckte ihn ins Schloss. Wie früher schleifte die Tür über den Holzboden, und auch sonst hatte sich wenig verändert. Linker Hand derselbe Herd, neben dem das Brennholz zu einem ordentlichen Haufen gestapelt war, daneben die bauchige Gasflasche. Der Campingkocher lehnte neben der Flasche an der Wand. Jetzt im Winter bollerte ein Feuer im Herd, da brauchte man ihn nicht. In der Mitte des Raumes derselbe Tisch mit den vier Stühlen und der bestickten Tischdecke, darüber die Fransenlampe, deren Licht gerade ausreichte, um die Tischmitte hell zu erleuchten, alles andere lag im Zwielicht, auch die Schlafcouch. Ein Kribbeln wanderte vom Zwerchfell zwischen ihre Schenkel. Sie zog den Schlüssel ab und legte ihn zurück in die Kuhle. Er würde keinen Verdacht schöpfen, sondern denken, er hätte nicht abgeschlossen. Schon früher hatte er das immer vergessen. Vielleicht wäre ja alles anders gekommen, wenn er nicht so vergesslich gewesen wäre. Sie kehrte ins Haus zurück und ging hinüber zum Schlafsofa. Als sie am Herd vorbeikam, umfing sie seine Wärme wie eine Umarmung. Ihre Finger strichen über das raue Leinen der Tischdecke. Großmutter hatte sie bestickt. An langen Winterabenden, wenn die Fließe zugefroren waren und die Felder ruhten. Sie erinnerte sich noch gut an die alte Frau mit ihren abgearbeiteten Händen.

Ein Schlafsack lag achtlos zusammengeknüllt am Fußende. Sie nahm ihn und presste ihn gegen ihr Gesicht, atmete den Geruch ein, der ihr so vertraut war, den sie so sehr vermisst hatte.

9. Kapitel

»Entschuldigung.« Wibke trat ein und ließ sich auf den letzten freien Stuhl fallen. »Irgendein Idiot musste seinen Wagen in einer einspurigen Baustelle abwürgen.« Theatralisch seufzend griff sie nach einem der leeren Becher und füllte ihn mit Kaffee. Mit dem Becher in der Hand lehnte sie sich wieder zurück. »Soll ich kurz zusammenfassen?«

»Ja bitte«, sagte PH.

»Wir haben das Übliche gemacht. Alles durchfotografiert, ein paar Schuheindruckspuren ausgegossen und eine schwarze Hornbrille gefunden.«

»Die Brille gehört wahrscheinlich dem Opfer«, sagte Thang.

»Ich kann sie ihm bringen«, bot Klaudia an. »Ich wollte sowieso später noch mal zum Krankenhaus fahren. Vielleicht erholt sich seine Erinnerung ja schneller als er.«

»Du kannst sie dir in Cottbus abholen«, sagte Wibke.

»Mach ich.«

»Habt ihr eine Tatwaffe?«, fragte PH.

»Leider nein.« Wibke zog einen Umschlag aus ihrem Rucksack. »Der Junge lag zwar neben einem Holzstapel, aber an keinem der Holzscheite klebte Blut.«

»Also könnte er woanders niedergeschlagen worden sein.« PH trennte sich nur ungern von seiner Theorie.

»Ich weiß nicht.« Wibke blies sich eine Haarsträhne aus dem Gesicht und runzelte die Stirn. Sie nippte an ihrem Kaffee, bevor sie fortfuhr. »Erstens glaube ich das nicht, und zweitens könnte der Täter die Tatwaffe ins

Fließ geworfen haben«, sagte Wibke. »Ich bin zwar kein Arzt, aber ich würde sagen, so wie er einen über den Schädel gekriegt hat, ist er sofort umgefallen.« Sie schob die Fotos über den Tisch.

»Ich verstehe.« PH nahm die goldgefasste Brille ab, um sich die Bilder anzuschauen, dann reichte er sie weiter. »Was meinst du, was kommt infrage?«

»Wahrscheinlich tatsächlich ein Holzprügel.« Wibke zuckte mit den Schultern.

Klaudia schaute sich die Bilder an. Die Kopfwunde sah wirklich übel aus. Da musste jemand mit voller Wucht zugeschlagen haben. Aber warum? Ihre Gedanken wanderten zu Mario und Jana Schenker. Sie folgte der Besprechung nur noch mit halbem Ohr.

»Im Moment haben wir nur die Schuheindruckspuren.«

»Meine sind wohl auch dabei«, räumte Thang ein. Er rutschte zurück und zeigte auf seine lehmverschmierten Schuhe.

Zeigt her eure Füße, zeigt her eure Schuh', schoss Klaudia ein altes Kinderlied durch den Kopf.

»Meine sehen nicht anders aus«, warf Demel ein, machte allerdings keine Anstalten, ebenso wie Thang den Beweis anzutreten. »Der Wotschofskaweg war ein einziges Schlammloch. Da wird die Forstverwaltung im Frühjahr viel Schotter auffüllen müssen, um den wieder touristengängig zu kriegen.«

»Deine und noch einige andere von Kollegen, würde ich sagen. Aber das kriegen wir schon hin«, sagte Wibke. »Und?« Ihr Blick schweifte von einem Kollegen zum anderen. »Was habt ihr so getrieben?« Ihr Blick blieb an Klaudia hängen.

»Der Junge erinnert sich an nichts.« Klaudia wiederholte, was sie bereits gesagt hatte.

»Und du glaubst ihm nicht?«

»Ertappt«, sagte Klaudia. Auch wenn sie noch nicht so lange zusammenarbeiteten, wusste Wibke, wie sie tickte. »Deshalb will ich ja noch mal hin.«

»Ich komme mit«, sagte Thang.

»Fahr du mal nach Hause«, mischte sich PH – ganz fürsorglicher Chef – ein.

Sofort verwandelte sich Thangs Gesicht in eine undurchdringliche Maske. Die Frauen tauschten einen hastigen Blick. Ohne dass sie Genaueres wussten, ahnten sie im Gegensatz zu den männlichen Kollegen, dass Thang das wohlmeinende Angebot eher als Drohung auffasste. Irgendetwas lief heftig schief bei Familie Rudnik.

»Und du?«, wandte sich Wibke an Demel.

»Ich hab vielleicht was für dich«, antwortete die ehemalige Geheimwaffe aus KW. An der Brücke sind ein paar abgeknickte Zweige. Ich hab's fotografiert.« Er schob seine Hasselblad H4D, die er ständig mit sich herumschleppte, zu Wibke. »Es sieht aus, als sei da jemand ins Gebüsch gefallen. An einem der Büsche steckten auch Fasern. Ich hab sie mal eingetütet.«

»Wir waren uns doch einig, dass der Junge an der Datsche niedergeschlagen wurde.« Jetzt, da PH sich von seiner Theorie verabschiedet und den Tatsachen gebeugt hatte, begrüßte er keine Indizien, die wieder für Verwirrung sorgten.

»Wir schauen uns die Stelle an.« Wibke warf den Zopf über die Schulter. »Wir tappen ziemlich im Dunkeln, was?«

»Wir haben eine Menge Namen auf der Liste. Alles

potenzielle Zeugen.« Klaudia unterdrückte mit Mühe ein Grinsen. »Aber nach allem, was ich von solchen Partys weiß, dürften die meisten Teilnehmer so dicht gewesen sein, dass sie nicht mal mitgekriegt hätten, wenn Daniel mitten zwischen ihnen umgefallen wäre.«

»Das wär's dann wohl.« PH streckte die Arme über den Kopf und reckte sich.

»Dann auf nach Cottbus.« Thang schob ebenfalls seinen Stuhl zurück.

»Ich geh erst noch mal ins Archiv.«

Das Schweigen, das dieser an sich harmlosen Bemerkung folgte, dröhnte ihr in den Ohren. Das Archiv war Joes Revier gewesen.

»Thang kann sich darum kümmern«, sagte PH schließlich.

»Nein«, widersprach Klaudia. »Ich werde mich darum kümmern.«

»Vielleicht gibt es keine Akte«, murmelte Demel.

»Mord ist keine Kamelle«, wiederholte Klaudia die Worte des Metzgers.

»Vielleicht war's ein Unglücksfall und keine Straftat.« So leicht gab Demel sich nicht geschlagen. »Dann ist eine eventuelle Akte schon längst geschreddert.«

»Kannst du dir vorstellen, dass Joe eine Akte geschreddert hat?«, fragte Klaudia und wunderte sich selbst, wie leicht es ihr fiel, den Namen auszusprechen.

»Nein.« Demel schüttelte den Kopf. »Aber Joe hat so einiges getan, was ich mir nicht vorstellen konnte.«

10. Kapitel

Er war weniger überrascht gewesen, als sie erwartet hatte. Da bist du ja, hatte er gesagt. So, als ob sie verabredet wären und sie sich verspätet hätte. Er zog die Jacke aus und setzte sich zu ihr an den Tisch. Und dann hatte er, ganz so wie früher, einen Joint gedreht.

»Willst du?«, fragte er nach dem ersten Zug.

Sie nickte.

Der bittere Rauch kratzte in ihrer Kehle, trotzdem gelang es ihr, nicht zu husten und ihn so lange in der Lunge zu halten, bis ihre Gedanken mit dem nach Heu duftenden Rauch zur Decke stiegen.

»Und?«, fragte er und musterte sie. »Was machst du so?«

»Dies und das«, antwortete sie, und dass es ihr gut ginge. Sehr gut sogar. Die Lüge floss wie ein öliger Film über den Tisch, aber Frank schien es nicht zu bemerken. Er lehnte sich mit geschlossenen Augen zurück und hörte ihr zu, während sie ihm ihr Leben schönredete. Dabei summte er eine Melodie, die sie nicht kannte. Sie erwähnte ihren Sohn, er fragte nicht nach. Ihr Sohn interessierte ihn nicht. Nichts interessierte ihn, außer dem Hier und Jetzt. So war er schon immer gewesen. Er musterte sie unter halb geschlossenen Augenlidern hervor. In seinen Mundwinkeln versteckte sich ein ironisches Lächeln.

»Bist du noch sauer?« Die Frage platzte wie eine Seifenblase von ihren Lippen. Sie hatte nicht einmal gewusst, dass sie in ihr wartete. Fast zwanzig Jahre hatte sie zwischen Zwerchfell und Magen versteckt auf diese

Gelegenheit gelauert. Hitze stieg ihr in die Wangen, und sie streckte die Hand nach dem Joint aus. Er gab ihn ihr, und sie inhalierte tief.

»Sauer? Warum?«, fragte er und neigte den Kopf zur Seite wie ein kluger Papagei. Sie gab ihm den Joint zurück. Ihre Hand glitt durch die Luft wie durch Seide. Er wusste es nicht, er konnte es nicht wissen. Es war ihr Geheimnis, und das würde es bleiben, bis ans Ende ihrer Tage.

»Du warst einfach so verschwunden.«

»Du weißt, warum ich wegmusste«, sagte er. »Es hatte nichts mit dir zu tun.«

Und ob es das hatte, dachte sie und verschloss den Gedanken in ihrer Brust, bevor er mit den anderen zur Decke steigen konnte.

»Weißt du noch?« Er zog ein letztes Mal am Joint, bevor er ihn ausdrückte, dann streckte er die Hand aus und fuhr mit seinem Daumen über ihre Lippen.

Sie schloss die Augen. Natürlich, wollte sie sagen, aber der Stoff hatte ihre Stimmbänder in träge schwingende Seile verwandelt. Also nickte sie und griff nach seiner Hand. Sie war warm und fest, ebenso wie sein Körper, an den sie sich wenige Augenblicke später presste. Ohne Mühe überwanden ihre Körper die zwanzig Jahre, die sie trennten. Ihre Finger wanderten über Narben, die sie nicht kannte, fuhren die Konturen chinesischer Schriftzeichen nach, die zwischen seinen Schulterblättern begannen und bis zum Steiß reichten. Er wollte ihr nicht sagen, was dort auf seiner Wirbelsäule geschrieben stand, und dann liebten sie sich, und mit jedem Kuss, mit jeder Berührung streifte sie ein Jahr ohne ihn ab: Ihre Haut wurde rosiger und ihr Fleisch fester. Wie hatte sie ihn nur jemals verraten können?

11. Kapitel

Auch wenn Klaudia in der Besprechung getönt hatte, es seien schließlich nur Akten, fühlte sich ihre Kehle an, als hätte sie einen Tischtennisball verschluckt. Sie musste sich zweimal räuspern, bevor sie Demel nach dem Schlüssel zum Archiv fragen konnte.

»Soll ich mitgehen?«, fragte er.

»Nein, alles gut.« Das fehlte ihr noch, dass die Kollegen wieder anfingen, sie mit Samthandschuhen anzufassen. Bevor Demel noch etwas sagen konnte, hastete sie bereits durchs hintere Treppenhaus. Je eher sie die Sache erledigte, desto besser. Sie schloss die Feuerschutztür zum Archiv auf und drückte auf den Lichtschalter. Mit einem Sirren flammten die Neonleuchten auf und tauchten den niedrigen Kellerraum in kaltes Licht. Es roch nach Staub und altem Papier, und unwillkürlich hielt Klaudia die Luft an. Sie war froh, dass dieses Archiv im Rahmen der Umstrukturierungen ›Polizei Brandenburg 2020‹ nach Cottbus umziehen und hier unten die neue Damenumkleide eingerichtet würde. Dann gab es einen Raum weniger im Revier, in denen ihr die Geister der Vergangenheit auflauern konnten.

Mit einem flauen Gefühl im Magen drehte Klaudia der Gleitregalanlage den Rücken zu und fuhr den Computer hoch. Genau hier hatte sie mit Joe gesprochen. Vielleicht würden er und vor allem auch Gerti noch leben, wenn sie ihm nicht von Kathrin Neumann erzählt hätte.

Lade nicht die Schuld des Täters auf deine Schultern, rief sie sich selbst zur Ordnung. Dieser Satz des Notfallseelsorgers hatte ihr über so manches Tief der letzten Monate hinweggeholfen. Sie straffte die Schultern und loggte sich ins Archivsystem ein. Sie fand mehr als sechs Vorgänge, in denen der Name Klingebiel eine Rolle spielte, doch nur zwei schienen ihr relevant zu sein. Beide stammten aus dem gleichen Jahr, und beide ließen sie einen leisen Pfiff ausstoßen. Klaudia setzte sich und schlug die erste Akte auf. Sie las so konzentriert, dass sie sogar die Gleitregalanlage in ihrem Rücken vergaß. Offenbar hatte dieser Fall Joe nie losgelassen. Sie kannte dieses Gefühl, das an einem nagte, wenn man einen Fall nicht abschließen konnte. Immer wieder holte man die Akte hervor und suchte darin nach dem einen Hinweis, den man übersehen hatte. Vielen Polizisten ging es so. Auch Joe hatte die Akte immer wieder aus dem Archiv geholt. Zuletzt am 7. Mai dieses Jahres. Exakt zwanzig Tage, bevor sie ihn erschossen hatte.

»Und?«, fragte Thang, als sie mit den Akten unterm Arm ins Büro zurückkehrte. »Hast du was gefunden?«

»Jepp.« Klaudia ließ die Hefter auf seinen Schreibtisch fallen.

»Feuer also«, sagte Thang und vertiefte sich in die Akte. Während er las, klopfte er sich mit dem Kugelschreiber gegen die Zähne. »Jetzt wissen wir zumindest, weshalb Mario diesen Klingebiel so sehr hasst«, murmelte er nach einer Weile. »Und was ist das?« Er klappte die Akte zu, in der er gelesen hatte, und griff nach der anderen. »Recht dünn.« Er wog sie in der Hand und schaute zu Klaudia auf.

»Sie enthält auch nur eine Anzeige.«

»Du machst es aber spannend.« Thang schlug die Akte auf und pfiff durch die Zähne. »Eine Anzeige gegen

Frank Klingebiel«, murmelte er. »Paragraf hundertzweiundachtzig – Absatz zwei.«

»Aufgenommen von Joe Schreiber und zur Anzeige gebracht vom Vater der minderjährigen Jana Schenker.«

»Die jeglichen Geschlechtsverkehr mit Frank Klingebiel leugnete.«

»Und sieben Monate später einen gesunden Sohn zur Welt brachte.«

»Der heute Nacht vor Klingebiels Datsche niedergeschlagen wurde.«

12. Kapitel

Sie liebten sich zu den Klängen einer Musik, die sie im Alltag nur schwer ertrug. Es war nicht die Musik ihrer Generation. Aber jetzt, in dieser Situation, waren die treibenden Bässe, die irgendwann eingesetzt hatten und nun in ihren Beckenknochen vibrierten, alles, was sie brauchte, um den Mann in sich festzuhalten. Doch dann brach die Musik ab.

»Was ist das?« Frank hielt inne.

Nein, schrie jede Faser ihres Körpers. Nicht aufhören. Weitermachen. Ihre Hände krallten sich in sein Gesäß.

Doch sie konnte ihn nicht halten, wie sie ihn auch damals nicht hatte halten können. Er rollte sich von ihrem Körper. Es fühlte sich an, als hinterließe er ein Vakuum, in das sie zu stürzen drohte.

»Warum ist es so still?«

»Was geht es uns an?«

»Da passiert doch was.«

»Na und?« Sie beugte sich vor, ihre Lippen strichen über seinen Rücken.

»Lass das.« Mit einem Ruck stand er auf und trat ans Fenster. Als er keine Anstalten machte, auf die Schlafcouch zurückzukehren, wickelte sie sich in den Schlafsack und folgte ihm. Sie ertrug es nicht, von ihm getrennt zu sein. Während er in die Nacht hinaus lauschte, schmiegte sie sich an seinen Rücken, die Lust wummerte in ihrem Schoß. Sie rieb sich an seinem Gesäß.

»Ich hab gesagt: Lass das …« Er rückte von ihr ab, lauschte weiter in die Nacht. Seine Worte fühlten sich an wie Ohrfeigen. Sie biss sich auf die Unterlippe.

»Immer noch dieselbe, oder?« Er griff nach ihrem Kinn und zwang sie, ihm in die Augen zu schauen.

»Warum hast du mich nicht mitgenommen?«

»Genau deshalb. Weil du den Hals nicht vollkriegst.«

Sie starrte ihn an, wollte nicht verstehen, was er gerade gesagt hatte. Ein Scherz, dachte sie und spürte, wie ihr Verstand durch die Watte tänzelte, in die der Joint ihr Gehirn verwandelt hatte. Ihre Wangenmuskeln fühlten sich steif an, als sie ein Lächeln versuchte.

»Aber jetzt nimmst du mich mit, nicht wahr?«

»Da draußen ist jemand.« Er beugte sich vor, bis seine Stirn die Fensterscheibe berührte. Sie wollte neben ihn treten, aber da drehte er sich schon zu ihr um und riss ihr den Schlafsack von den Schultern.

»Da liegt jemand vor dem Fenster.« Nackt, wie er war, stürmte er aus der Datsche. Sie trat ans Fenster und blinzelte.

Frank kniete am Holzstoß. Ein Schatten fiel auf seinen nackten Rücken. Sie schaute auf. Ein Mann kam den Weg entlang, dann noch einer, beide trugen Uniformen.

»Scheiße.« Sie wich zurück, suchte zitternd ihre Sachen zusammen, die im ganzen Raum verteilt waren. Sie musste weg, konnte nicht hierbleiben. Sie hörte Franks Stimme, die eines anderen Mannes, das Plärren eines Walkie-Talkies. Sie drängte sich neben die Gasflasche am Ofen, presste die Tasche gegen die Brust. Ihre Schultern schmerzten, die Finger wurden taub, und die Kälte des Fußbodens kroch ihr in die Waden, während sie sich darauf konzentrierte, unsichtbar zu sein. Irgendwann vibrierte ihr Handy. Sie kramte es aus der Tasche und schaltete es mit tauben Fingern aus. Ein Lichtstrahl fiel in die Küche, wurde breiter, doch es war nur Frank.

»Alles klar«, sagte er über die Schulter hinweg. »Ich sorg dafür, dass das DRK-Boot anlegen kann.« Sobald er die Tür hinter sich geschlossen hatte, fuhr er zu ihr herum. »Du musst verschwinden.«

»Aber wie?« Sie richtete sich auf.

»Nimm das Kanu.«

»Sie werden mich sehen.«

»Nicht, wenn du hinten rausgehst.«

»Bist du wahnsinnig?«

»Nun mach schon.« Er streckte die Hand nach ihr aus. Ihr blieb nichts anderes, als sich zu fügen.

Bevor sie saß, warf er bereits die Leine ins Kanu. Der Bug drehte sich in die Strömung. Sie starrte auf das Paddel. Ihre Hände griffen danach, ihre Finger schlossen sich um das kühle Aluminium.

Paddle zum Campingplatz am Schloss, träge schwappten die Gedanken durch ihren Schädel. Sie senkte das linke Paddel ins Wasser, zog an, doch ihre Muskeln waren ebenso träge wie ihre Gedanken. Wenn sie in diesem Tempo weiterpaddelte, wäre sie noch hier, wenn das DRK-Boot anlegte. Der Gedanke gefiel ihr nicht. Sie biss sich auf die Unterlippe. Der Schmerz fuhr wie elektrischer Strom in ihre Muskeln. Doch es war zu spät. Der Suchscheinwerfer des Rettungsbootes durchschnitt bereits die Finsternis.

13. Kapitel

Klaudia verließ mit Thang das Revier. Mit gesenktem Kopf dackelte er neben ihr her.

»Ich kann das wirklich alleine machen«, sagte sie. Keine Antwort. Außerhalb von Dienstbesprechungen schien Thang seine Zunge verschluckt zu haben.

Was ging hier ab? Klaudia dachte an ihren verunglückten Krankenbesuch, als Thang wochenlang mit gebrochenem Bein ausgefallen war. Sie war nicht einmal in die Wohnung hineingekommen, hatte nur die panische Stimme der Frau gehört und diesen Geruch nach Schweiß und Elend eingeatmet, der aus der Wohnung strömte. Thang hatte ihr die Tür vor der Nase zugeschlagen.

Sie hatten nie wieder darüber gesprochen, aber Klaudia war sich sicher, dass diese Situation ihn daran hinderte, wieder der alte Thang zu sein. Wer immer das gewesen war.

»Heute nicht mit dem Rennrad hier?«, fragte Klaudia, als er ihr Richtung Parkplatz folgte. Normalerweise stand sein Hochleistungsalurad immer in der Einfahrt.

Und meistens war es nicht einmal abgeschlossen. Wer klaute schon am Lübbener Polizeirevier ein Fahrrad?

»Nein.«

»Ist es kaputt?«

»Nein.«

Klaudia startete einen weiteren Versuch, dem geschätzten Kollegen mehr als einen Einwortsatz zu entlocken. »Macht dir dein Bein immer noch zu schaffen?«

»Nein.«

Was, verdammt noch mal, kann ich tun, damit es wieder so wird wie vor seinem Unfall?, fragte sich Klaudia zunehmend verzweifelt. Sie vermisste den ausgeglichenen Kollegen mit dem Hang zum freundlichen Spott. »Echt jetzt«, sagte sie. »Das kann so nicht weitergehen.«

»Es hat nichts mit dir zu tun.«

Das hatte Arno auch immer gesagt. Klaudia seufzte. Schien ein Standard-Männersatz zu sein. »Und deshalb bist du so maulfaul, als wäre dein Kiefer verdrahtet?«

»Nein.«

»Ach ne?«, fauchte Klaudia. »Aber unter Logorrhö leidest du auch nicht gerade.«

»Unter was?«

»Oh, ein Zweiwortsatz.«

Vor ihnen blinkte ein metallicblauer Golf Variant mit Fahrradträger auf.

»Sprechdurchfall.« Klaudia schaute durch die Seitenscheibe in den Wagen. Auf der Rückbank lag ein zusammengeknüllter Schlafsack. Die Erkenntnis fiel ihr wie Schuppen aus den Haaren. »Du hast in deinem Wagen geschlafen?«

»Nein«, antwortete Thang, doch diesmal ließ Klaudia sich nicht durch seine Einsilbigkeit abwimmeln.

»Ich hab doch Augen im Kopf.« Sie legte ihm die Hand auf den Arm und hinderte ihn daran, einzusteigen. »Was ist los?« Sie hatte das Gefühl, herrisch wie ein SEK-Einsatzleiter zu klingen, aber offensichtlich funktionierte dieser Ton bei Thang.

»Was wohl?« Mürrisch schlug er die Autotür zu und lehnte sich mit verschränkten Armen an seinen Wagen. Sein iPhone meldete sich mit einem *Auferstanden aus Ruinen*, dem Klingelton, der anzeigte, dass seine Frau ihn anrufen wollte. Er drückte den Ruf weg.

»Das solltest du nicht tun«, sagte Klaudia.

»Ich kann nicht mehr.« Thang sackte an seinem Auto zusammen, als habe ihm der Gedanke die Beine weggeschlagen. Klaudia hockte sich neben ihn. Ein Zug fuhr vorbei, ein Kollege stieg in sein Auto. Thang bemerkte nichts davon. Schweigend wartete Klaudia ab. Sie hatte Zeit, und sie wusste um die Macht des Schweigens.

»Als du damals vor der Tür standst«, begann Thang zögernd. »Mit all diesem Gebäck.« Der unvollständige Satz klatschte in die Pfütze zu seinen Füßen.

»Ja.« Klaudia hatte das Gefühl, dass Thang einen kleinen Schubs brauchte, um in Schwung zu kommen.

»Da ist mir klar geworden, wie absurd mein Leben ist.« Thangs Finger spielten mit seinem iPhone, das wieder losplärrte. Mit einem hastigen Wischen stoppte er den Anruf.

Klaudia empfand Mitleid mit seiner Frau. Was immer sie getan hatte, kein Mensch verdiente es, so ignoriert zu werden.

»Eine einzige Lüge«, sagte Thang.

»Was ist mit deiner Frau?«

»Sie«, setzte Thang an. Sein Adamsapfel hüpfte. Er

senkte die Stimme. »Sie hatte einen Unfall. Es war meine Schuld.«

»Oh«, sagte Klaudia und meinte: Oh nein. Und oh nein bedeutete: nicht noch ein Mensch, den sie mochte, der sich die Schuld am Elend eines anderen gab. Es gab schon zu viele davon in ihrem Leben.

Was hast du denn erwartet?, fragte sie sich im selben Augenblick. Eine Geschichte über Untreue und Verrat wie deine, wo du Plattitüden abspulen kannst wie: Das Leben geht weiter, sieh mich an?

»Danach hatte sie halt immer Probleme mit dem Knie und konnte nicht mehr so gut laufen«, fuhr Thang fort. »Das hat sie unglücklich gemacht.«

»Sie ist also depressiv geworden.«

»Ja, wahrscheinlich. Sie war halt zu viel alleine. Weil ich arbeiten musste und weil …« Wieder stockte Thang.

… du weggelaufen bist, ergänzte Klaudia in Gedanken. Sie dachte an seine Triathlon-Ambitionen: Laufen, Schwimmen, Radfahren. Alles Aktionen an der frischen Luft und weit weg von zu Hause.

»Ja.« Ein kurzer Klingelton kündigte eine eingehende SMS an. Thang ignorierte sie ebenso wie die anderen Versuche seiner Frau, ihn zu erreichen. »Bis ich gemerkt habe, was mit ihr los ist, war es zu spät. Du machst dir keine Vorstellung davon, wie es gewesen ist, nach Hause zu kommen und ihre Stimme zu hören und dann diese Frau zu sehen.«

»Viele Menschen lassen sich gehen, wenn sie depressiv sind.« Klaudia dachte an ihre eigene Mutter. Und sie dachte an den Tag, als sie Thang besuchen wollte, und an diesen Geruch nach Schweiß und Hoffnungslosigkeit, der sie überfallen hatte, als er die Wohnungstür öffnete.

»Sich gehen …«, schnaubte Thang. »Sie hat nur noch gegessen. Nicht wenn ich dabei war. Aber heimlich, und irgendwann ist sie nicht mehr vor die Tür gegangen und dann nicht mehr ins Schlafzimmer gekommen, weil sie im Liegen keine Luft mehr kriegt, und nun sitzt sie vor dem Fernseher und stopft alles in sich hinein, was meine Mutter und ich anschleppen, und dann stehst du mit Plunderteilchen vor der Tür.«

»Wow.« Klaudia war erschlagen von dem Erguss. »Seit wann wohnst du denn in deinem Auto?«

»Erst seit dem Wochenende«, antwortete Thang. »Aber in den letzten Wochen habe ich zum ersten Mal versucht, wirklich etwas zu ändern.«

»Und das hat nicht geklappt.« Klaudia stemmte sich in die Höhe und streckte die Hand aus, um Thang ebenfalls aufzuhelfen.

»Aber so was von nicht.«

»Was ist passiert?«

»Ich habe ihr ein Ultimatum gestellt.«

»Lass mich raten: Das ist jetzt abgelaufen.«

»Du hast es erfasst.«

»Und nun?«

»Keine Ahnung.«

»Du kannst erst einmal ins Haus«, beschloss Klaudia.

»Welches Haus?«, fragte Thang, begriff dann aber. »Etwa das Haus, das dir die alte Frau Nowak vererbt hat?«, vergewisserte er sich.

»Ich wüsste nicht, dass ich sonst noch ein Haus besitze.« Klaudia hatte erst überlegt, selbst dort einzuziehen, doch sie wollte Uwe und seine Töchter nicht im Stich lassen. Außerdem wusste sie nicht, ob ihre Dämonen nicht dort auf sie warteten, auch wenn sie das nicht glaubte. Sie dachte selten über das Haus nach. Es gehörte ihr und spülte genügend Geld auf ihr Konto, um ihr nicht zur Last zu fallen. Die meiste Zeit war es an Touristen vermietet. Schiebschick kümmerte sich darum. Doch im Moment stand es leer.

»Wir machen einen Abstecher bei mir vorbei.« Klaudia gab Thang keine Gelegenheit, ihr Angebot abzulehnen. »Da geb ich dir den Schlüssel, und dann fahren wir in die Klinik.«

14. Kapitel

Ohne nachzudenken, lenkte sie das Kanu in den schmalen Kanal, der zum Anleger des Nachbargrundstücks führte. Der Steg verbarg sich hinter den hängenden Ästen einer Weide. Sie griff nach den Zweigen und zog sich hinter den Vorhang aus Ästen. Erleichtert atmete sie aus. Hier konnte sie in Ruhe abwarten, bis das Boot verschwunden war. Sie sicherte das Kanu und schlang die Arme um den Körper. Ihre durch Sex und Drogen gepushte Euphorie fiel in sich zusammen, und zurück blieb ein müdes Frieren. Sie hatte das Gefühl, weinen zu müssen, ohne es wirklich zu wollen. Sie wackelte mit den Zehen, die taub waren vor Kälte. Der Nachtwind saugte ihr die Wärme aus den Gliedern, und zu allem Überfluss meldete sich auch noch ihre Blase. Unsicher, ob sie aufstehen konnte, schaute sie hinüber zu Franks Anleger, doch eine mannshohe Hecke trennte die beiden Grundstücke voneinander. Sie konnte es riskieren. Sie stemmte sich aus dem Kanu, und ihre Pumps klackerten dumpf auf dem nassen Holz des Anlegers. Noch einmal blieb sie stehen und schaute sich um. In Sackleinen gehüllte Rosenstöcke umstanden den Streifen Gras, der bis zum Wasser reichte. Sie lief zum Haus, und einfach, weil ihre Blase so drückte, zog sie am Hebel der Schiebetür. Hier draußen wurde selten abgeschlossen. Wie erwartet glitt die Tür auf. Eine Erinnerung tauchte wie Frühnebel am Rande ihres Bewusstseins auf. Eine Erinnerung, die sie monatelang hatte schreiend aufwachen lassen und die sie lange unter Alltagsschutt begraben hatte. Sie schüttelte den Kopf und machte einen ersten tastenden Schritt in den Raum hinein. Nichts passierte. Niemand kam ihr entgegen. Warum auch? Die Eigentümer der Datschen schliefen zu Hause in ihren Betten. Zumindest im Winter. Der Raum muffelte nach feuchtem Kalk und – ihre Nasenflügel blähten sich – Schweißfüßen. Sie schaute sich um. Der Wohnraum war mit einer Einbauküche aus Eichenimitat und einem Cordsofa, vor dem ein niedriger Tisch stand, eingerichtet. Ein Geräusch ließ sie innehalten. Sie brauchte einen Moment, um zu begreifen, dass der Wasserhahn tropfte. Sie trat an die Spüle, in der eine halbvolle Tasse stand. Ohne darüber nachzudenken, drehte sie das Wasser ab, wie sie es in ihrer eigenen Küche getan hätte. Dann machte sie sich auf den Weg zur Toilette, von der sie wusste, dass sie neben der Eingangstür war. Sie stolperte über ein Holzscheit, hob es auf. Er war feucht. Sie schaute auf ihre Hand. Blut, dachte sie und verlor die Kontrolle über ihre Blase. Dann hörte sie ein Ächzen.

15. Kapitel

In Cottbus fuhren die Polizisten erst noch beim LKA vorbei, um die Brille des Jungen abzuholen, bevor sie mit den anderen Spuren nach Eberswalde geschickt wurde.

»Wohin müssen wir?«, fragte Thang, als sie die Freitreppe zum Haupteingang hochstiegen. Die fahle Novembersonne stand bereits hinter dem Krankenhaus, und Klaudia zog fröstelnd die Schultern hoch.

»Ans Ende der Welt.« Klaudia war sich nicht sicher, ob sie den Weg zur Intensivstation finden würde, und tatsächlich mussten sie zweimal nachfragen. Doch schließlich landeten sie vor der richtigen Tür. Klaudia klingelte und erklärte der durch den Lautsprecher verzerrten Frauenstimme, dass sie von der Polizei seien und mit Daniel Schenker sprechen müssten.

»Aber er hat gerade Besuch.«

»So leid es mir tut, aber darauf können wir jetzt keine Rücksicht nehmen«, sagte Klaudia. »Wenn Sie jetzt bitte die Tür öffnen würden.«

»Moment.« Das Rauschen der Gegensprechanlage verstummte.

»Hugh‹, sprach der Kommissar«, murmelte Thang.

Erleichtert registrierte Klaudia sein Grinsen. »Manchmal muss man den Leuten auf die Sprünge helfen.«

»Das hast du auf jeden Fall raus.«

»Wahrscheinlich.« Klaudia fühlte sich durch Thangs letzte Bemerkung angegriffen. Wie überall im Leben gab es auch bei der Polizei Kollegen, die durchsetzungsfähige Frauen nur sehr bedingt schätzten. Bisher hatte sie allerdings nicht den Eindruck gehabt, dass Thang zu dieser Sorte Kollegen gehörte.

Ein Schatten hinter der Milchglastür erlöste sie aus ihren Grübeleien. Es war der Arzt mit dem vernuschelten arabisch klingenden Namen, der ihnen die Stationstür öffnete. Er hatte ein Handy am Ohr, und seine grüne OP-Kleidung sah sehr viel zerknitterter aus als bei ihrer ersten Begegnung.

»Ich bin gleich unten«, sagte er und steckte das Mobiltelefon in seine Kitteltasche.

»Haben Sie Türdienst?«

»Nur in Ausnahmefällen.« Der Arzt zuckte mit den Achseln. »Sie kennen sich ja bereits aus.« Selbst sein schwäbischer Akzent klang jetzt wie zu oft benutzt. Er trat einen Schritt zur Seite, um sie in den Vorraum der Intensivstation zu lassen.

»Wie geht's dem Jungen?«

»Besser.« Er rieb sich das Kinn. »Wir behalten ihn noch eine Nacht hier.«

»Erinnert er sich?« Klaudia krempelte die Ärmel hoch, um sich die Hände zu waschen.

»Das müssen Sie ihn schon selbst fragen, und wenn Sie mich jetzt entschuldigen wollen? Ich muss los. Es kommt gerade ein Notfall rein.«

Das Krankenzimmer wirkte ziemlich überfüllt, als sich die Polizisten zu Daniel, seiner Mutter und seinem Onkel gesellten. Der saure Geruch von Erbrochenem und dem Schweiß der drei Menschen vermischte sich mit dem allgegenwärtigen Geruch nach Putz- und Desinfektionsmitteln. Leider gab es kein Fenster, das man aufreißen konnte. Klaudia fügte sich in das Unvermeidliche. Aus langjähriger Erfahrung in Sektionssälen wusste sie, dass es genau drei Minuten dauern würde, bis ihr Gehirn den Geruch ausblendete.

Jana saß auf dem Bett ihres Sohnes, während ihr Bruder mit verschränkten Armen am Fußende stand. Sie schwiegen, als Klaudia und Thang ins Zimmer kamen, doch es war ein schreiendes Schweigen, das einem die Nackenhaare aufstellte. Klaudia und Thang tauschten einen Blick: Irgendetwas ging hier vor.

»Geht's dir besser?« Klaudia trat ans Bett. Der Junge sah noch genauso zerschlagen aus wie am Vormittag. Noch hatte sich niemand die Mühe gemacht, die gröbsten Spuren aus seinem Gesicht und seinen Haaren zu waschen. Allerdings war wieder etwas Farbe in seine Lippen zurückgekehrt, und er schien auch keinen Spuckbeutel mehr zu benötigen. Zumindest klammerte er sich an keinen mehr.

Daniel nickte vorsichtig. Nach der Größe der Beule zu schließen, musste er ordentliche Kopfschmerzen haben.

»Wir haben dir deine Brille mitgebracht.« Klaudia legte das Horngestell auf den Nachttisch.

»Danke.« Daniels Stimme klang angestrengt. Was immer hier vor sich ging, es würde ihm sicherlich besser gehen, wenn seine Mutter und sein Onkel ihn in Ruhe ließen.

»Das ist mein Kollege Thang Rudnik.« Klaudia zeigte mit dem Daumen in Thangs Richtung. »Wahrscheinlich erinnerst du dich nicht an ihn.«

»Er erinnert sich an überhaupt nichts«, sagte Mario. Wie er so mit verschränkten Armen am Fußende des Krankenbettes stand, wirkte er sehr viel grimmiger als beim Wursten.

»Aber du weißt schon noch, dass ich heute Morgen bereits hier war?« Klaudia lächelte auf den Jungen herab. Über seine blassen Wangen glitt ein rosiger Hauch. Er wirkte, als würde er sich am liebsten unter der Bettdecke verkriechen, und Klaudia konnte es ihm nicht verdenken. Allerdings war sie sich nicht sicher, wen er gerade mehr fürchtete: sie oder seinen Onkel.

»Doch, schon.« Daniels Stimme klang, als würde zur Gehirnerschütterung noch eine heftige Erkältung kommen.

»Und sonst?«

»Nichts«, antwortete Daniel.

»Wie hast du von der Party erfahren?« Aus den Augenwinkeln bemerkte Klaudia Thangs Stirnrunzeln, aber sie wollte den Jungen erst einmal in Sicherheit wiegen. Er sollte sich in seiner Geschichte einrichten, bevor sie ihn mit den Tatsachen konfrontierte.

»Ein Freund.« Daniel schloss die Augen.

»Und mit dem warst du da?«

»Ich weiß nicht.« Daniels Adamsapfel hüpfte über den mageren Hals.

»Du bist zu den Datschen gegangen«, fuhr Klaudia scheinbar nachdenklich fort. »Warum?«, fragte sie. »Das ist doch ziemlich weit weg, oder?«

»Ich weiß nicht.«

»Wolltest du da jemanden besuchen?«

»Nein.« Die Antwort kam prompt.

»Das weißt du sicher?«

»Er sagt doch, er weiß nichts«, fauchte Mario. So rosig und freundlich er beim Wursten gewesen war, so angespannt und aggressiv wirkte er jetzt. Man spürte die Anstrengung, die es ihn kostete, seine Hände ruhig zu halten und nicht mit der Faust auf das Bettgestell zu donnern.

»Würden Sie bitte draußen warten?« Klaudia siezte den Metzger bewusst, und um ihm auch durch ihre Körperhaltung zu zeigen, dass er sie nicht beeindruckte, nahm sie die Schultern zurück, hob Kinn und Augenbrauen und schaute ihm direkt in die Augen. Es dauerte drei Atemzüge, bis sein Blick dem ihren auswich. Ohne ein weiteres Wort stürmte er hinaus und schlug die Tür hinter sich zu.

Schmerzlich kniff Daniel die Augen zusammen.

»Kennst du Herrn Klingebiel?«

»Nein«, antwortete Daniel prompt.

»Aber du.« Klaudia wandte sich an Jana. »Dein Vater hat Anzeige erstattet, nicht wahr?«

»Bitte nicht hier.« Tränen glitzerten in Janas Augen.

»Was für eine Anzeige?« Daniel stemmte sich aus den Kissen. Sein Blick irrte zwischen seiner Mutter und Klaudia hin und her.

»Du warst minderjährig, und deine Familie wollte nicht, dass du dich mit Frank Klingebiel triffst.«

»Das war's nicht«, brach es aus Jana Schenker hervor. »Das wäre ihnen egal gewesen, wenn dieser Scheißkrieg nicht gewesen wäre.«

»Welcher Krieg, Mama?«

»Dabei hatten wir nichts damit zu tun.«

»Welcher Krieg?«, wiederholte Klaudia Daniels Frage.

»Wenn du die Akten gelesen hast, dann weißt du doch alles.« Jana Schenker wich Klaudias Blick aus.

»Ich würde es gern von dir hören. Was war mit Marco?«

»Warum fragst du mich das? Denkst du, ich sage jetzt etwas, was ich damals nicht gesagt habe?«

»Könnte das denn sein?«

»Nein, bestimmt nicht. Warum wärmst du die alten Kamellen auf?«

Mord ist keine Kamelle, dachte Klaudia.

»Hör auf.« Daniel griff nach der Hand seiner Mutter und drückte sie. Es sah nicht liebevoll aus, eher so, als wolle er sie aus ihren Gedanken zerren.

»Du warst also auf dem Weg zu deinem Vater?«, mischte sich nun Thang ein. Er stand auf der anderen Seite des Bettes, und der Junge musste sich ihm zuwenden. Das war Absicht. Thang und sie würden sich ab jetzt die Bälle zuspielen.

»Ja. Ich meine, muss ich wohl.« Der plötzliche Themen- und Richtungswechsel verunsicherte Daniel.

»Was hast du am Fenster gemacht?«, fragte Klaudia. Ping – pong, immer hin und her.

»Ich war nicht am …«

Daniel stoppte, als Klaudias Augenbrauen in die Höhe wanderten.

»Wahrscheinlich hab ich reingeschaut«, sagte er schließlich und starrte nun auf seine Hände, die auf der Bettdecke lagen.

»Ist dir jemand begegnet, als du zur Laube gegangen bist?«, fragte Thang, um die Gedanken des Jungen wieder ein wenig zu scheuchen. Sie wollten ihm nicht direkt Fallen stellen, aber sie wollten es ihm auch nicht zu leicht machen, sich eine Version zurechtzulegen.

»Ich erinnere mich nicht.« Daniels Kiefer versteifte sich.

Klaudia glaubte ihm nicht, beließ es aber dabei.

»Und was hast du gesehen, als du durchs Fenster geschaut hast?«, fragte Thang.

»Nichts.« Daniels Blick flog hastig zu seiner Mutter, und er biss sich auf die Unterlippe, als müsste er sich mit Gewalt daran hindern, etwas zu sagen.

»Nicht einmal deinen Vater?«, fragte Klaudia.

»Doch. Wahrscheinlich schon«, räumte Daniel ein. Schweiß glänzte auf seiner Stirn. Er schloss die Augen. »Ich erinnere mich nicht.«

Und dabei blieb er, und auch Jana Schenker weigerte sich, noch ein Wort zu sagen.

Die beiden Polizisten verließen das Krankenzimmer. Mario Schenker, der mit verschränkten Armen vor der Tür wartete, trat einen Schritt zur Seite, um sie vorbeizulassen.

»Glaubst du dem Jungen?«, fragte Thang, als sie die Freitreppe erreichten.

»Er hat was gesehen.«

»Vielleicht seine Mutter?«

»Ich weiß nicht. Sie sagt, sie habe in dem Schuppen übernachtet, wo wir gewurstet haben.«

»Wie passend«, sagte Thang.

»Schon, aber ehrlich gesagt glaube ich nicht, dass sie ihren Sohn einfach so liegen lassen würde.«

»Vielleicht hat sie ihn überhaupt nicht gesehen.«

»Wie wahrscheinlich ist das? Nein.« Klaudia schüttelte den Kopf.

»Wir müssen uns diesen Klingebiel noch einmal zur Brust nehmen«, sagte Thang, als eine kugelige kleine Vietnamesin sich auf ihn stürzte.

Die Frau redete wie ein Sturzbach auf ihn ein, und Thangs Gesichtsausdruck wandelte sich von Überraschung zu Entsetzen.

»Was ist los?«, fragte Klaudia.

»Janina«, krächzte Thang. »Sie ist …«, er brach ab. »Du musst ohne mich weitermachen.« Die kleine Frau hinter sich herziehend machte er auf dem Absatz kehrt.

»Aber was ist denn mit ihr?«, rief Klaudia ihm hinterher.

»Der Notfall …« Thang drehte sich noch einmal zu ihr um. Sein Blick glitt über sie hinweg ins Leere. »… ist Janina.«

Welcher Notfall?, wollte Klaudia noch fragen, doch dann erinnerte sie sich an den gehetzten Arzt mit dem Handy am Ohr.

16. Kapitel

Als sein Onkel zurückkehrte, schnurrte das Krankenzimmer zusammen wie ein angestochener Luftballon. Daniel schloss die Augen. Am liebsten hätte er seine Ohren ebenso zugeklappt. Aber das funktionierte nicht. Also hörte er Marios wütendes Schnaufen, seine immer gleiche, immer heiserer hervorgestoßene Frage: Was, verdammt noch mal, hast du an der Datsche gemacht? Hörte die weinerliche Stimme seiner Mutter, die ihn bat, doch den Jungen in Ruhe zu lassen, und wünschte beide zum Teufel. Sein Wunsch ging nur halb in Erfüllung, sein Onkel verabschiedete sich mit einem letzten herzhaften Fluch, und Daniel blieb allein mit seiner Mutter zurück. Er spürte, wie sich sein Herzschlag beschleunigte, und eine panische Sekunde lang peinigte ihn die Angst, dass der EKG-Monitor ihn verraten würde.

Im Schutz seiner gesenkten Lider musterte er seine Mutter. Nach dem Weggehen seines Onkels hatte sie viel geredet, hatte gesagt, dass sie in der Sparkasse angerufen und Balduin ausgesperrt und Daniel einen Schlafanzug besorgt habe, weil er ja hier schlecht in Boxershorts schlafen konnte, und so weiter. Sie hatte ihn mit Worten zugedeckt wie mit einem flauschigen Federbett, aber sie hatte nicht einmal nachgefragt. Sie tat einfach so, als habe er sich irgendwo den Kopf gestoßen. Als habe ihr Bruder hier nicht eben einen Aufriss veranstaltet. Sie schloss es einfach aus ihrem Bewusstsein aus wie alles, was sie traurig machte. Und deshalb fühlte sich auch Daniel, trotz ihrer geschäftigen Fürsorge, ausgeschlossen.

»Was war das für ein Krieg, von dem du gesprochen hast?«

»Das sind doch alles alte Kamellen.«

»Mord ist keine Kamelle.«

»Wieso sagst du das?« Sie zog die Hand zurück, griff sich an die Kehle.

»Die Frage ist eher, wieso Mario das sagt.«

»Onkel Mario«, korrigierte sie ihn mechanisch.

»Scheiß was drauf. Ich will endlich wissen, was hier los ist!«

»Es ist wegen Marco.«

»Was hat Marco damit zu tun?« Daniel versuchte sich an die Erzählungen über seinen toten Onkel zu erinnern. »Das war ein Unfall. Ihr habt das immer gesagt.«

»Das war es ja auch.«

»Du lügst doch.«

»Wie kannst du es wagen?« Seine Mutter richtete sich auf dem Stuhl auf.

»Ich bin kein Kind mehr.«

»Aber du bist immer noch mein Kind.«

»Ach ja? Bin ich das?« Schmerz pochte in seinem Schädel. Erst jetzt ging ihm auf, dass sie ihn gesehen haben musste. Sie war am Haus gewesen, sie war an ihm vorbeigegangen und hatte ihn nicht erkannt. Oder schlimmer noch: Sie hatte ihn erkannt und ihn liegen gelassen. Um ihr Geheimnis zu schützen, hatte sie ihren eigenen Sohn im Dreck liegen lassen. Der Gedanke blähte sich in seinem Kopf auf.

»Du bist verwirrt.« So schnell, wie ihre Wut aufgeflammt war, erlosch sie. Sie griff wieder nach seiner Hand. Unfähig sich zu bewegen überließ Daniel sie ihr.

»Wir sind einfach nur froh, dass dir nicht mehr passiert ist.«

»So?«, fragte Daniel. »Bist du das?«

Sie zuckte vor der Frage wie vor einer Wespe zurück.

»Ich verstehe ja, dass du sauer auf mich bist«, sagte sie.

»Du verstehst es?«, setzte Daniel an und sah sich im Dreck liegen. Worte drängten gegen seine Lippen, böse Worte, die nur darauf warteten, ausgesprochen zu werden, doch seine Mutter beugte sich vor und legte ihm den Finger auf die Lippen.

»Ich weiß, wir hätten über ihn reden müssen. Aber ich konnte es nicht.«

»Ach, mit mir über ihn reden konntest du also nicht«, höhnte Daniel. Er wusste nicht, was gerade mehr schmerzte, sein zerschlagener Schädel oder die Erinnerung an die vergangene Nacht. »Aber pimpern konntest du mit ihm. Das ging schon, ja?«

»Also hör mal.« Seine Mutter schluckte. Tränen stiegen ihr in die Augen. »So redest du nicht mit mir.«

»Wie denn?« Daniel tastete nach der Fernbedienung

des Bettes, um das Kopfteil hochzufahren. Bei diesem Streit wollte er sitzen. »Ich meine: Mein ganzes Leben lang weigerst du dich, mit mir über ihn zu sprechen, und kaum taucht er auf ...« Er atmete gegen das Messer in der Kehle an.

»Es tut mir leid«, unterbrach sie ihn. »Ich konnte nicht. Es hat mich zerrissen. Ich war so jung damals.«

»Ach ja?« Daniel fragte sich, ob seine Mutter schon immer so gewesen war und er es nur nie gemerkt hatte. »Und jetzt bist du auch nicht viel klüger. Oder was?«

»Was meinst du damit?«

»Das weißt du ganz genau.«

»Wieso? Nein. Ich verstehe nicht.«

»Red dich nicht raus. Ich war zu Hause, und du warst nicht da.«

»Ja und? Ich habe im Schuppen übernachtet, wegen dem Wursten.« Sie schlug die Hände vors Gesicht.

Gleich würde sie losflennen, aber diesmal würde er nicht nachgeben. Er dachte an die beiden verschlungenen Körper. Wenn noch ein Tropfen Galle in ihm wäre, müsste er sich den Spuckbeutel greifen. »Was für eine günstige Gelegenheit loszupimpern.«

»Verdammt noch mal. Wovon redest du?«

Daniel schaute voller Verachtung auf seine Mutter herab. Jetzt stellte sie die Stacheln auf, und gleich würde die Tour mit ›mein ganzes Leben nur für dich‹ und so folgen. Er hatte es so satt.

»Das weißt du ganz genau.« Daniel legte alle Verachtung in seine Stimme, die er in diesem Moment empfand. »Weißt du, was ich mir wegen dir alles bieten lassen musste? Du hast aber eine junge Mama«, säuselte er mit verstellter Stimme.

»Das tut mir auch leid. Aber das gibt dir noch lange nicht das Recht, dich so aufzuführen.«

»Scheiß drauf«, fluchte Daniel. »Es ist mir egal, mit wem du pimperst. Nur gerade nicht mit ihm.«

»Aber das ist doch kompletter Unsinn. Du bist aufgeregt und durcheinander. Wir reden morgen.« Sie stand auf und griff nach ihrer Tasche.

»Ja, lauf nur weg.« Daniel raffte es einfach nicht. Wie konnte sie ihr Ding so durchziehen? Glaubte sie wirklich, dass sie damit durchkam? »Sag mal, Mama, …« Er spuckte die beiden Silben quasi aus. »Musstest du eigentlich schnell nach Hause rennen?«

»Was?« Sie starrte ihn an.

Er sah ihr blasses Gesicht, ihren Unterkiefer, der vor Überraschung herunterhing. Sie hatte keine Ahnung. Eine Erinnerung streifte ihn wie eine dunkle Vogelschwinge: Er sah seinen Vater, das Gesicht seiner Mutter ein heller Fleck vor der Schwärze der Erinnerung. Hatte er wirklich seine Mutter gesehen? Er griff nach ihrer Hand, sah ihre kurz geschnittenen blassen Fingernägel. Sie hatte noch nie Nagellack getragen. Zumindest erinnerte er sich an keine Situation. Aber was wusste er schon von seiner Mutter. »Hattest du dir extra für ihn die Fingernägel lackiert?«

»Ich ruf die Schwester.« Sie beugte sich vor und legte ihm die Hand auf die Stirn. »Du hast ja Fieber.«

Sie verließ das Krankenzimmer und ließ ihn mit seiner Erinnerung zurück. War sie wirklich die Frau, die bei seinem Vater gewesen war?

17. Kapitel

Klaudia fuhr ohne Thang nach Lübbenau zurück. Sie steckte ihr Smartphone an den Adapter und lenkte den Wagen zur Parkschranke. Céline Dion schallte aus den Lautsprechern, wurde aber durch lautes Tschilpen, das einen Anruf von Conny ankündigte, unterbrochen. Sofort meldete sich Klaudias Gewissen, und sie schaltete die Freisprechanlage ein.

»Wie geht's euch?«, fragte sie. »Ich hab gerade an euch gedacht.« Das entsprach zwar nicht der Wahrheit, klang aber besser als: Ich hab euch komplett vergessen.

»Dein Vater ist im Krankenhaus.« Conny schluchzte.

»Wieso?« Klaudia fuhr auf einen Behindertenparkplatz direkt neben der Schranke.

Das war eindeutig kein Gespräch, das man während der Fahrt führen konnte.

»Wenn ich das wüsste.«

»Hatte er wieder einen Herzinfarkt?«, fragte Klaudia behutsam. Es wäre nicht der erste. Schon vor einigen Jahren hatte ihr Vater einige Stents eingesetzt bekommen und nahm seitdem Blutverdünner.

»Wenn's nur das wäre.«

Conny klang so kläglich, dass sich Klaudias Magen hob.

»Was ist mit Papa?«, flüsterte sie.

»Er stand schon den ganzen Tag irgendwie neben sich, konnte überhaupt nicht still sitzen, und heute Abend … wir wollten gerade essen, ich hatte Salat gemacht …«

Klaudia trommelte mit den Fingerspitzen aufs Lenkrad, trotzdem ließ sie Conny die Zeit, die sie brauchte.

Jeder Versuch, das Prozedere durch Fragen zu beschleunigen, würde ihre Stiefmutter nur tiefer in den Sumpf überflüssiger Erklärungen treiben.

»Und er saß einfach so vor seinem Teller, und ich sag: Iss doch. Aber er schaut mich einfach nur an. Und ich sag: Hast du keinen Hunger? Soll ich dir ein Brot machen? Und er sagt: Dame Kawollschick.«

»Er hat was gesagt?«

»Ich hab ihn auch nicht verstanden. Also hab ich nachgefragt, aber er hat wieder nur Dame Kawollschick gesagt. Erst hab ich es für einen Scherz gehalten, aber dann hat er seine Gabel wie ein Kleinkind in die Faust genommen und sie angestarrt. Und dann hat er versucht, zu essen. Er hat die Gabel einfach auf den Teller gestoßen und hat den Rand getroffen, und da ist der Teller umgekippt, und der Salat ist auf seinem Schoß gelandet. Und er ist wütend geworden. Also dein Vater, nicht der Salat, und er hat die Gabel auf den Fußboden gepfeffert und wieder Dame Kawollschick gesagt, aber diesmal ganz böse. Und dann ist er aufgestanden und rausgegangen. Überall lag Salat.« Conny atmete tief ein.

Es klang, als bliese sie Rauch fort. Wenn ihre Stiefmutter rauchte, was eigentlich nie vorkam, musste es sehr schlimm stehen.

»Ich natürlich hinterher.«

»Natürlich.« Klaudia biss sich auf die Fingerkuppen.

»Er ist ins Bad. Vielleicht ist ihm nicht gut, hab ich gedacht. Vielleicht drückt ihn ja der Bauch. Auf jeden Fall hab ich vor der Tür aufgepasst.«

»Das hast du gut gemacht«, sagte Klaudia sanft. Lange Zeit hatte sie die Eifersucht ihrer Mutter geteilt und Conny das Leben schwer gemacht, als sie nach dem Tod ihrer Mutter zur Familie des Vaters zog. Aber diese Zeiten waren schon längst vorbei. Conny war ihr die Mutter gewesen, die der Alkohol ihr genommen hatte.

»Und als er sich mit dem Klopapier …« Connys Stimme erstarb in einem erstickten Laut. »Du weißt schon«, flüsterte sie heiser, als sie wieder sprechen konnte.

Nein, weiß ich nicht, dachte Klaudia.

»… da hab ich den Notarzt gerufen.«

»Aber was hat er denn mit dem Klopapier gemacht?«

»Die ganze Rolle hat er genommen.« Schluchzend hielt Conny inne.

Klaudia versuchte, sich aus den Fragmenten ein Bild zu basteln, und was sie sah, gefiel ihr überhaupt nicht. »Du meinst …?«, fragte sie, nicht imstande, den Satz zu beenden.

»Er ist jetzt auf der Stroke Unit.«

»Auf der Stroke Unit?«

»Ja, die Ärzte halten es für besser.«

»Ich komme«, sagte Klaudia. »Ich ruf Demel an, dass er meine Bereitschaft macht.«

»Nein.« Connys Stimme hatte etwas von ihrer Festigkeit zurückgewonnen. »Die Zwillinge sind hier, und du hattest doch gerade den Unfall.«

Weder ihr Vater noch Conny wussten, dass ihr Wagen manipuliert gewesen war. Klaudia hatte es ihnen verschwiegen, weil sie sonst nach der Sache mit Joe keine ruhige Minute mehr gehabt hätten. Sie hätten sie gedrängt, nach Hause zu kommen, aber Klaudias Zuhause war jetzt hier. Bei den Menschen, die ihre dunkelsten Stunden geteilt hatten.

»Okay«, gab sie schließlich nach, auch wenn ihr die

Erwähnung ihrer Halbschwestern einen Stich versetzte. Sie hatte zwar erfolgreich die Eifersucht auf die Ehefrau ihres Vaters überwunden, fühlte sich aber im direkten Vergleich mit ihren sehr viel jüngeren Schwestern immer noch als Kind zweiter Wahl. Die Zwillinge waren lange ersehnt gewesen, während sie selbst so etwas wie ein Unfall war. »Dann komme ich nächste Woche.«

»Geht das denn?«, fragte Conny.

»Ich ruf dich Montag an«, antwortete Klaudia. Irgendwie würde sie sich hier loseisen. Schließlich ging es nur um einen niedergeschlagenen Jungen, keinen Mord, das würde Demel auch ohne sie hinkriegen.

18. Kapitel

Nur weg hier. Polternd fiel der Holzscheit zu Boden. Vor Schreck wagte sie nicht zu atmen. Was, wenn er noch hier war? Sie lauschte in die Nacht, hörte die Stimmen der Polizisten. Franks Stimme. Sie wollte zu ihm, sich in seine Arme werfen. Schritt für Schritt wich sie zurück, bis sie das kalte Glas der Terrassentür im Rücken spürte. Geduckt lief sie zum Kanu und wartete dort, den Blick fest aufs Haus gerichtet, bis das Rettungsboot verschwunden war. Erst dann wagte sie sich aufs nächtliche Fließ hinaus. Am Anleger vom Campingplatz stieg sie aus und lief durch die menschenleeren Straßen. Sie spürte weder das Klappern ihrer Zähne noch die klamme Nässe an ihren Oberschenkeln. Nur fort von diesem schrecklichen Ort. Es war nicht ihre Schuld. Sie hatte doch nichts getan. Sie sehnte sich nach der Sicherheit ihres Hauses, doch als sie in die stille Wohnstraße einbog, sah sie das Licht schon von Weitem. Frierend stand sie vor dem Haus, konnte weder vor noch zurück. Wie sollte sie ihren Zustand erklären? Schließlich schloss sie doch auf. Erwartete, seine Stimme zu hören, doch da war niemand. Nicht in der Küche. Nicht im Wohnzimmer. Nicht im Flur. Die Tür zu seinem Zimmer war verschlossen. Sie legte das Ohr an die Füllung, hielt die Luft an und hörte doch nur das Wummern ihres eigenen Herzens, das mit jeder Pulswelle durch ihren Körper dröhnte. Sie schlich ins Bad und zerrte sich mit klammen Fingern die Klamotten vom Leib. Die Waschmaschine lief, also stopfte sie ihre nach Urin stinkende Hose in den Wäschekorb. Dann stieg sie in die Dusche und stellte das Wasser so heiß ein, dass ihre Haut prickelte, und schrubbte sich seinen Geruch vom Körper. Dabei weinte sie, bis das heiße Wasser aufgebraucht war und mit ihm ihre Tränen. Erst dann ging sie ins Bett. Ihre Füße stießen gegen eine lauwarme Wärmflasche. Sie biss sich auf die Unterlippe, um nicht aufzuschreien. Ihre Nase war verstopft vom Weinen, und ihre Augen brannten. Was hatte sie nur getan? Sie starrte auf den Schrank, lauschte auf die nächtlichen Geräusche des Hauses, das Knarren des Holzes, das Sirren der Waschmaschine und das Geräusch von Schritten, die nicht kamen.

19. Kapitel

Klaudia nutzte den Abend, um Schiebschick in die Mangel zu nehmen. Wenn es jemanden gab, der ihr mehr über den Brand erzählen konnte, dann der alte Kahnführer. Sie lud ihn ins *Charleston* ein.

Klaudia saß an einem der Fenstertische direkt gegenüber der Bar und strich mit dem Zeigefinger über die Rillen der Langspielplatte, die vor ihr lag. Außer ihr war nur noch ein Ehepaar mittleren Alters in dem Restaurant, beide beugten sich über eine Speisekarte.

»Wenn das nicht meine Lieblings*holca* ist.« Schiebschick setzte sich und strahlte Klaudia aus seinen wasserblauen Altmänneraugen an.

»Wie geht's dir?«

»Bestens.« Er rieb sich die Hände. »Ich hab gehört, es hat Ärger auf der Klingeweide gegeben?«

»Was sagen denn die oberschlauen Lübbenauer so?«

OSL – das Kennzeichen der Region stand im Volksmund für ›Oberschlauer Lübbenauer‹.

»Der Neffe vom Metzger ist beim Klingebiel eingebrochen.«

»Nah dran«, murmelte Klaudia und nahm den Gurken-Lutki, den ihr die Kellnerin brachte.

»Wollt ihr essen?«

»Ja, gerne.«

»Dann bring ich euch die Karten. Und benimm dich«, fügte die Kellnerin an Schiebschick gewandt hinzu. »Nicht, dass mir Klagen kommen.«

»Bring mir ein Bier.« Ein Grinsen legte Schiebschicks Gesicht in noch mehr Falten, als es ohnehin schon hatte.

Als die Kellnerin ihnen den Rücken zukehrte, beugte er sich, verschwörerisch mit den tränenden Altmänneraugen blinzelnd, vor.

»Ich glaub ja eher, er wollt sich seinen Vater mal aus der Nähe angucken.«

»Du bist gut informiert.«

»In Lübbenau gibt's nichts«, Schiebschick tippte sich gegen seine rot geäderte Nase, »was der alte Gustav nicht weiß.«

»Das hab ich mir auch gedacht.«

»Hast du?« Schiebschick griff nach der Karte. »Bist halt eine kluge *holca*.«

»Hier ist es ja mal richtig hoch hergegangen.« Klaudia ertrug stoisch, dass Schiebschick sie ›Mädchen‹ nannte, denn das bedeutete *holca*.

»Hier?« Schiebschick schaute sich im Gastraum um. »Dieser Fontane soll mal hier gewesen sein. Aber sonst?«

»Interessant.« Klaudia schmunzelte über Schiebschicks Versuch, sie mit Gewalt misszuverstehen. »Aber eigentlich rede ich von dem Feuer bei Klingebiel.«

»Das sind doch olle Kamellen.« Schiebschick winkte ab.

»Das hat Jana Schenker auch gesagt.« Nachdenklich nippte Klaudia an ihrem Gurken-Lutki. »Doch ihr Bruder scheint anderer Ansicht zu sein.«

»Das ist, weil die Zwillinge waren«, sagte Schiebschick. »Da kann der eine nicht schlecht von dem anderen reden.«

»Und was hast du damit zu tun?«, fragte Klaudia, als er keine Anstalten machte weiterzusprechen.

»Ich?« Schiebschick riss die Augen auf.

Klaudia nickte. So ganz nahm sie ihm die empörte

Unschuld nicht ab. Der alte Mann wusste mehr, als er sagen wollte, und das ließ nur einen Schluss zu. Er wusste mehr, als im Bericht stand. »Was war das für ein Krieg?«

»Da war doch kein Krieg!«, begehrte Schiebschick auf. »Eine Kabbelei. Mal hier ein Kahn versenkt ...«

»... mal da ein Kahnschuppen abgefackelt«, ergänzte Klaudia. »Nun komm schon: Was weißt du darüber?«

»Nicht mehr als jeder andere. Was ist denn mit meinem Bier?«, polterte Schiebschick los.

»Reg dich ab.« Klaudia legte ihm die Hand auf den Unterarm. »Dein Bier rettet dich jetzt auch nicht mehr. Also, was weißt du?«

»Nur was damals so geredet wurde: Dass der Marco dem Klingebiel seinen Schuppen abgefackelt hat, weil der seinen Alten aus dem Geschäft drängen wollte, und dass er dabei selbst draufgegangen ist.«

»Wie wollte der alte Klingebiel die Schenkers denn aus dem Geschäft drängen?«

»Keine Ahnung.« Wieder schaute Schiebschick hilfesuchend zur Theke, doch die Kellnerin nahm gerade an dem anderen Tisch die Bestellung auf.

»Du warst auf seiner Beerdigung, nicht wahr?«

»Da waren viele.«

»Aber keiner von den Schenkers?«

»Na ja. War halt 'ne schlimme Sache, wa? Und dann noch die Jana.«

»Du verstehst dich gut mit diesem Frank Klingebiel, oder?«

»Ist ein feiner Junge«, sagte Schiebschick. »Ganz der Vater.«

Die Kellnerin brachte Schiebschicks Bier und unterbrach damit das Gespräch. »Habt ihr euch schon was ausgesucht?«

»Ich nehm den Thunfisch-Wrap.« Klaudia gab ihr die Karte zurück.

»Bring mir 'ne Soljanka und den Zander. Aber sag dem Koch, dass er das Geschnösel weglassen soll, wa?«

Als die Kellnerin sie verließ, prostete Schiebschick Klaudia zu und trank in tiefen Zügen. Sein Kehlkopf tanzte bei jedem Schluck unter der faltigen Haut.

Er trinkt sich Mut an, dachte sie und lehnte sich abwartend zurück. »Hat Frank erzählt, warum er erst zur Beerdigung seines Vaters nach Lübbenau zurückgekommen ist?« Sie wechselte das Thema, um den Alten in Sicherheit zu wiegen.

»Er ist halt ein Weltenbummler«, brummelte Schiebschick und fixierte Klaudia dabei mit seinem tränenden Altmännerblick.

»Nicht vielleicht, weil es Streit zwischen ihm und dem alten Klingebiel gab?«, fügte Klaudia hinzu, die Schiebschicks aufrichtigem Blick misstraute. »Zum Beispiel wegen Jana Schenker?«

»Na ja, begeistert waren die nicht, als die Anzeige ins Haus flatterte. Das Mädchen war ja erst fünfzehn. Aber faustdick hinter den Ohren hatte die es, sag ich dir.«

»Mit fünfzehn?« Klaudia scheiterte bei dem Versuch, sich die behäbige Fleischereifachverkäuferin als männermordenden Vamp vorzustellen.

»Aber ich glaub nicht, dass sie deshalb Streit hatten.« Schiebschick nahm einen tiefen Schluck, bevor er fortfuhr. »Der Frank war halt ein schlimmer Finger. Wie sein Vater.«

»Der alte Klingebiel?« Klaudia unterdrückte ein

Grinsen: Nach ›schlimmer Finger‹ hatten die Nachrufe nicht geklungen. Doch im Alter krümmten sich wohl selbst die schlimmsten Finger.

»Wie haben die beiden sich denn so verstanden?«, fragte sie.

»Gut.«

»Und deshalb ist er abgehauen und erst zur Beerdigung wieder aufgetaucht?«

»Quatsch.« Für einen Moment sah Schiebschick aus, als sei er ihr nun wirklich böse. Aber dann schüttelte er nur sein greises Haupt. »Muffensausen wird er gehabt haben, weil die Jana ihm das Kind anhängen wollte.«

»Hat sie das?«

»Klar«, behauptete Schiebschick im Brustton der Überzeugung.

»Na dann.« Klaudia dachte an das, was in der Akte stand. Sie würde ihr Insiderwissen sicherlich nicht mit Schiebschick teilen, aber diese Diskrepanz war schon interessant. Vor allem: Warum war Frank eigentlich abgehauen? Jana hatte ihn nicht belastet. Im Gegenteil. Sie hatte geleugnet, etwas mit ihm gehabt zu haben.

»Jede hätte der Junge haben können, und dann bumst er ausgerechnet eine Schenker an.« Missmutig starrte Schiebschick in sein Bier.

»Schwebt dir jemand im Besonderen vor?«

Bevor Schiebschick sich wieder aufregen konnte, fragte Klaudia ihn, ob Frank eigentlich schon fort gewesen war, als der Schuppen abgebrannt war.

»Nee. Da hat man ja noch nichts gesehen.« Schiebschick schüttelte den Kopf.

»Und niemand hat ihn verdächtigt?«

»Warum?« Schiebschick kratzte sich den Nacken.

Ja warum?, dachte Klaudia. Warum sollte Frank Klingebiel den Kahnschuppen seines Vaters abfackeln? Doch die gleiche Frage galt für Marco. Warum sollte der Klingebiels Kahnschuppen abfackeln und dann auch noch so blöd sein, sich den Rückweg zu versperren? Nur weil der alte Klingebiel seinen Vater aus dem Geschäft drängen wollte, wie Schiebschick behauptete? Unwillkürlich schüttelte Klaudia den Kopf. Die ganze Geschichte klang einfach absurd. Sie waren hier nicht in Chicago oder Palermo. Es ging nicht um Schutzgelder oder Drogen. Dies hier war der Spreewald, und die Akteure waren alteingesessene Fährleute, die Touristen über die Fließe stakten. Da band man vielleicht mal einen Kahn los, aber man fackelte keinen Schuppen ab und verbrannte dabei. Was hatte Joe übersehen?

20. Kapitel

Wie jeden Montagmorgen stand sie auf, als der Wecker klingelte. Sie ging in die Küche, schaltete das Radio ein und kochte Kaffee und ein Vier-Minuten-Ei für ihren Mann. Im Badezimmer rauschte das Wasser, und auf einmal sah sie wieder das Blut. Sie schüttelte den Kopf. Es war alles nur ein Traum gewesen, ein böser Traum in einem Traum. Sie musste nur jeden Gedanken daran fortschieben, und es wäre nicht passiert. Sie musste einfach weitermachen. Immer weitermachen. So wie damals. Also schmierte sie ihrem Mann die Stullen und packte eine Tomate und ein Tütchen Salz in seine Butterdose.

Die tausendmal ausgeführten Handgriffe beruhigten ihre Nerven so weit, dass sie sich zum Briefkasten wagte, um die Zeitung hereinzuholen. Obwohl sie wusste, dass es noch zu früh war, überflog sie die Titelseite. Sie würde nachher auf dem Handy die Onlineausgabe der *Lausitzer Rundschau* lesen. Wahrscheinlich stand dort zumindest eine Meldung über diese Party und den Polizeieinsatz. Was hatte dieser Junge nur an der Laube gewollt, und was hatte er gesehen?

»Alles gut?« Das Gesicht ihres Mannes war noch rot von der heißen Dusche, die Haare hatte er wie immer feucht zurückgekämmt. Er setzte sich an den Tisch und faltete die Zeitung auf.

»Tut mir leid.« Sie räusperte die Panik weg, und ihr gelang sogar ein trauriges Lächeln. »Es ist im Moment nicht so einfach.«

»Du weißt, dass ich immer für dich da bin.« Er musterte sie über den Rand der Zeitung hinweg.

Eiskristalle krochen über ihre Wirbelsäule. Sie beugte sich vor und zwang sich, ihm einen Kuss auf den zurückweichenden Haaransatz zu drücken. Seine Haut roch nach dem Antischuppenshampoo, das er benutzte.

Wieso sagte er das jetzt? Wieso ausgerechnet jetzt? Hör auf, jedes Wort auf die Goldwaage zu legen. Er sagt es, weil dein Vater gestorben ist. Er weiß nichts. Er kann nichts wissen. Während ihr Mann frühstückte, lehnte sie an der Spüle und trank Kaffee. Bis auf das gleichmäßige Dudeln aus dem Radio war es still zwischen ihnen. Aber so war es immer. Er war kein großer Redner und sie schon an normalen Tagen kein Morgenmensch. Als ein Jingle die Nachrichten ankündigte, zitterten ihre Hände so sehr, dass heißer Kaffee auf ihre nackten Füße spritzte.

»Alles in Ordnung?« Ihr Mann sah von seinem Ei auf. Eine unerwartete Welle von Zuneigung verknotete ihr die Därme. Sie würde ihn vermissen. Ihn, ihren Sohn und alles, was sie aufgebaut hatten. Doch sie hatte nur dieses eine Leben, und sie hatte lange genug darauf gewartet, es endlich zu leben.

»Klar.« Sie zwang sich zu einem Lächeln und setzte sich zu ihm an den Tisch. Er streckte die Hand aus, und sie griff danach. Seine Hände waren schwielig, die Fingernägel brüchig. Es waren Hände, die aufbauten, Hände, die reparierten, Hände, die beschützten. Sie waren so ganz anders als Franks Hände. Es waren die Hände eines Mannes, der alles für seine Familie tat. Es fiel ihr schwer, ihn zu verlassen. Dabei gehörte dieser Gedanke zu ihr, seit sie ihm ihr Jawort auf dem Standesamt in Lübbenau gegeben hatte. Sie hatte immer gewusst: Frank kommt zurück. Und nun war er da, und alles würde gut.

21. Kapitel

Nieselnovember. Montagmorgen. Weckerklingeln. Drei gute Gründe, sich noch einmal umzudrehen und die Decke über den Kopf zu ziehen. An Tagen wie diesen würgte Klaudia die Sehnsucht nach ihrem alten Leben. Dann dachte sie daran, wie Arno den Arm nach ihr ausgestreckt und sie sich an ihn gekuschelt hatte und sie noch einmal gemeinsam fünf Minuten wegdämmerten, bevor sie sich dem Tag stellten.

»Vorbei!« Klaudia schwang die nackten Beine aus der

Wärme des Bettes, warf die Kaffeemaschine an und taperte fröstelnd ins Bad, um zu duschen.

Zwanzig Minuten später saß sie in Jeans und Pulli am Küchentisch, in der einen Hand den Kaffeebecher, in der anderen ihr Smartphone, und gab den Namen des Mannes in die Suchmaschine ein, dem sie gleich einen Besuch abstatten würde. Die letzten Jahre hatten Klaudia gelehrt, dass es nur wenige Menschen gab, die keine Spuren im World Wide Web hinterlassen hatten. Und auch wenn Thang diesen Klingebiel einen Zivilisationsverweigerer genannt hatte, machte auch er keine Ausnahme. Im Gegenteil: Es gab erstaunlich viele Bilder von ihm, aber auch über ihn. Fotograf war er, aber er hätte auch Model sein können. Typ: graumelierter Wikinger. Dem Wassersport schien er immerhin treu geblieben zu sein. Klaudia musterte den Mann im Kajak, der lächelnd in die Kamera schaute: blonder Abenteurerbart, ebenso blonde Haare und Augen so blau wie das Wasser, auf dem er unterwegs war. Kein Wunder, dass Jana Schenker auf ihn geflogen war.

Sie trank den letzten Schluck Kaffee und sah auf die Uhr. Wahrscheinlich würde sie ihn aus dem Bett schmeißen, aber das musste sie riskieren. Sie verließ die Wohnung und tippte eine Nachricht an PH in ihr Handy, dass sie aus familiären Gründen dringend ab morgen Urlaub brauchte. Sobald er ihn genehmigt hatte, würde sie Conny anrufen. Jetzt war es noch zu früh. Wahrscheinlich war sie ohnehin auf dem Weg ins Krankenhaus. Klaudia versuchte sich ihren Vater vorzustellen, wie er sich mit der Klopapierrolle den Hintern abwischte. Gruselig. Sie steckte das Smartphone in die Jackentasche, und zeitgleich trat ihr Fuß auf etwas anderes als die erwartete Stufe. Sie knickte um. Ein heftiger Schmerz schoss ihr bis ins Knie, sie fiel und prallte gegen die Wohnungstür ihres Vermieters. Für einen Moment drehte sich die Welt um Klaudia, und vor ihren Augen explodierten Sterne.

»Scheiße.« Sie rieb sich die Schulter und sah sich um. Auf der untersten Stufe lag ein schlammverkrusteter roter Gummistiefel, ein Smiley war in das Absatzprofil eingearbeitet und zwinkerte Klaudia an. Der andere Stiefel lag auf der Fußmatte vor Uwes Wohnung. Klaudia wusste sofort, wem das Paar gehörte.

»Blödes Blag.« Sie schlug mit der Faust gegen die Tür. Natürlich würde niemand sie hören. Die Mädchen waren in der Schule, und Uwe war sicher in Berlin bei seinem viel zu früh geborenen Sohn. Trotzdem brauchte Klaudia dieses Ventil, dann tat sie das Nächstbeste, riss die Kellertür auf und schleuderte die schlammigen Stiefel in die Waschküche. Da waren sie wenigstens am richtigen Ort. Genau in diesem Moment begriff sie. Annalene war also Freitagnacht doch bei der Party gewesen. Und Uwe hatte keine Ahnung. Na, von ihr würde er es nicht erfahren. Sie versenkte die Hände in den Taschen ihrer gefütterten Jacke und humpelte durch den noch düsteren Morgen. Aus der Bäckerei Bubner fiel Licht durch die beschlagenen Schaufenster auf den menschenleeren Marktplatz. Die Verkäuferinnen räumten Brote in die Regale oder schmierten die ersten Brötchen des Tages. Noch war es ruhig im Zentrum der Stadt, doch das würde sich ändern, wenn die Geschäfte rund um den Markt öffneten. Am Brunnen bog Klaudia in die Spreestraße ein, um zur Brücke am Spreeschlösschen zu gelangen. Das dreigeschossige Haus mit dem Fachwerkgiebel erinnerte nicht einmal im Sommer an ein Schloss, wenn seine in freundlichem Gelb gestrichene Fassade in der untergehenden Sonne leuchtete. Jetzt im Winter wirkte es so trist wie der Rest des Hafens. Der Biergarten war geschlossen, und auch der Anleger war bis auf einen abgedeckten Spreewaldkahn verwaist. Die meisten Fährleute hatten ihre Kähne an Land gezogen, wo sie kieloben aufs Frühjahr warteten und sich wie ihre Besitzer von der langen und anstrengenden Saison erholten.

Der Wotschofskaweg führte am Schloss vorbei und dann weiter an der Spree entlang. Klaudia war hier schon oft gejoggt. Sie mochte die Ruhe, die das Wasser ausstrahlte. Im Frühjahr hatten Bisamratten im Uferschilf ihren Bau gehabt. Wenn man sich ruhig verhielt, konnte man ihren Nachwuchs bei seinen Wasserspielen und ersten Jagdversuchen beobachten. Jetzt war das Nest verwaist. Klaudia ging, so schnell sie konnte. Die Bewegung vertrieb den Schmerz aus ihrem Knöchel. Ein Fischreiher rauschte übers Fließ und landete auf einem Baumstamm, der im Wasser lag.

Nach der nächsten Kehre lief sie auf die Brücke zu, die über die Spree führte. Auf dieser Seite des Fließes endete der Weg und führte auf der gegenüberliegenden Halbinsel weiter. Direkt hinter der Brücke zweigte dann auch der Pfad ab, der an der Klingeweide vorbei zu den Datschen führte.

Auch wenn der Himmel grau über dem Fließ hing, strahlten die drei aus schwarzem Holz gebauten Datschen mit ihren Schlangengiebeln Gemütlichkeit aus. Es hätte Klaudia nicht gewundert, wenn eine Spreewaldbäuerin mit bestickter Schürze und ausladender Haube aus der Haustür getreten wäre, um Feuerholz vom Stapel zu nehmen, der unterhalb des Fensters aufgeschichtet war.

Stichkanäle, in denen im Sommer wahrscheinlich Paddelboote lagen, trennten die Grundstücke voneinander. Aus dem Schornstein des zweiten Hauses stieg Rauch, den der Wind sofort zerfetzte. Vor der Datsche war das Wintergras zertrampelt. Hier musste der Junge gelegen haben. Klaudia hob die Hand und klopfte an. Keine Reaktion. Sie beugte sich vor und schaute durchs Fenster. Viel gab es nicht zu sehen. Ein Holzherd, vor dessen offener Klappe ein Schlafsack hing, ein Tisch mit ein paar Stühlen und eine Ausziehcouch, auf der ein zerknittertes Laken lag.

»Wollen Sie zu mir?«

Klaudia fuhr herum. Der Mann hatte sie eiskalt erwischt. Nicht zum ersten Mal verfluchte sie ihr rechtes Ohr, das sie nach der Trennung von Arno im Stich gelassen hatte. Sie hätte ihn hören müssen.

»Frank Klingebiel?«, fragte sie, obwohl sie ihn sofort erkannte. Er sah sogar noch besser aus als auf den Fotos im Internet. Nicht ganz so kompakt, sondern schlanker. Sein Haar stand scheinbar willkürlich in alle Richtungen gezupft ab, und er trug Jeans und ein T-Shirt. Obwohl es novemberlich frisch war, stand er barfuß vor ihr.

»Wagner«, stellte sie sich vor. »Kripo Lübben.«

»Wie geht's dem Jungen?« Klingebiel musterte Klaudia freundlich lächelnd. Er wirkte ausgeruht und entspannt. Nicht wie jemand, dessen Sohn niedergeschlagen worden war.

»So weit gut, denke ich«, antwortete Klaudia.

»Ich wollte gerade Tee trinken.« Klingebiel grinste sie auf eine Art an, die so etwas wie eine Luftblase unter ihr

Zwerchfell zauberte. »Wollen Sie auch einen?« Dieser Mann war sich seiner Wirkung auf Frauen sehr bewusst.

»Ja, gerne.« Klaudia folgte ihm ins Haus. Obwohl die Wohnküche frisch gelüftet wirkte, hing ein leicht bitterer Geruch in der Luft. Klaudia unterdrückte ein Grinsen. Der Abenteurer gönnte sich also hin und wieder einen Joint.

»Setzen Sie sich doch.« Klingebiel räumte Wäsche von einem Stuhl und warf sie auf die Schlafcouch.

»Danke.« Klaudia öffnete ihre Jacke. »Hübsche Tischdecke.« Ihre Finger strichen über die altersstumpfe Stickerei. Das filigrane Blumenmuster erinnerte sie an die Stickereien auf den Festtagstrachten der Spreewälder Frauen.

»Wenn man so was mag.« Er stellte einen dampfenden Teebecher vor ihr ab. »Zucker?«

»Nein, danke.«

»Stört es Sie, wenn ich rauche?« Er setzte sich nun ebenfalls und zog ein Päckchen Tabak zu sich heran.

Klaudia schüttelte den Kopf. »Stört es Sie, wenn ich unsere Unterhaltung aufzeichne?«

»Ich weiß nicht.« Klingebiel befeuchtete mit der Zunge die Gummierung. »Sollte es mich stören?«

»Haben Sie den Jungen niedergeschlagen?«

»Gott bewahre, nein.«

»Dann wohl eher nicht.« Klaudia lächelte freundlich und holte ihr Smartphone aus der Tasche.

»Müssten Sie mich nicht über meine Rechte aufklären?«

»Dies ist kein Verhör«, sagte Klaudia. »Ich will Sie auch nicht lange aufhalten.«

»Was übersetzt heißt, Sie wollen endlich loslegen.«
Klingebiel steckte sich die Zigarette an und lehnte sich
zurück. Er rieb sich die Nase. »Ich hab mich gewundert,
weil die Musik auf einmal aufhörte, also bin ich vor die
Tür, und da lag der Junge.«

»Kannten Sie den Jungen?«, fragte Klaudia.

»Nein.« Nichts an Klingebiels Körperhaltung verän-
derte sich. Sein Blick blieb offen, und er wirkte wie jemand, der gerne helfen wollte, aber nicht wirklich beteiligt war.

»Haben Sie etwas angefasst?« Klaudia eierte ein bisschen herum, noch war die Gelegenheit nicht da.

»Ich hab den Puls des Jungen gefühlt.«
Er griff sich an die Halsschlagader.

»Das war sehr vernünftig.« Klaudia nickte. »Und Sie
haben niemanden gesehen?«

»Doch«, antwortete er. »Ihre Kollegen. Die waren ja
sofort da. Was für ein Glück. Ich hätte gar nicht gewusst,
wie ich Hilfe holen soll.«

»Sie haben kein Handy, sagt mein Kollege.«

»Ich hasse es, überall erreichbar zu sein. Außerdem
bin ich meistens in Gegenden, wo mit Netzen Fische gefangen werden und nicht Menschen, die sich eh nichts zu
sagen haben.«

»Okay«, sagte Klaudia. Der Typ sah nicht nur aus wie
ein Abenteurer, er schien auch einer zu sein. »Wohnt außer Ihnen sonst noch jemand hier in den Datschen?«

»Nein«, antwortete Klingebiel. »Doch die Tage lief
hier so ein Penner rum.«

»Aber der wohnt nicht hier.«

»Ich will's nicht hoffen«, sagte Klingebiel. »Meine
Mutter wäre entsetzt. Ihr gehört das alles. Jetzt«, fügte

er hinzu und zog an seiner Zigarette. Mit leisem Knistern verbrannte das Papier.

»Ich hörte vom Tod Ihres Vaters. Mein Beileid.«

»Danke.« Klingebiel kratzte sich den Nacken. Er schien nicht gerne über seinen Vater zu sprechen.

»Sie sind schon lange fort aus Lübbenau«, tastete Klaudia sich vor.

»Zwanzig Jahre«, antwortete Klingebiel.

»Kennen Sie die Familie Schenker?«

»Leider«, sagte Klingebiel.

»Sind Sie wegen ihnen fortgegangen?«

»Warum sollte ich?«

»Vielleicht wegen der Anzeige? Oder dem Feuer?«

»Ich finde, Sie sollten das Ding jetzt ausschalten.« Klingebiel drückte die Zigarette aus, dabei landete der kümmerliche Rest eines Joints, an dem noch Lippenstiftreste klebten, auf der Tischdecke.

»Sie hatten Besuch?« Klaudia schaute von der Kippe zu Klingebiel.

»Die Tage.« Klingebiel stopfte den Joint wieder in den Aschenbecher.

22. Kapitel

»Ich muss los.« Ihr Mann strich ihr über die Wange, bevor er die Zeitung in die abgegriffene Aktentasche steckte, die schon seinem Vater gehört hatte und in der sie seine Butterdose und die Thermoskanne mit dem Kaffee verstaut hatte. Sie verabschiedete sich von jeder einzelnen Handlung. Das Telefon klingelte im Flur und riss sie aus ihren Gedanken. Ihr Mann schaute zu ihr, und als sie keine Anstalten machte, das Gespräch anzunehmen, verschloss er die Aktentasche und ging in den Flur, um selbst ranzugehen. Sie hörte sein Murmeln, dann rief er sie.

»Kannst du Mutter heute zu den Datschen staken?«

»Heute?«

»Ja.« An den Rändern klang seine Stimme jetzt scharfkantiger. Er wurde ungeduldig.

Sie musste sich zusammenreißen. Keinen Streit. Nur keinen Streit.

»Von den anderen kann keiner.«

»Will sie zu Frank?« Sie trat zu ihm in den Flur. Ihr Herz schickte Stoßwellen durch ihren Körper, und die Wände des Flurs neigten sich ihr entgegen. Sie lehnte sich gegen die kühle Wand, um nicht umzufallen.

»Keine Ahnung. Wahrscheinlich.« Dieter hielt mit der schwieligen Hand den Hörer zu. Vor der Tür hupte der Geselle, der ihn abholen sollte. »Kannst du, oder kannst du nicht?«, zischte er.

»Ich hab einen Zahnarzttermin.« Sie war froh, dass sie nicht lügen musste.

»Na dann.« Er schob das Kinn vor, schaute von ihr zur Tür, kam zu einer Entscheidung und sprach wieder in den Hörer. »Ich kann dich gegen neun abholen«, sagte er. »Ich muss nur erst noch zur Baustelle.« Er lauschte und sagte noch: »Nicht dafür« und »Tschüss«, und legte dann auf.

»Das musst du nicht tun.« Sie folgte ihm zur Eingangstür. »Mutter könnte Schiebschick fragen.«

»Sie hat uns gefragt.« Ihr Mann beugte sich vor und

hauchte ihr einen Kuss auf die Stirn. »Bis später«, sagte er. Sie folgte ihm zur Eingangstür und sah ihm nach. Von hinten sah er noch so aus wie der Fußballer, der er früher gewesen war. Kräftig mit breiten Schultern und schmalen Hüften. Nur von vorn und von der Seite sah man den Bierbauch, der sich unterhalb der Rippenbögen wölbte. Wo war nur der federnde Gang seiner Jugend geblieben? Wahrscheinlich in den Fugen der Millionen Fliesen, die er im Laufe seines Lebens verlegt hatte. Ihr Blick glitt über das Grundstück. Ihr Vater hatte ihnen bei der Finanzierung des Hauses geholfen, sonst hätten sie es sich nicht leisten können. Aber er hatte auf keinen Fall gewollt, dass seine Tochter auf die andere Seite der Gleise zog. Sie gehörten hierher und nicht zu den Zugezogenen, die das Kraftwerk in die Stadt gebracht hatte. Vater hatte das Kraftwerk gehasst, dessen sieben Schornsteine die Luft verpesteten. Er hatte es sich nicht nehmen lassen, dabei zu sein, als an einem nasskalten Morgen im Februar der erste Schornstein fiel. Jetzt wird es besser, hatte er gesagt, und irgendwie hatte er recht behalten. Für sie war es besser geworden, es waren mehr Touristen gekommen, und ihr Mann hatte sich selbstständig gemacht. Nur für die auf der anderen Seite der Gleise zunächst nicht. Viele waren fortgegangen.

Ihr eigener Wagen stand wie immer vor der Garage. Sie dachte, dass sie die im Frühjahr unbedingt mal wieder ausmisten müssten, aber dann fiel ihr ein, dass sie im Frühjahr nicht mehr hier sein würde. Sie wandte sich ab, um ihr iPhone zu holen. Das Briefsymbol poppte auf, sobald sie es entsperrt hatte. Eine SMS ihres Mannes: Geh nicht fort.

Er hatte es gewusst. Er hatte es immer gewusst.

23. Kapitel

»War es Frau Schenker?«, fragte Klaudia den Mann, der sie schuldbewusst von unten herauf angrinste: ein Schuljunge, der beim Äpfelklauen erwischt worden war. Jana hatte davon gesprochen, Freitagnacht im Schuppen verbracht zu haben.

Das Lächeln fiel aus Klingebiels Mundwinkeln auf die bestickte Tischdecke. »Nein«, fuhr er auf. »Um Gottes willen.«

Seine Empörung schien spontan und echt zu sein. Er konnte natürlich auch begriffen haben, dass sie zwar blond, aber trotzdem ein ernst zu nehmender Gegner war, und sich jetzt mehr Mühe geben. Klaudia schwieg. Sie wusste um die Kraft des Schweigens. Jedes Geräusch wurde lauter, das Knistern der Buchenscheite im Holzofen, ein klappernder Fensterladen, der Ruf einer Krähe.

»Das sind doch alles alte Geschichten«, sagte Klingebiel schließlich. »Was haben die mit dem Jungen zu tun?« Er stockte.

Klaudia konnte direkt sehen, wie sich die Puzzleteilchen in seinem Hirn sortierten.

»Das ist es nicht, oder?« Er sackte wieder auf den Stuhl.

»Was ist es nicht?«, fragte Klaudia.

»Der Junge.« Klingebiel räusperte sich. »Er ist nicht …?«

»… Ihr Sohn?«

»Ist er …?«

»Sie haben ihn nicht erkannt?«

»Ich hab ihn nie vorher gesehen.«

»Aber Sie wussten von ihm?«

»Ja, schon«, antwortete Klingebiel. »Aber ich war so weit weg, und nach der Sache mit Marco … Außerdem waren wir viel zu jung. Jana war noch nicht mal sechzehn. Das wär eh nicht gut gegangen.« Klingebiel sah auf. »Meinen Sie, er wollte zu mir?«

Bevor Klaudia die Frage beantworten konnte, klopfte es hinter ihr. Sie fuhr herum. Vielleicht war es ja die unbekannte Geliebte, die ihrem Lover einen Besuch abstattete. Doch auf dem Anleger stand ein kräftig gebauter Mann in Cordjacke und verschlissener Jeans.

»tschuldigung.« Klingebiel war sofort auf den Beinen, um die Glastür zu öffnen.

»Was gibt's?«, fragte er. Seine Stimme klang, als würde er einen Zeugen Jehovas abfertigen.

»Wir wollten mal nachschauen«, sagte der Fremde. »War ja mächtig was los hier. Du hättest ruhig anrufen können.«

»Ich hatte andere Sorgen.«

»Immer noch der Alte, was?«

Das interessiert mich, dachte Klaudia und trat zu den beiden Männern. »Wagner.« Sie streckte die Hand aus. »Kripo Lübben.«

»Schlösser.« Der Mann ergriff sie und quetschte sie bis auf die Knochen. Klaudia erwiderte den Händedruck, ohne mit der Wimper zu zucken. So einer bist du also, dachte sie.

»Mutter will dich sprechen«, sagte Schlösser zu Klingebiel.

»Und deshalb schickt sie dich?«

»Ich hab sie hergebracht.«

»Immer der zuvorkommende Schwiegersohn, was?«

»Sie sieht nebenan nach dem Rechten«, antwortete

Schlösser scheinbar unbeeindruckt von Klingebiels Bemerkung. »Du kümmerst dich ja nicht«, schickte er dann aber doch als Retourkutsche hinterher.

Nette Familie, dachte Klaudia. Die besten Freunde schienen die Schwäger auf jeden Fall nicht zu sein.

Klingebiel öffnete den Mund und schloss ihn wieder. Ihm dämmerte wohl, dass eine Polizistin neben ihm stand, und er verschluckte die Bemerkung, die ihm auf der Zunge lag. Es sah allerdings aus, als stecke sie ihm ziemlich quer in der Kehle.

»Ich komme gleich.« Er räusperte sich. »Oder haben Sie noch Fragen?«

Klaudia schüttelte den Kopf.

»Na dann?« Klingebiel schaute von ihr zu seinem Schwager, irgendwie schien er nicht zu wissen, wie er sich jetzt verhalten sollte.

»Wo ist eigentlich das Kanu?« Schlösser schaute sich demonstrativ um.

Gute Frage, dachte Klaudia und machte sich einen mentalen Knoten ins Gehirn, um darauf zurückzukommen.

Klingebiel kaute noch an der Antwort, als ihn der Schrei einer Frau unterbrach.

24. Kapitel

Sie ließen ihn Montagmorgen nach der Frühvisite nach Hause. Nicht ohne ihn zu ermahnen, unbedingt noch Bettruhe einzuhalten. Ob er abgeholt würde, fragte der

Arzt zum Abschied. Daniel hatte genickt, um das Verfahren abzukürzen. Er hatte keinen Bock, seinem Onkel zu begegnen, also würde er mit der Bahn fahren. Mit so einer Kopfverletzung sei nicht zu spaßen, ermahnte ihn der Arzt. Vor der Station lungerte ein drahtiger Vietnamese herum. Er wirkte völlig übermüdet und hob kurz den Kopf, als sich die Automatiktüren öffneten. Für einen Moment begegneten sich ihre Blicke, dann schaute der Typ wieder auf seine gefalteten Hände. Es sah aus, als würde er beten. Erst im Zug fiel Daniel ein, dass der Typ gestern bei ihm gewesen war. Zusammen mit der Frau von der Kripo. Warum überwachte die Polizei ihn? Dachten sie, er sei in Gefahr? Daniel stand auf und wechselte den Waggon. Immer wieder schaute er sich um. Soweit er das beurteilen konnte, folgte ihm niemand, und keiner schien ihn zu beachten. Dennoch war es komisch. Vermuteten die Polizisten etwa, wer immer ihn niedergeschlagen hatte, würde noch einmal versuchen, ihn auszuschalten? Nur diesmal endgültig?

Ein unangenehmes Kribbeln breitete sich unterhalb seines Zwerchfells aus. Bisher hatte er gedacht, irgendein Verrückter von der Party, der zu viele Pillen eingeworfen hatte oder was auch immer, hätte ihm eins über die Rübe gezogen. Aber was, wenn nicht? Er dachte an den Penner, der sich ihm in den Weg gestellt hatte. Vielleicht hatte der ihn niedergeschlagen? Zuzutrauen wäre es ihm. Aber warum? Weil er dich für einen Spanner gehalten hat, was sonst! Daniel schlug sich gegen die Stirn, was er augenblicklich bitter bereute. Sein Kopf dröhnte wie ein tibetanischer Gong, trotzdem schaffte er noch den nächsten klaren Gedanken. Das machte keinen Sinn. Nur warum bewachte die Polizei ihn dann?

Mit gesenktem Kopf trottete Daniel die Spreestraße entlang. Obwohl er es nur ungern zugab, schien der Arzt recht gehabt zu haben. Sein Schädel wummerte, und das flaue Gefühl in seinem Magen wurde stärker. Wahrscheinlich war es tatsächlich das Beste, wenn er sich aufs Ohr haute. Das anschwellende Heulen von Polizeisirenen ließ ihn aufschauen. Mit quietschenden Reifen bog ein Mannschaftswagen in die Spreestraße ein und raste Richtung Hafen an ihm vorbei. Daniels Magen zog sich zusammen, und wieder musste er an diesen Polizisten denken, der ihn im Krankenhaus bewacht hatte. Er fuhr herum. Niemand hinter ihm, nur zwei Autos, die den Mannschaftswagen vorbeigelassen hatten. Ob der Polizist in einem der Wagen saß? Unwillkürlich lief Daniel schneller, aber nicht nach Hause. Er folgte den Einsatzwagen.

Am großen Kahnhafen liefen Menschen Richtung Schloss über die Brücke.

»Was ist da los?«, fragte Daniel einen Kahnführer, der rauchend vor dem Büro der Genossenschaft stand und übers Fließ schaute.

»Keine Ahnung. Irgendwas auf der Klingeweide.« Der Kahnführer drückte seine Zigarette am Geländer aus und stopfte die Kippe in einen Taschenascher.

Daniels Eingeweide verkrampften sich. Seine Beine wollten nur noch weg. Fort von den heulenden Sirenen und dem zwischen kahlen Bäumen und Büschen aufblitzenden Blaulicht. Seine Beine wollten nach Hause, in sein Zimmer. Trotzdem lief Daniel zur Brücke, hastete an Schlossparkplatz und Ententeich vorbei, immer weiter. Atemlos erreichte er die Brücke, wo der Penner ihn zurückgehalten hatte. Das Polizeiboot und das Boot vom

DRK rauschten über das Wasser, verschwanden hinter der Landzunge, die die Spree an dieser Stelle teilte. Ein Polizist stellte sich ihm in den Weg. Keuchend beugte Daniel sich vor. Sein Magen hob sich, und er krümmte sich über die Brennnesseln, die neben dem Weg wucherten.

»Hau mal besser ab«, sagte der Polizist gutmütig.

»Geht schon.« Daniel wischte sich den Mund am Ärmel ab. »Was ist da los?« Er schaute an dem Polizisten vorbei. Die blonde Polizistin, die ihm seine Brille zurückgebracht hatte, stand am anderen Ufer inmitten von Beamten, die sich in weiße Schutzanzüge zwängten, und sprach mit einer anderen Frau, wobei sie mit den Händen gestikulierte. Unvermittelt hielt sie inne und zog ein Handy aus der Hosentasche. Während sie telefonierte, schweifte ihr Blick umher, als suche sie jemanden. Daniel war versucht, hinter dem Polizisten in Deckung zu gehen, aber da schaute sie ihm bereits direkt in die Augen. Sie steckte das Handy zurück und sagte etwas zu der Frau, die sich nun auch zu ihm umdrehte und ihn unter gerunzelten Augenbrauen hervor musterte.

Nichts wie weg hier, dachte Daniel, doch wohin sollte er laufen? Also blieb er einfach stehen und starrte auf die Polizistin.

25. Kapitel

»Entschuldigen Sie mich bitte.« Klaudia war direkt dankbar, dass sie Demeter-Anders stehen lassen konnte. Ihr Kopf schmerzte, und die immer etwas affektiert klingende Stimme der Staatsanwältin verstärkte das Pochen in ihren Schläfen. »Ich sollte mich mal mit dem Jungen unterhalten.«

Demeter-Anders drehte sich um. »Sieht zerschlagen aus.«

»Das ist die GefKV vom Freitag.« Klaudia benutzte die polizeitypische Abkürzung für ›gefährliche Körperverletzung‹.

»Wir haben keinen Hinweis, dass Rechte beteiligt waren.« Demeter-Anders vergrub die Hände in den Taschen ihrer Barbour-Steppjacke. »Nicht, dass Sie sich wieder verrennen.«

Du mich auch, dachte Klaudia, konnte sich dann aber doch nicht verkneifen, die Staatsanwältin an den Grund des Einsatzes zu erinnern.

»Das war aber auch das einzig Gute an dem Einsatz«, räumte Demeter-Anders ein und zog ihr iPhone aus der Jackentasche.

»Er ist wohl doch nicht so gut?«, sagte Klaudia.

»Wer?« Demeter-Anders starrte stirnrunzelnd auf das Display.

»Ihr V-Mann.«

»Glauben Sie mir«, sagte Demeter-Anders und schaute von ihrem Handy auf. »Er ist der Beste.«

»Na dann.« Klaudia hatte keine Lust, sich mit ihr über V-Männer zu unterhalten, die sie nicht einmal kannte und die wahrscheinlich so tief in der Szene steckten, dass sie das auch gar nicht wollte.

Demeter-Anders schien ihr Unbehagen zu spüren. »Und wir finden auch heraus, ob dieser Fiedler Ihren Wagen manipuliert hat«, fuhr sie fort, und dabei klang ihre Stimme erstaunlich freundlich.

»Ach?« Klaudia hob die Brauen. »Ihr Mann weiß also etwas?«

»Leider nein«, beteuerte Demeter-Anders. »Nicht einmal der beste verdeckte Ermittler ist immer und überall präsent.« Sie biss sich auf die Unterlippe und runzelte die Stirn. Sie hatte gerade eingeräumt, dass der Staatsschutz einen verdeckten Ermittler in der Szene hatte. »Wir stehen kurz vor dem Durchbruch«, fügte sie hinzu, als würde das ihren Fauxpas erklären.

»Wenn Sie das sagen.« Klaudia hob nur die Augenbrauen. Wer immer dieser geheimnisvolle Kollege war, bis jetzt hatte er immer nur die Rechten entlastet.

»Ich weiß, wie Sie sich fühlen«, sagte Demeter-Anders zu Klaudias Erstaunen. »Wirklich. Ich bin da ganz bei Ihnen.« Demeter-Anders wandte sich um und lief den Weg an der Weide entlang zu den Datschen, wo das Polizeiboot angelegt hatte. »Wir sehen uns«, rief sie über die Schulter zurück.

Wird sich wohl nicht vermeiden lassen, dachte Klaudia und winkte seufzend dem Kollegen, den Jungen passieren zu lassen.

»Solltest du nicht im B... liegen?«, fragte sie, als er vor ihr stand. Daniel sah aus, als könnte ihn ein Regentropfen umhauen. Bis auf die mittlerweile verschorften und immer noch orangefarbenen Schürfwunden war er blass wie ein Stecklaken, und trotz der Kälte glänzte ein

Schweißfilm auf seiner Stirn. Erstaunlich, dass die Ärzte ihn schon entlassen hatten.

»War das Ihr Kollege?« Seine Stimme klang nasal und heiser.

»Wer?«, Klaudia drehte sich um.

»Der Anruf eben.«

»Ja«, bestätigte Klaudia, obwohl sie keine Ahnung hatte, woher der Junge das wissen konnte. Daniel nickte. Irgendwie wirkte er, als wüsste er, worüber sie und Demel gesprochen hatten. Komischer Typ.

»Ich hab die Polizeisirenen gehört.«

»Ich verstehe«, antwortete Klaudia, und das stimmte. Der Junge zitterte vor Aufregung und wagte nicht, die Frage zu stellen, die ihm auf den Lippen lag. Er machte sich Sorgen, und soweit Klaudia wusste, gab es nur einen Menschen auf dieser Insel, um den er sich sorgte.

Sie war versucht, ihn zu beruhigen, hielt sich dann aber zurück. Vielleicht ließ sie die Sache erst einmal laufen. »Jetzt, wo du hier stehst …« Sie zeigte hinter sich. »Erinnerst du dich da an mehr?«

»Nicht wirklich«, sagte er. Schweigend standen sie auf der Brücke und starrten in die Spree. Ein gelbes Blatt kreiselte auf dem träge fließenden Wasser.

»Warum sind Sie hier?«, fragte Daniel schließlich, als Klaudia keine Anstalten machte, das Gespräch in Gang zu halten. »Ist etwas …«

»… mit deinem Vater?«, fragte Klaudia.

»Ja.« Der Junge schluckte trocken.

»Wie kommst du darauf?«

»Wegen dem Alarm und allem hier.« Daniel machte eine unbestimmte Bewegung mit der Hand.

»Hast du denn etwas beobachtet, das uns helfen

könnte?« Es war keine Grausamkeit, die Klaudia dazu verleitete, den Jungen im Ungewissen zu lassen, sondern taktisches Kalkül. Und die Rechnung ging auf.

»Da war dieser Typ.«

»Was für ein Typ?«

»So 'n Penner halt.«

Klaudias Ermittlerader begann zu pochen.

»Und?«, fragte sie, als Daniel keine Anstalten machte, weiterzusprechen.

»Ja.« Die Antwort kam zögernd.

»Und?«, fragte Klaudia wieder. Wie so viele Opfer von Gewalttaten brauchte wohl auch Daniel Hilfe, um seine Erinnerungen auszudrücken. Sie musterte ihn. Er kämpfte mit sich. Was immer zwischen ihm und dem Mann vorgefallen war, es hatte ihn beeindruckt.

»Er hat gesagt, mein Vater will mich nicht sehen.«

»Genau so?«, fragte Klaudia.

»Ja«, sagte Daniel nach einer weiteren Pause.

»Aber du bist trotzdem zu ihm.«

»Nicht sofort«, antwortete Daniel. »Erst später. Was ist mit ihm?«

»Er lebt.« Klaudia wusste, dass seine Sorge nicht dem Penner galt. »Es geht ihm gut«, fügte sie in einem Tonfall hinzu, der nur beim ersten Hinhören beruhigend klang. Als die Worte dann nachhallten, wirkten sie bedrohlich. »Warum bist du später noch einmal zu ihm?«

»Ich wollte ihn sehen, und der Alte war weg.«

»Aber das konntest du nicht wissen.«

»Was?«

»Dass der Alte weg war.«

»Ich …« Daniel stockte und rettete sich dann in ein genuscheltes »… hab's mir gedacht.« Tränen stiegen ihm in die Augen. Er wandte sich ab und spuckte ins Fließ. Du wirst es mir sagen, dachte Klaudia. Auch wenn es wehtut. So leid ihr der Junge tat und so gerne sie ihn geschont hätte. Sie ermittelte jetzt nicht mehr in einem GefKV-Fall. Jetzt ging es um Mord.

26. Kapitel

Das Schweigen breitete seine Schwingen zwischen ihnen aus. Bevor es übermächtig werden konnte, räusperte sich Klaudia.

»Und er hat wirklich gesagt, dass dein Vater ...«, sie betonte das letzte Wort besonders, »... dich nicht sehen will?«

Daniel nickte und verzog dabei den Mund. Wahrscheinlich fühlte sich jedes Nicken für ihn so an, als fiele ihm der Kopf vom Hals: ein überreifer Kürbis auf einem zu schmalen Stiel.

»Und warum?«

»Wegen einer Frau.«

»Einer Frau?«, wiederholte Klaudia. »Woher wusste er das?«

»Keine Ahnung«, sagte Daniel. »Vielleicht kennt er meinen Vater.«

Ja, vielleicht. Klaudia dachte daran, wie sie Klingebiel das Passfoto gezeigt hatte. Danach war die Befragung gelaufen. In ihren Schläfen hämmerte der Schmerz, nicht wuchtig wie mit einem Vorschlaghammer geschlagen, sondern hastig und fast beiläufig. Sie lehnte sich gegen das hölzerne Brückengeländer und streckte für einen Moment das Gesicht gen Himmel. Graue Wolken hingen über den Wipfeln. Es hatte angefangen zu nieseln, und der kalte Wasserdampf kühlte ihre Wangen.

»Diese Frau …« Sie dachte an den ausgedrückten Joint mit den Spuren von Lippenstift. Klingebiel hatte sie also angelogen. Die Frau war nicht irgendwann da gewesen, sondern Freitagnacht. Warum hatte er gelogen? Weil es doch Jana Schenker gewesen war? Oder aus einem anderen Grund? »… hast du sie gesehen?« Sie wagte gar nicht zu hoffen, dass sich die Identität der Unbekannten auf diese Weise klären würde. Sie musste in der Datsche gewesen sein, während Thang mit Klingebiel gesprochen hatte. Sie musste etwas gesehen haben oder vielleicht sogar getan?

»Ja.«

»Hast du sie erkannt?« Thang wird nicht begeistert sein, wenn er von der Frau erfährt, dachte Klaudia, aber dann fiel ihr ein, dass Thang im Moment andere Sorgen hatte, und sofort meldete sich ihr schlechtes Gewissen. Ich hätte anrufen sollen. Keiner dieser Gedanken unterbrach die Befragung.

»Nein«, antwortete Daniel so hastig, dass Klaudia ihm nicht glaubte. »Kann ich zu ihm?«

Klaudia musterte ihn. »Warum bist du deinem Vater überhaupt gefolgt?«

»Können Sie sich das nicht denken?«

»Ich würd's gerne von dir hören.«

»Ich wollte mit ihm sprechen.«

»Und?«, fragte Klaudia.

»Und was?«

»Hast du mit ihm gesprochen?«

»Nein, es war ja die Frau da.«

»Wie sah sie aus?«

»Ich weiß nicht.« Daniel schob die Brille hoch und räusperte sich, bevor er fortfuhr. »Ich hab nicht viel gesehen. Sie hatten Sex, glaube ich.«

»Okay«, sagte Klaudia und überlegte fieberhaft, wie sich dieses neue Puzzleteil ins Gesamtbild einfügte: Sie hatten einen niedergeschlagenen Jungen und eine männliche Leiche. Klingebiels Mutter hatte den Toten gefunden. Er hockte zusammengekrümmt zwischen Kloschüssel und Wand. Jemand hatte ihn niedergeschlagen. Wahrscheinlich mit dem gleichen Holzscheit, das auch Daniel ins Reich der Träume geschickt hatte. Der Junge war wieder aufgewacht, der Alte hatte weniger Glück gehabt. Oder weniger Kraft? Klaudia fragte sich, wer wen niedergeschlagen hatte. Das Holzscheit war voller Blut gewesen, und jemand hatte mitten hineingefasst, aber wie hieß es so schön: brauchbare Fingerabdrücke auf feuchtem Holz, finde den Fehler. Sie hatten wahrscheinlich Spuren ohne Ende, und nichts davon half ihnen wirklich weiter.

»Sind Sie wegen ihr hier?«, fragte Daniel schließlich.

Klaudia schüttelte den Kopf. »Der alte Mann, den du gesehen hast, wurde niedergeschlagen.«

»Ist er …?«

»Tot?«, vollendete Klaudia seine Frage und nickte wieder. Für einen Moment spielte sie mit dem Gedanken, den Toten von dem Jungen identifizieren zu lassen, aber dann dachte sie an all das Blut. Kein schöner Anblick, nicht einmal für eine Polizistin, die in ihrem beruflichen Leben schon öfter die zehn Euro Leichenpauschale kassiert hatte, als ihr lieb war.

»Und mein Vater?«

»Was soll mit ihm sein?«

»Ist er …? Haben Sie ihn verhaftet?«

»Warum sollte ich?«

»Ich weiß nicht. Ich dachte …«

»Was?« Klaudia musterte ihn. Sein Blick war offen. Er schien bereit, ihr zu helfen.

»Erst dachte ich …« Daniel rang mit den Worten. Was immer er sagen wollte, war zu sperrig für seine Kehle.

»Aber dann«, fuhr er fort. Die zwei Worte nieselten mit dem Regen auf die Bohlen der Brücke. Daniels Hirn hatte sich festgefräst.

Klaudia kannte das. Ihrem Kopf ging es gerade auch nicht viel besser. Dieser ganze Fall war wie eine zu kurze Decke, kaum zog man einen Fakt gerade, lag ein anderer bloß. Er hatte die Frau und seinen Vater beim Sex beobachtet, also konnte keiner der beiden ihn niedergeschlagen haben. Blieb der Alte, aber den konnte sie nicht mehr fragen.

»Wir sollten uns in Ruhe unterhalten«, sagte sie und nahm den Arm des Jungen. Sie führte ihn an der Weide und den Datschen vorbei zum Polizeiboot, das hinter dem Boot des DRK am Ufer vertäut war. Außerdem war da der Kahn, in dem Schlösser hockte. Um Frau Klingebiel kümmerten sich die Rettungssanitäter. Als Klaudia und der Junge auf die Gangway traten, wurde die Metalltür der Kajüte aufgeschoben, und ein dunkelblonder, von ersten grauen Strähnen durchzogener Haarschopf tauchte auf.

27. Kapitel

»Hallo.« Sein Vater wischte sich die Hände mit einem Tuch ab. Hinter ihm tauchte eine rothaarige Polizistin auf, die einen Schutzanzug und einen Koffer trug. Sie sprang von der Gangway und verschwand in einer der Datschen.

Daniel starrte auf die schwarzen Farbreste an den Fingerkuppen seines Vaters. Für einen Moment spannten sich die Muskeln in seinen Oberschenkeln wie zu einem Sprint. Er wollte nicht auf dieses Boot. Er wollte nur noch nach Hause und sich die Decke über den Kopf ziehen.

»Schon wieder auf den Beinen?« Daniels Vater vergrub die Hände in den Hosentaschen, als könnte er seine Gedanken lesen. Sein Unterkiefer mahlte, und er schaute über seinen Kopf hinweg in die Ferne.

Er kann mir nicht einmal in die Augen sehen, dachte Daniel, und obwohl er sich, seit er denken konnte, nichts sehnlicher gewünscht hatte, als den Mann zu treffen, der für seine Existenz verantwortlich war, ging es ihm nicht anders.

Die plötzliche Konfrontation überforderte ihn. Er wusste weder, wohin er sehen, noch, was er sagen sollte. In keinem seiner unzähligen Tagträume, in denen er sich die erste Begegnung mit seinem Vater ausgemalt hatte, spielten Polizisten und ein toter Penner eine Rolle. Seinem Vater! Allein das Wort zu denken, erschien ihm in dieser Situation absurd. Daniel musterte Klingebiel hastig. Er sah fertig aus: grau und mit tiefen Falten im Gesicht. Seine Augen waren gerötet, als hätte er zu wenig geschlafen oder geweint. Zu seinem Entsetzen spürte Daniel, wie ihm Tränen in die Kehle stiegen.

»Ich warte in der Datsche«, sagte sein Vater schließlich, bewegte sich jedoch nicht von der Stelle.

Daniel konnte nicht anders, als ihn einfach nur anzustarren. Er hatte das Gefühl, wie ein prall gefüllter Ballon über dem Fließ zu schweben. Sah seinen Vater, die Polizistin in ihrem weißen Schutzanzug, die Frau von der Kripo, die scheinbar unbeteiligt neben ihm stand und mit ihrem Smartphone spielte, als ginge sie das alles nichts an, aber deren Körperhaltung verriet, dass ihr keine noch so kleine Regung entging, sah sich selbst: die Leere in seinem Gehirn, die Tränen, die seine Kehle fluteten, das getrocknete Blut in seinen Haaren. Daniel sah dies alles gestochen scharf, während das Bild seines Vaters vor seinen Augen zunächst an den Rändern flirrte und dann verschwamm.

Die Kripo-Frau berührte seinen Arm, und Daniel fühlte sich, als würde er in einem tiefen Atemzug zurück in seinen Körper gesogen. Er schüttelte den Kopf und bereute den Impuls sofort wieder. Erstens tat es fürchterlich weh, und zweitens verstand sein Vater ihn falsch.

»Ich verstehe«, sagte er und ging.

Daniel zog den Kopf ein und kletterte die zwei Stufen hinab, die in die Kajüte führten. Die Bullaugen waren beschlagen, und es roch nach Zwiebeln und Schweiß. Angstschweiß, schoss es Daniel durch den Kopf. Der Angstschweiß seines Vaters? Hatte er hier gesessen und geschwitzt? Unschlüssig blieb er stehen.

»Setz dich da hin.« Die Kommissarin zeigte auf eine verschossene braune Kunstlederbank, die wie in einem Camper links von einem schmalen Tisch montiert war.

Sie setzte sich ihm gegenüber und legte ihr Smartphone vor sich. Das alles tat sie mit einer ruhigen Gelassenheit, die sich auf Daniel übertrug. Er schätzte, dass sie ungefähr so alt war wie seine Mutter. Wahrscheinlich sogar älter. Trotzdem wirkte sie jugendlicher und irgendwie mehr wie die Kolleginnen in der Bank.

»Möchtest du einen Schluck Wasser?«, fragte sie in seine Gedanken hinein.

»Danke, gerne.« Daniel straffte die Schultern und versuchte sich vorzustellen, er sei in der Bank und dies sei ein Gespräch mit einer Kundin. Es gelang ihm leidlich, und Zuversicht wärmte seinen Magen.

»Du hast es dir anders vorgestellt, nicht wahr?«

Die Worte der Polizistin prasselten wie Eiswürfel in seinen Magen und vertrieben das prekäre Wohlbefinden. War es so offensichtlich?

»Okay«, sagte sie. »Was dachtest du und warum?«

Daniel widerstand dem Impuls, sich einfach in seine Amnesie zu retten. Schließlich war ein Mensch gestorben. Er fragte sich, was für ein Mensch der Penner gewesen war und was ihn mit seinem Vater verbunden hatte. Irgendein Band hatte zwischen den beiden bestanden. Der Penner hatte schließlich von ihm gewusst, und er hatte auch gewusst, dass eine Frau bei seinem Vater gewesen war. Und er hatte ihn nicht zu ihm lassen wollen. Warum nicht? Was, verdammt noch mal, hatte dieser Penner mit seinem Vater zu schaffen? »Wer war er überhaupt?« Ohne es zu bemerken, sprach Daniel die letzte Frage laut aus, und die Kommissarin schob einen abgenutzten blauen Ausweis über den Tisch.

»Du kannst ihn ruhig nehmen«, sagte sie, als er keine Anstalten machte, danach zu greifen.

Gehorsam nahm er den Pass. Hammer und Zirkel im Ährenkranz. Unwillkürlich blickte Daniel zur Kommissarin, doch die nickte nur. Also kein Witz. Wie abgefahren, dachte er. Wer lief denn noch mit so einem DDR-Relikt durch die Gegend? Die Pappe fühlte sich klebrig an. Trotzdem schlug er ihn auf und versuchte in dem Mann auf dem Bild den Penner wiederzuerkennen, der ihm den Weg versperrt hatte. Es war ein jüngeres Gesicht, das mürrisch in die Kamera starrte. Fritz Werheid, las er, geboren am 17. April 1948, Bootsbauer. Ausgestellt war das Dokument in Lübbenau und seit 1989 abgelaufen.

»Er war von hier?« Daniel rechnete nach. Der Penner war ungefähr so alt wie seine Oma. Vielleicht hatte sie ihn sogar gekannt?

»Sagt dir der Name etwas?«

Daniel schüttelte vorsichtig den Kopf. Die Kruste, die sich auf seiner Verletzung gebildet hatte, ziepte bei jeder Bewegung an seinen Haarwurzeln. »Kennt mein Vater ihn?«

»Was glaubst du?«

»Ich weiß es nicht. Vielleicht.« Daniel schob den Ausweis zurück über den Tisch. »Ich hab ihn jedenfalls vorher nie hier gesehen.«

»Bevor er dich aufgehalten hat?«

»Nein«, sagte Daniel. »Vor der Beerdigung.«

»Du warst da?«

Daniel verschränkte die Hände auf der Tischplatte und starrte auf seine Finger.

»Wegen deinem Vater?«, fragte die Kripo-Frau.

»Ja.«

»Und da hast du den Penner gesehen?«

»Bei den Gießkannen.«

»Meinst du, dass er deshalb hier war?«

»Woher soll ich das wissen?«

»Du hast mit ihm gesprochen.«

»Aber nicht darüber.«

»Okay.« Die Polizistin runzelte die Stirn und starrte auf die Tischplatte.

Je länger sie schwieg, desto mulmiger wurde es Daniel. Schließlich strich sie sich eine Haarsträhne hinters Ohr und schaute ihn wieder an. Nichts in ihrem Blick verriet ihre Gedanken, als sie fortfuhr, so als hätte es die Pause nicht gegeben. »Du hast gedacht, die Frau wäre deine Mutter, oder?«

»Nicht sofort«, sagte Daniel. »Erst als sie nicht zu Hause war.«

»Also deshalb bist du noch mal los.«

Daniel nickte. »Könnte ich bitte Wasser haben?«

»Entschuldigung. Hab ich ganz vergessen.« Die Kommissarin stellte eine kleine PET-Flasche vor ihn.

Daniel griff danach. Kühl schmiegte sich das Plastik an seine verschwitzten Handflächen. Vielleicht nahmen sie so seine Fingerabdrücke. Dieser Gedanke brachte ihn zurück zu seinem Vater.

»Warum haben Sie ihm die Fingerabdrücke abgenommen?«

»Routine«, antwortete die Kommissarin ausweichend. »Du bist also zum Haus zurück.«

Daniel nickte und beschrieb ihr, was er gesehen hatte: die Krampfadern, den Nagellack.

»Nicht das Gesicht?«, fragte sie.

»Nein. Weil: Dann hab ich eins über den Schädel gekriegt.«

»Sie könnte es also gewesen sein.«

Der Gedanke hockte wie eine Kröte in Daniels Kehle.

»Ich weiß nicht«, sagte er schließlich.

»Meinst du, er hat dich niedergeschlagen?« Die Polizistin tippte auf das Bild.

»Keine Ahnung.«

»Und du hast vorher nichts gehört?«

»Nur die Musik.«

Jemand klopfte, und im gleichen Augenblick wurde die Kajütentür aufgeschoben. Ein Schwall feuchtkalter Luft ließ Daniel schaudern.

»Die Zeugin würde gerne mit ihrem Sohn sprechen«, sagte ein blonder Mann. »Kann ich sie zu ihm lassen?«

»Was macht der denn hier?«

Daniel erkannte die Stimme, bevor er die schwarz gekleidete Frau sah, die sich an dem Blonden vorbei in die Kajüte schob.

»Wie geht es Ihnen, Frau Klingebiel?« Die Kommissarin stand auf und bot der alten Dame ihren Platz an. »Sie können natürlich zu Ihrem Sohn«, sagte sie. »Aber es wäre schön, wenn Sie mir vorher ein paar Minuten Ihrer Zeit opfern würden.«

Mit der wirst du deine Freude haben, dachte Daniel.

»Du kannst jetzt gehen«, sagte die Kripo-Frau zu ihm.

Daniel zwängte sich an der Klingebiel und dem Blonden vorbei. Ihr Parfüm trieb ihm die Hitze in die Wangen, und er hasste sie dafür. Sie sollte sich schämen, nicht er.

28. Kapitel

Klaudia musterte die Witwe. Nachdem sie völlig außer sich gewesen war, als sie die Leiche gefunden hatte, schien sie sich jetzt gefangen zu haben.

»Hat der Notarzt Ihnen etwas zur Beruhigung gegeben?«, fragte Klaudia.

»Was denken Sie?«, antwortete Frau Klingebiel. Ihre Stimme klang abweisend. Sie war eine gut aussehende Frau von vielleicht Mitte sechzig. Wenn Klaudia sich richtig erinnerte, war der alte Klingebiel eher Schiebschicks Jahrgang gewesen. Sie musste also sehr viel jünger sein als ihr verstorbener Mann. Eher so in dem Alter, in dem dieser Werheid gewesen war. Vielleicht hatte sie ihn ja gekannt.

»PH lässt die Daten durchs System laufen. Du kommst klar?« Demel lehnte in der Kajütentür.

»Auf jeden Fall.« Klaudia nickte ihm zu.

»Okay, dann schieß ich noch ein paar Bilder.« Demel wirkte abgehetzt, was kein Wunder war, schließlich waren sie nur zu zweit und hatten jetzt nicht nur eine Körperverletzung, sondern auch noch einen unklaren Todesfall am Hals.

»Ich möchte Ihnen mein Beileid aussprechen«, sagte Klaudia, nachdem Demel verschwunden war. Frau Klingebiel musterte sie ruhig. Ihre Schultertasche stand neben ihr auf der Sitzbank, und die Hände lagen übereinander auf der Tischplatte. Ihr dezenter Lavendelduft legte sich über den Geruch nach Schweiß und Zwiebeln, der zu Einsatzfahrzeugen, egal ob sie zu Wasser oder zu Land unterwegs waren, gehörte wie das Martinshorn.

Frau Klingebiels hagerem, sorgfältig geschminktem Gesicht war nicht anzusehen, dass sie gerade eben noch einen Toten gefunden hatte. Sie hätte ebenso gut in einem Café sitzen und auf die Bedienung warten können. Klaudia suchte nach familiären Ähnlichkeiten zwischen ihr und ihrem Enkelsohn und fand wenig. Wie ihr Sohn war Frau Klingebiel aschblond und hatte helle Wimpern und Brauen. Daniel war dunkelhaarig, da schien er eher den Schenkers nachzuschlagen. Der Körperbau war da schon ähnlicher. Daniel war schlank und hochgewachsen, und auch Frau Klingebiel hatte den Kopf einziehen müssen, als sie die Kajüte betrat. Sie wirkte fast hager. Wahrscheinlich war es die Trauer, die ihre Züge stärker hervortreten ließ.

»Was ist mit meinem Jungen?«, fragte Frau Klingebiel schließlich. »Sie glauben doch nicht, dass er etwas mit dem ...«

Sie presste die Fingerknöchel gegen die Lippen und schloss für einen Moment die Augen. Klaudia sah, wie sie um ihre Haltung kämpfte. Schließlich straffte sie die Schultern und beendete den Satz. Frau Klingebiel hatte eine angenehme Stimme. Sie gehörte zu den Frauen, in deren Gegenwart man sich sofort wohlfühlte. Umso erstaunlicher war, wie sie auf den Jungen reagiert hatte. »Sie verdächtigen ihn doch nicht?«

»Kennen Sie diesen Mann?« Klaudia ignorierte die Frage und schob auch ihr den abgelaufenen DDR-Pass zu. Frau Klingebiel nahm ihn und legte ihn nach einem kurzen Blick auf das Passbild zurück auf die Tischplatte. Ihre Hände zitterten.

»Ich hab ihn nicht erkannt.«

»Sie kennen ihn also?«

»Hat mein Sohn das gesehen?« Sie tippte mit der sorgfältig manikürten Fingerspitze auf den Ausweis.

»Es hat ihm die Sprache verschlagen.«

»Das kann ich mir vorstellen.« Frau Klingebiel faltete
die Hände auf der Tischplatte und blickte zu Klaudia.
Frag mich, sagte ihr Blick, und ich werde antworten.
Aber erwarte nicht, dass ich dir entgegenkomme.

»Wer ist dieser Mann?«

»Der Vater meines Sohnes.«

»Der Vater Ihres Sohnes?«

»Ja, als Rudi und ich geheiratet haben, war Frank fünf
Jahre alt.«

»Und was war mit ihm?« Klaudia tippte auf das Passbild.

»Er war fort.«

»Fort«, wiederholte sie entnervt von Frau Klingebiels
Einsilbigkeit. »Und wann haben Sie ihn das letzte Mal
gesehen?«

»Sie meinen Fritz?«

Klaudia nickte.

»4. September 1975 um vier Uhr sieben morgens.«

Klaudia hob die Brauen.

»Ihre Kollegen haben ihn geholt. Ich weiß nicht weshalb, falls das Ihre nächste Frage sein sollte. Er hat es mir
nicht gesagt und Ihre Kollegen ebenfalls nicht. Das war
wohl zu DDR-Zeiten nicht üblich. Die haben immer nur
gefragt. Ich hatte wirklich Mühe, sie von meiner Unschuld zu überzeugen und meinen Jungen zurückzu-
kriegen.«

»Sie wissen also nicht, was mit ihm passiert ist?«

»Doch. Er ist in den Knast gewandert, und ich habe
ihn aus meinem Leben gestrichen.«

»Sie haben sich also scheiden lassen?«

»Wir waren nicht verheiratet. Hier im Osten war das nicht so ein Ding wie bei Ihnen im Westen.«

»Aber Herrn Klingebiel haben Sie dann doch geheiratet.«

»Er wollte es.« Frau Klingebiel zuckte mit den Achseln. »Mir war es egal. Aber Rudi war so etwas wichtig. Er mochte keine unklaren Verhältnisse. Er wollte eine Familie. Er war Witwer.«

»Hat er deshalb Ihren unehelichen Sohn adoptiert?«

»Ja.« Frau Klingebiel nickte. Ein wehmütiges Lächeln umspielte ihre Mundwinkel. »Wenn schon eine Familie, dann eine richtige, hat er immer gesagt. Und das waren wir. Eine richtige Familie.«

»Bis ihr Sohn fortgegangen ist.«

»Kinder werden flügge.«

»Der Brand hatte also nichts damit zu tun?«

»Wie kommen Sie darauf?« Frau Klingebiel runzelte die Stirn. »Natürlich war das schlimm damals. Aber kein Grund, unsere Familie auseinanderzureißen. Die ganze Sache war schließlich für die Schenkers schlimmer als für uns. Unseren Schaden hat die Versicherung übernommen. Ihnen hat niemand den Sohn ersetzt und dann noch das ganze Gerede.« Sie schüttelte den Kopf.

»Trotzdem ist Ihr Sohn nach dem Brand verschwunden und erst zur Beerdigung seines Stiefvaters wieder aufgetaucht.«

»Frank wollte schon immer fort.« Wieder erschien das wehmütige Lächeln. »Da war er wie sein Vater. Nur hatte er nach der Wende andere Möglichkeiten.«

»Also auch kein Streit wegen der Schwangerschaft der minderjährigen Jana Schenker?«

»Wir waren nicht begeistert, als die Anzeige ins Haus flatterte, aber dann wurde sie ja zurückgezogen.«

»Sie wirkten gerade zornig.«

»Ich war überrascht«, räumte Frau Klingebiel ein. »Aber ich hätte es mir denken können.«

»Sie haben nie den Kontakt zu Ihrem Enkelsohn gesucht?«

»Nein.« Frau Klingebiel drehte die beiden Eheringe, die sie am Ringfinger der rechten Hand trug. »Es war so schon kompliziert genug, wegen dem Brand und dem toten Jungen. Und außerdem wussten wir es nicht sicher.«

»Kannten Sie sie?«

»Jana?« Frau Klingebiel schaute von ihren Händen auf, schüttelte schließlich den Kopf. »Kaum. Unsere Kinder waren ja alle älter.«

»Glauben Sie, dass Daniel Schenker Ihr Enkelsohn ist?«

»Das weiß wohl nur die Jana.« Frau Klingebiel zuckte wieder mit den Achseln. »Ich denke: Wir haben unsere Familie und der Junge hat seine, und das ist gut so.«

»Ein Vaterschaftstest könnte Klarheit bringen.«

»Welchen Sinn sollte das noch haben?«, sagte Frau Klingebiel. »Der Junge ist doch fast erwachsen. Da braucht er doch seinen Vater nicht mehr.« Sie starrte auf ihre Hände.

»Vielleicht sieht er das anders?«

»Das sollen Frank und der Junge miteinander klären.« Frau Klingebiel verschränkte die schlanken Finger wie zum Gebet. »Sehen Sie, ich habe gerade meinen Mann verloren und wie es aussieht außerdem erfahren, dass der Vater meines Sohnes, an den ich zugegebenermaßen lange nicht gedacht habe, ebenfalls tot ist. Das ist alles sehr verwirrend.«

»Warum, glauben Sie, ist er zurückgekehrt?«

»Ich weiß es nicht. Vielleicht war er krank und wollte noch einmal seine Heimat sehen.«

»Er war Bootsbauer, nicht wahr?«

»Ja.« Frau Klingebiel lächelte versonnen, und Klaudia fragte sich, wohin ihre Gedanken wohl gerade schweiften. »Das war mal ein angesehener Beruf.«

»Kannten Werheid und Ihr verstorbener Mann sich?«

»Ja. Fritz hat ja für Rudi gearbeitet.«

»Deshalb kannten Sie ihn also.«

»Natürlich. Wir leben schließlich in Lübbenau. Nachdem Fritz verschwunden war, hat Rudi mir geholfen und, na ja, dann haben wir auch recht bald geheiratet.« Wieder war da dieses wehmütige Lächeln.

»Vielleicht wollte er seinen Sohn sehen?«

»Mag sein, aber ich wünschte, er hätte es nicht getan.«

»Meinen Sie, er würde dann noch leben?«

»Ich mag die Art nicht, wie Sie fragen.« Frau Klingebiel straffte die Schultern. »Es klingt, als gäben Sie mir oder meiner Familie die Schuld an seinem Tod. Aber ich sage Ihnen: Bis zu diesem Augenblick wusste ich nicht, dass er in Lübbenau ist.«

»Er war auf der Beerdigung.«

»Er war was?« Die Knöchel an Frau Klingebiels Händen traten weiß hervor.

»Daniel Schenker hat ihn dort gesehen.«

»War der Junge denn auch da?«

»Er wollte seinen Vater sehen.«

»Mir scheint, einige haben die Beerdigung meines Mannes missbraucht, um ihre Väter oder Söhne zu sehen.« Sie presste die Lippen aufeinander.

Wieder klopfte es, und Demels Kopf tauchte in der Kajütentür auf. »Der Chef hat was gefunden.«

29. Kapitel

»Einen Augenblick, bitte.« Klaudia ging hinaus auf den Anleger. Sie war neugierig, was PH herausgefunden hatte. Demel verzichtete auf seine üblichen Spielchen und erzählte ihr ohne Umschweife, was die Datenbank ausgespuckt hatte.

»Wow.« Klaudia schob sich eine Haarsträhne hinters Ohr, während sie ihm zuhörte.

»Und?«, fragte Demel. »Was sagst du?«

»Uns sollte mehr interessieren, was sie sagt.« Klaudia nickte Demel zu und kehrte in die Kajüte zurück.

»Entschuldigen Sie die Unterbrechung.« Sie setzte sich wieder zu der alten Frau. »Vorhin haben Sie gesagt, Sie wüssten nicht, weshalb Fritz Werheid verhaftet worden ist.«

»Wie's aussieht, werde ich es jetzt erfahren.« Frau Klingebiels Augen waren dunkel vor Trauer. »Es wird mir nicht gefallen, oder?«

»Es tut mir leid.«

»Es muss Ihnen nicht leidtun. Es hat mich jahrelang nicht schlafen lassen«, flüsterte Frau Klingebiel, »ich möchte es wissen.«

»Okay.« Klaudia räusperte sich, bevor sie fortfuhr. »Fritz Werheid wurde wegen Brandstiftung verurteilt.«

»Oh.« Frau Klingebiel drehte die beiden Eheringe, als könnte sie damit die Zeit zurückdrehen. Sie sah nicht so aus, als würde es ihr mit dem Wissen jetzt besser gehen.

»Er hat eine Kahnbauwerkstatt in Tauche abgefackelt.«

»Er hat was?« Frau Klingebiel griff sich an die Kehle.

»Brandstiftung. Es gab einen Zeugen«, sagte Klaudia, bevor sie die Frage stellte, die sie wirklich interessierte.

»Frau Klingebiel.« Sie wartete, bis sie Blickkontakt mit ihr aufgebaut hatte, bevor sie fortfuhr. »Sie haben vorhin gesagt, Werheid habe für Ihren Mann gearbeitet.«

»Er hat Kähne für ihn gebaut.« Sie war zu klug, um nicht sofort mögliche Zusammenhänge zu erkennen. »Mein Mann hat ihn bestimmt nicht beauftragt, unliebsame Konkurrenten aus dem Weg zu räumen. So ist er nicht.« Vor Aufregung vergaß Frau Klingebiel, dass ihr Mann tot war.

»Wie war das mit dem Krieg der Fährleute?«, fragte Klaudia.

»Sie vergessen, dass unser Kahnschuppen abgebrannt ist«, zischte Frau Klingebiel. »Oh Gott.« Sie schlug sich mit der Hand gegen den Mund. Ihre ohnehin blassen Wangen wurden kalkweiß.

»Was?« Klaudia beugte sich vor.

»Er war hier!«

»Wer? Werheid?«

Frau Klingebiel nickte.

»Haben Sie nicht gerade gesagt, dass Sie ihn seit seiner Verhaftung nicht mehr gesehen hätten?« Klaudia checkte in Windeseile die neuen Fakten. Ein Brandstifter war in Lübbenau gewesen, ein Kahnschuppen abgebrannt und ein Junge tot.

»Das stimmt auch.« Frau Klingebiel griff sich an die Kehle.

»Woher wissen Sie dann, dass er hier gewesen ist?«, hakte Klaudia nach.

»Er wollte mit mir sprechen. Aber ich nicht mit ihm. Tagelang bin ich nicht aus dem Haus gegangen.«

»Das ist alles schön und gut«, sagte Klaudia. »Aber: Wenn Sie ihn nicht gesehen und auch nicht gesprochen haben, woher wussten Sie dann, dass er im Ort ist?«

»Na, von Schiebschick halt. Die beiden waren doch beste Kumpel.« Sie beugte sich über ihre Tasche und zog ein Taschentuch hervor. Ihre Augen waren gerötet, und man sah ihr die Anstrengung an, die es sie kostete, sich aufrecht zu halten. »Haben Sie sonst noch Fragen?«

»Im Moment nicht.«

»Dann möchte ich jetzt bitte gehen«, sagte Frau Klingebiel mit zittriger Stimme. »Ich fühle mich nicht gut.« Sie griff nach ihrer Schultertasche. »Was passiert jetzt mit Fritz?«, fragte sie, ohne aufzublicken.

»Er ist auf dem Weg in die Rechtsmedizin. Dort wird er obduziert werden.«

»Es tut mir leid, dass er so enden musste.« Frau Klingebiel erhob sich. »Werden Sie mir sagen, wie er umgekommen ist?«

»Wenn die Ermittlungen es zulassen.«

»Danke.« Frau Klingebiel streckte ihre Hand aus und legte sie leicht auf Klaudias Arm. »Trotz allem war er schließlich sein Vater.«

30. Kapitel

Das DRK-Boot legte ab und gab den Blick frei auf den Kahn, der auf den Wellen tänzelte. Ein Mann saß darin, er drehte sich zu ihm um, und Daniel erkannte ihn. Es war Herr Schlösser, der Vater von Dominik.

Daniel wandte sich ab und lief zum Hauseingang. Das Smartphone in seiner Hosentasche vibrierte. Eine Kurznachricht seiner Mutter, die wissen wollte, wo er war. Wahrscheinlich hatte sie im Krankenhaus angerufen und erfahren, dass sie ihn bereits entlassen hatten. Er schaltete das Handy aus und klopfte. Auf keinen Fall wollte er riskieren, dass seine Mutter ausgerechnet jetzt anrief. Niemand öffnete. Scheiße, dachte er. Wieso bist du nicht da? Nie bist du da! Obwohl es sich anfühlte, als würde ihm der Kopf vom Hals fallen, beugte er sich vor und sah durchs Fenster. Sein Nacken kribbelte, als stünde jemand hinter ihm, so sehr erinnerte ihn die Situation an Freitagnacht. Die Wohnküche lag verlassen im Zwielicht. Nur der Schlafsack vor dem Herd zeigte, dass hier ein Mensch wohnte. Das Knirschen von Schritten auf Kies. Daniel richtete sich auf.

»Das hat aber lange gedauert«, sagte sein Vater anstelle einer Begrüßung.

»Ich …«

»Wollte sie wissen, was du gesehen hast?«

Daniel nickte. Irgendwie war es, trotz der Kopfschmerzen, einfacher zu nicken, als zu antworten. Seine Kehle fühlte sich an, als hätte ihm jemand die Kragenweite auf XS gestellt.

»Komm rein.« Sein Vater warf einen kurzen Blick zu

dem Kahn, in dem Schlösser saß, und schob ihn dann in die Wohnstube.

Es roch nach Duschgel und Rauch und ..., Daniels Nasenflügel weiteten sich, nach Gras.

»Und?«, fragte sein Vater. »Was hast du gesehen?«

»Nichts«, murmelte Daniel. Er konnte ja schlecht sagen: deinen nackten Arsch.

»Willst du was trinken?«

»Danke.«

»Danke ja oder danke nein?« Sein Vater lehnte mit verschränkten Armen am Herd und musterte ihn. »Du trägst eine Brille«, sagte er schließlich.

»Ja.« Daniel hatte das Gefühl, sich rechtfertigen zu müssen. »Schon immer.«

»Ich hab mir die Augen lasern lassen.«

»Echt?« Wieder etwas, was sie gemeinsam hatten. Obwohl Daniel wusste, dass er seinem Vater immerhin die Hälfte seines Genpools verdankte, hatte er bis jetzt das Gefühl, einem Fremden gegenüberzustehen.

»Ich hab die Brille gehasst«, sagte sein Vater.

»Mir ist es gleich.« Daniel zuckte mit den Schultern. Es fühlte sich so irreal an, mit seinem Vater in einem Raum zu sein und ausgerechnet über Brillen zu quatschen.

»Du siehst deiner Mutter ähnlich«, sagte er.

»Wirklich?« Auf die Idee war Daniel bisher nicht gekommen. Seine Mutter war eine stämmige Fleischereifachverkäuferin mit zipfeligen Haaren und roten Händen. Sie war niemand, der er ähneln wollte. Er wollte seinem Vater ähneln und suchte sich selbst vergeblich in dessen Gesicht.

»Tut's noch weh?« Sein Vater griff sich an den Hinterkopf.

»Geht so«, sagte Daniel. »Ich hab mich schon besser gefühlt.«

»Glaub ich.« Sein Vater setzte sich rittlings auf einen der Stühle, die um den Tisch herumstanden. Das sah cool aus. So richtig, als gehöre er hierher. Dabei war er nur Gast. Daniel zog sich ebenfalls einen Stuhl heran. Seine Knie zitterten, als wäre er einen Halbmarathon gelaufen.

»Rauchst du?« Sein Vater griff nach einem Päckchen Tabak, das auf dem Tisch lag, und drehte sich eine Zigarette.

Daniel schüttelte den Kopf.

»Ist auch besser so.« Er zündete die Zigarette an und rauchte schweigend. Daniel beobachtete ihn. Zeige- und Mittelfinger waren gelb vom Nikotin. Sein Vater war also ein starker Raucher, und kiffen tat er auch. Damit war er deutlich cooler als er. Daniel traute sich nicht mal am Wochenende eine Pille einzuschmeißen wie die anderen aus der Clique. Seine letzte Freundin, die mit ihm die Banklehre machte, hatte ihn deshalb einen Langweiler genannt. Wahrscheinlich würde sie seinen Vater cool finden. Auf einmal spürte Daniel so etwas wie Eifersucht. Na toll, dachte er. Kaum hast du einen Vater, ist er dir auch schon wieder nicht recht. Du bist ja schlimmer als Mama. Der Rauch schwebte zur Lampe.

»Deine Mutter hat geraucht wie ein Schlot«, sagte sein Vater. »Alle in der Familie haben gepafft wie die Irren.«

»Wirklich?« Daniel konnte sich nicht daran erinnern, sie je mit einer Zigarette in der Hand gesehen zu haben. Soweit er wusste, rauchte niemand in der Familie. Nicht einmal sein Opa.

»Wie geht's ihr?«

»Gut«, log Daniel. »Es geht ihr gut.« Was hatte es für einen Zweck, ihm zu erzählen, wie sehr sie unter seinem Verschwinden gelitten hatte. Erst in den letzten Jahren hatte sie sich einigermaßen gefangen und hin und wieder sogar einen Freund gehabt, wenn sie auch immer versucht hatte, die Typen vor Daniel zu verheimlichen.

»Gut«, sagte sein Vater, und es klang, als meine er es auch. »Das ist gut.« Er nickte. »Und du?«, fragte er. »Was machst du so, wenn du nicht gerade einen über den Schädel kriegst?«

»Bank«, antwortete Daniel. »Ich mach 'ne Banklehre.«

»Ist cool«, sagte sein Vater, und es klang wie ›Ach du Scheiße‹.

Daniel starrte wieder in den Aschenbecher. Klar: Sein Vater war Globetrotter und Fotograf. Der musste ihn ja für den letzten Langweiler halten, und das war er schließlich auch. Für einen Augenblick hasste er seine Mutter, die ihn dazu gemacht hatte, dann siegte die Vernunft. Nicht ihre Anwesenheit hatte ihm das Bedürfnis nach Sicherheit eingepflanzt, sondern seine Abwesenheit.

»Nein, wirklich«, sagte sein Vater, als könnte er seine Gedanken lesen. »Ich find's gut. Ich hätt' mir nichts anderes für dich gewünscht.«

»Warum bist du fortgegangen? Vater?« Zum ersten Mal sprach er das Wort aus. Es fühlte sich irgendwie sperrig an, und er war froh, als sein Vater nach einer kurzen Pause meinte, er könne ihn Frank nennen.

»Es hatte nichts mit dir zu tun.« Noch zwei hastige Züge, und Frank drückte die Zigarette in dem überquellenden Aschenbecher aus. »Ehrlich«, fügte er hinzu, als spürte er Daniels Misstrauen. »Und auch nichts mit deiner Mutter.« Er schmunzelte. »Auch wenn sie ein verrücktes Huhn war.«

»Sie war was?« Daniel hatte nicht das Gefühl, dass sein Vater und er an dieselbe Frau dachten.

»Doch, war sie.« Franks Blick glitt über ihn hinweg.

Daniel hatte das Gefühl, wenn er sich jetzt umdrehen würde, sähe er seine Mutter mit Franks Augen. Er schüttelte den Gedanken ab. Er war ihm voll auf den Leim gegangen. Misstrauisch musterte er ihn. Frank hatte seine Frage nicht beantwortet und ihn mit seinem Getue abgelenkt. Daniel begriff, dass er nichts sagen würde, was er nicht sagen wollte. Wiedergefundener Sohn hin, wiedergefundener Sohn her. Was immer der Grund für sein Fortgehen war, nach Franks Meinung ging es ihn nichts an. Trotzdem tat es gut, mit ihm in einem Raum zu sein. Seinen Geruch nach Duschgel und Tabak einzuatmen, der ihm gleichzeitig fremd und vertraut war, und mit ihm zu sprechen.

»Weiß sie, dass du hier bist?«

»Nein.« Daniel griff sich unwillkürlich an den Kopf. »Sie denkt, ich bin noch im Krankenhaus.« Das war gelogen, und er fragte sich, was ihn zu dieser Lüge getrieben hatte. Sie hatte ihn gerade angesimst, sie machte sich Sorgen.

»Ach so, ja.« Frank musterte ihn unter gerunzelten Brauen hervor. »Solltest du nicht besser liegen?«

»Geht schon.«

»Ich bin jedenfalls froh, dass du hier bist.« Er streckte die Hand aus, als wollte er ihn berühren, zog sie dann aber zurück.

»Dieser Mann«, sagte Daniel.

»Ja?« Frank lehnte sich auf dem Stuhl zurück, als wolle er den Abstand zwischen ihnen vergrößern.

»Kanntest du ihn?«

»Nicht wirklich.«

Seine Stimme klang gepresst, und Daniel fragte sich, was hinter dieser Formulierung steckte.

»Aber er kannte dich«, bohrte er weiter nach. »Oder?«

»Wie kommst du darauf?« Frank drückte die Kippe aus und starrte vor sich auf die Tischplatte.

Bevor Daniel antworten konnte, klopfte es an die Scheibe. Er hob den Kopf und sah die blonde Frau von der Kripo, die ihn befragt hatte.

31. Kapitel

Klaudia geleitete die alte Frau vom Schiff und half ihr auf den Anleger. »Ob ich zu ihm gehen soll?«, fragte Frau Klingebiel. Ihre Stimme klang, als führe sie ein Selbstgespräch, trotzdem antwortete Klaudia.

»Vielleicht sollten Sie die beiden erst einmal in Ruhe lassen.«

»Vielleicht.« Frau Klingebiel kniff die Lippen zusammen. Es war offensichtlich, dass ihr der Gedanke an ihren Enkel nicht gefiel.

»Ich kann Sie nach Lübbenau bringen lassen.« Klaudia schaute sich um. Das DRK-Boot hatte bereits abgelegt, und nur der Kahn, mit dem Frau Klingebiel gekommen war, lag noch am Anleger.

Es hatte aufgehört zu nieseln, und die Luft duftete

nach brennenden Holzscheiten. Der Novemberwind trieb den Rauch aus Klingebiels Schornstein übers Fließ. An der anderen Datsche standen Demel und Wibke und sprachen miteinander. Jeder von ihnen hielt eine Kamera in der Hand. Sie schauten kurz auf und vertieften sich dann wieder in ihr Gespräch.

»Nicht nötig.« Frau Klingebiel zeigte auf den Kahn. »Dieter stakt mich.«

Als hätte er seinen Namen gehört, tauchte Schlösser aus der dritten Datsche auf. Er wischte sich die Hände am Parka ab und kam auf sie zu.

»Ich hab Mandy angerufen«, sagte er und beugte sich vor, um Frau Klingebiel in den Kahn zu helfen. »Du kommst erst einmal mit zu uns.«

»Nein«, widersprach Frau Klingebiel. »Ich will nach Hause.«

Kerzengerade saß sie auf der Holzbank. Klaudia bewunderte sie für ihre Haltung. Sie wartete, bis der Kahn hinter der Landzunge verschwunden war, dann trat sie zu den Kollegen.

»Wie sieht's aus?«

»Was glaubst du?«, fragte Wibke.

»So schlimm?«

»Die Leiche ist auf dem Weg in die Rechtsmedizin, und ich werde wohl den Rest der Woche damit verbringen, Spuren einzutüten und zu verschicken.« In ihren Mundwinkeln blitzte ein selbstironisches Lächeln auf. »Call me Postliesel.«

»Klingt ja wahnsinnig aufregend.« Klaudia verstand den Frust der Kollegin. Seit Beginn der Neuordnung wurden immer mehr Abläufe zentralisiert. »Du willst doch nicht etwa zum LKA wechseln?« Die Frage sollte beiläufig klingen, aber Klaudia erwischte sich dabei, dass eine Stimme in ihrem Hinterkopf ein Mantra, bestehend aus den Worten ›bitte nicht‹, murmelte.

»Dann müsste ich umziehen.« Wibke schüttelte den Kopf. »Und das will ich nicht.«

»Der Liebe wegen?« Demel richtete seine Kamera auf Klaudia und Wibke und betrachtete sie durch den Sucher.

»Trau dich«, sagte Klaudia.

»Auf keinen Fall.« Demel senkte die Kamera wieder.

»Zum Beispiel«, beantwortete Wibke Demels Frage. Im Sommer hatte sie einen geschiedenen Lehrer kennengelernt, der nebenbei in einer Band den Bass zupfte.

»So ernst schon?« Demel hob die Augenbrauen. Alle drei waren sie beziehungsgeschädigt: Demel war geschieden und sah seinen Sohn nur noch jedes zweite Wochenende, Wibke hatte eine langjährige Beziehung mit einem Feuerwehrmann hinter sich, und Klaudia hatte Arno überstanden. Das war wohl auch einer der Gründe, warum sie sich so gut verstanden.

»Vielleicht.« Wibke hob die Schultern und ließ sie wieder fallen. »Und natürlich würde mir das hier fehlen.« Ihre Handbewegung schloss sowohl den Tatort als auch Klaudia ein.

»Du würdest mir auf jeden Fall fehlen.« Klaudia kam sich nicht einmal albern vor, als sie das sagte. Mit mehr als vierzig Jahren auf dem Buckel wusste sie, was man an einer Freundin hatte. Und auch wenn es nach Pausenhof und Zettelchen klang, die man sich im Unterricht zusteckte, war Wibke für sie wohl das, was man als beste Freundin bezeichnete.

»Kommst du mit rein?«, fragte sie Demel, bevor die Rührung sie übermannte. Wibke verabschiedete sich mit einem Lachen.

»Hast du eine Überraschung für mich?« Demel drehte eine Kappe auf das Objektiv seiner Hasselblad.

»Nicht nur für dich.«,

Klaudia blickte durchs Fenster. Klingebiel saß mit dem Rücken zu ihr am Tisch, Daniel ihm gegenüber. Sie hielten die Köpfe gesenkt, schienen sich anzuschweigen. Vater und Sohn, beide hatten ihre Väter gefunden. Doch einer von ihnen hatte ihn sofort wieder verloren. Klaudia nickte Demel zu, atmete noch einmal die nach Wasser und Holzfeuer duftende Luft ein, dann klopfte sie an die Glasscheibe.

Eine schrillende Sirene hätte dieselbe Wirkung gehabt. Klingebiel fuhr herum, und Daniel schoss in die Höhe.

»Es tut mir leid, dass wir Sie noch einmal stören müssen. Herrn Demel kennen Sie ja bereits.« Klaudia schaute von Klingebiel zu Daniel. »Sollen wir dich nach Hause bringen lassen? Du siehst aus, als würde dir eine Mütze Schlaf guttun.«

»Ich …«, setzte Daniel an.

»Du kannst auch im Polizeiboot warten«, unterbrach ihn Klaudia und machte damit klar, dass sie allein mit seinem Vater sprechen wollten.

»Wir sehen uns?« Klingebiel schaute scheu zu seinem Sohn. Trauerfalten hatten sich in seine Mundwinkel gegraben, und Klaudia fragte sich, wem sie galten: dem Sohn? Oder dem Vater? Sie wartete, bis Daniel die Wohnstube verlassen hatte, dann setzte sie sich an den Tisch, Demel zog sich ebenfalls einen Stuhl heran. Nachdem auch Klingebiel sich gesetzt hatte, begann Klaudia mit der Befragung.

»Haben Sie ihn erkannt?«, fragte sie.

»Scheiße, nein.« Klingebiel starrte knapp an ihr vorbei.

»Auch nicht, als ich Ihnen den Pass gezeigt habe?« Sein Adamsapfel ruckelte über seinen Hals, doch er widerstand dem Impuls, einfach alles zu leugnen.

»Der Name? Klar!«, sagte er. »Aber das Gesicht?« Er schüttelte den Kopf. »Im Leben nicht. Wenn ich das Wort ›Vater‹ denke, sehe ich den Mann, dessen Namen ich trage. Und nicht diesen Penner.« Er griff nach seinem Tabak. Mit zitternden Fingern drehte er sich eine Zigarette.

»Ich verstehe«, sagte Klaudia. »Es war ein Schock für Sie.«

»Das können Sie laut sagen.«

»Sie hatten also nie Kontakt zu Ihrem leiblichen Vater?« Zum Beispiel in dem Sommer, in dem Marco in eurem Schuppen verbrannt ist?, ergänzte Klaudia in Gedanken.

»Nie. Ich hab ihn die Tage das erste Mal gesehen. Ich hab Ihnen davon erzählt. Wissen Sie noch?« Er zündete sich die Zigarette an und inhalierte den Rauch mit geschlossenen Augen.

Ein Joint wäre dir lieber, was? Klaudias Blick wanderte zu dem überquellenden Aschenbecher. Rot leuchtete ihr das lippenstiftverschmierte Mundstück eines Joints entgegen. »Um noch einmal auf diese Frau zurückzukommen«, sagte sie.

»Was ist mit ihr?« Auch Klingebiels Blick wanderte zum Aschenbecher. »Was hat sie damit zu tun?«

»Ich würde gerne mit ihr sprechen.«

»Warum? Wollen Sie ein moralisches Profil von mir erstellen?«

»Sie haben gelogen, als Sie sagten, Sie seien Freitagnacht allein gewesen.«

»Wer sagt das?«, fuhr Klingebiel auf.

»Ihr Sohn«, antwortete Klaudia.

32. Kapitel

Die Erkenntnis, dass sein Sohn ihn gesehen hatte, verschlug Klingebiel erst einmal die Sprache. Klaudia und Demel tauschten ein Heben der Augenbrauen und ein Nicken. Diese mimischen Signale legten die Stoßrichtung fest. Demel würde sich aus der Befragung heraushalten, dabei aber Klingebiel nicht aus den Augen lassen.

»Sie hat nicht mal was gehört«, sagte Klingebiel schließlich.

»Trotzdem würde ich gerne mit ihr sprechen«, beharrte Klaudia. »Vielleicht ist ihr etwas aufgefallen, das Ihnen entgangen ist? Also: Name, Adresse?« Klaudia zog ihr Notizbuch aus der Seitentasche des Rucksacks und schaute erwartungsvoll auf.

»Sie weiß nichts.« Klingebiel betonte jedes Wort, als hätte Klaudia zu wenig Hirnmasse, um normal mit ihr zu sprechen.

»Das kann sie mir dann ja selbst erzählen.« Klaudia klopfte mit dem Kuli einladend auf das aufgeschlagene Notizbuch.

»Ich weiß es nicht«, sagte er schließlich.

»Sie wissen was nicht?«

»Name, Adresse und so.« Klingebiel kratzte sich den Nacken und schaute von Klaudia weg zu Demel, als würde der ihn besser verstehen. So von Mann zu Mann eben. »Ich kenn sie nicht näher«, sagte er schließlich, immer noch an Demel gewandt. Dabei grinste er schief, doch dieses Grinsen prallte an Demel ab. Der Kollege würde sich nicht mit dem Zeugen verbrüdern. Nicht aus Prinzip, es gab andere Situationen, in denen er dieses Grinsen erwidert hätte, um dem Zeugen Sicherheit zu geben, aber in dieser Situation war es nicht zielführend.

»Sie kennen die Frau also nicht näher?« Klaudia war von Klingebiel enttäuscht. Sie hatte mehr erwartet. Hielt er sie für so blond, dass er glaubte, mit dieser lahmen Nummer durchzukommen? Als Nächstes würde er ihr wahrscheinlich erzählen, dass er sie aufgegabelt hatte.

»Ja. Ich ...« Klingebiel stockte. Offensichtlich ging ihm auf, dass sie sich im idyllischen Lübbenau befanden und nicht in Berlin. »Ich hab sie übers Internet kennengelernt.«

Klaudia unterdrückte ein Grinsen. »Im Internet«, wiederholte sie. »Kann ich mal sehen?«

»Was?«

»Die Datingseite.«

»Ich hab meinen Account gelöscht.«

»Auf Ihrem Handy?«

»Ja, ich meine ...« Jetzt dämmerte Klingebiel, wie sehr er sich vergaloppiert hatte. Wieder blickte er hilfesuchend zu Demel.

»Ich dachte, Sie sind eher der Festnetztyp.« Klaudia

hob die Augenbrauen. »Wie wär's«, fügte sie hinzu, »wenn wir noch mal ganz von vorne anfangen? Also: Wer ist die Frau?«

»Sie ist verheiratet«, murmelte Klingebiel.

»Ich nehme mal an, nicht mit Ihnen.«

»Hör'n Sie, ich will keinen Ärger.«

»Den haben Sie bereits.«

»Sie hat wirklich nichts gesehen.« Klingebiel lehnte sich zurück und verschränkte die Arme. Er hätte genauso gut die Hand ausstrecken und stopp schreien können. Doch Klaudia ließ sich nicht stoppen. Ihre Aufgabe war es, die wichtigen Lügen aus dem Meer der unwichtigen herauszufischen. Deshalb war die Identität der Frau erst einmal wichtig.

»Und Sie bleiben dabei, dass es nicht Jana Schenker war?«

»Ich will einen Anwalt.«

»Das ist Ihr gutes Recht.« Klaudia klappte das Notizbuch zu. »Ich nehme an, Sie haben nicht vor, in den nächsten Tagen gleich wieder abzureisen.«

»Eigentlich schon.«

»Dann sollten Sie umbuchen.« Klaudia nickte Demel zu, und gemeinsam verließen sie die Datsche.

»Und«, fragte Demel, als sie außer Hörweite waren. »Glaubst du, es war Jana?«

»Eher nicht«, räumte Klaudia ein.

»Trotzdem hältst du sie für wichtig?«

»Sie war hier.«

»Aber sie kann den Jungen nicht niedergeschlagen haben.«

»Den nicht, aber den Alten.«

»Das kann Klingebiel auch.«

»Ja«, antwortete Klaudia. »Mir wäre es auch lieber, das Opfer hätte den Namen des Mörders mit seinem eigenen Blut auf den Spiegel geschrieben.«

»Du guckst zu viel fern.« Kopfschüttelnd wandte Demel sich ab.

33. Kapitel – 1993

»Sei mal still.«

»Was ist denn?«

»Ich hab was gehört.«

»Du spinnst.«

»Doch, bei den Gasflaschen. Warte, ich schau nach.«

»Du hast also doch Angst, dass sie uns erwischen.«

»Angst nicht, aber ich bin nicht scharf drauf.«

»Warum dauert das so lange? Komm zurück.«

»Nun halt doch endlich mal die Klappe.«

»Bestimmt war's eine Ratte.«

»Nein, da war wer. Ich hab ihn nur nicht erkannt.«

»Wer kann das gewesen sein?«

»Vielleicht der Penner, der hier neuerdings rumgeistert.«

»Oder vielleicht ist sie dir auf die Schliche gekommen.«

»Ich glaube nicht, dass sie heimlich und leise verschwinden würde, wenn sie uns hier so sieht.«

»Nein, das würde sie nicht.«

»Du klingst, als würde es dir gefallen, wenn sie uns erwischen.«

»Warum nicht? Wir lieben uns.«

»Das erklär mal unseren Alten. Wir kämen in Teufels Küche. Und nun mach schon.«

»Ich bin ja so weit. Warte. Da steht einer.«

»Wo?«

»Auf dem Steg. Er kommt zu uns. Scheiße, was sollen wir machen?«

»Nichts. Bleib einfach ganz ruhig.«

34. Kapitel

Zurück an ihrem Schreibtisch telefonierte Klaudia als Erstes mit der Rechtsmedizin und kündigte die Leiche an.

»Könnten Sie Frau Dr. Klaas bitten, ihn möglichst früh dranzunehmen?«

»Es gehört nicht zu Frau Dr. Klaas' Aufgabenbereich, die Reihenfolge der Sektionen zu bestimmen«, sagte die Sekretärin, deren Namen Klaudia in dem Moment vergessen hatte, in dem sie ihn genannt hatte, spitz.

»Okay.« Klaudia wusste, wann sie geschlagen war. Einen Versuch war es immerhin wert gewesen. Die Frau erinnerte sie an Frau Tod, die Sekretärin der Rechtsmedizin in Berlin. Wahrscheinlich gab es so etwas wie den Punkt ›Haare auf den Zähnen‹ im Persönlichkeitsprofil von Bewerberinnen, die sich auf diese Art Job bewarben. »Dann soll sie mir einfach eine E-Mail mit dem Termin schicken.«

»Geben Sie mir bitte Ihre E-Mail-Adresse.«

Die hat sie, wollte Klaudia antworten, aber ihr dämmerte, dass es wahrscheinlich auch nicht zu Irinas Aufgabenbereich gehörte, Termine zu kommunizieren. Sie diktierte dem Vorzimmerdrachen also folgsam ihre Dienst-E-Mail-Adresse und legte in dem Bewusstsein auf, wieder eine Gelegenheit verpasst zu haben, sich eine Freundin fürs Leben zu machen.

»Klopf, klopf«, sagte Petra, die in Klaudias geöffneter Bürotür stand.

»Komm rein.« Wie heißt es so schön, dachte Klaudia. Wenn der liebe Gott eine Tür zuschlägt, geht eine andere auf. Sie grinste Petra an, die in Bonbonfarben gehüllt hereinschneite.

Frau sollte mutiger sein. Klaudia musterte Petras altrosafarbenen Blazer, den sie zu einer weißen Bluse und einer stonewashed Jeans trug. Irgendwie sah sie damit deutlich besser aus als sie selbst, die sich mit anthrazitfarbenem Rolli und ehemals schwarzer Jeans eher dem Novemberwetter angepasst hatte.

»Besprechung in …«, Petra schaute auf ihre Armbanduhr, »… exakt siebenundzwanzig Minuten. Ich habe Hefeteilchen besorgt.«

»Du bist die Beste.«

»Ich habe gedacht, du brauchst eine Aufmunterung.«

»Danke.« Klaudia zwang ein Lächeln in ihre Mundwinkel. Natürlich wusste Petra Bescheid. Gleich nach ihrem Eintreffen in Lübben hatte sie die Ablehnung ihres Urlaubs im E-Mail-Postfach gefunden. Es täte ihm leid, hatte ihr Chef geschrieben, aber jetzt, wo der Kollege Rudnik ausfiele, könne er sie nicht auch noch entbehren.

»Hast du was von Thang gehört?« Auffordernd hob Petra die Augenbrauen.

Deshalb also die Hefeteilchen. Nicht Mitleid, sondern Bestechung. Petra tat nie etwas ohne Hintergedanken. Aber es brauchte mehr als eine Rosinenschnecke, um sie auszuhorchen. Also drehte Klaudia den Spieß um. »Nein, und du?«

»Nur was PH mir erzählt hat. Thangs Frau wird künstlich beatmet.« Petra war sofort bereit, ihr Wissen zu teilen.

»Oh«, sagte Klaudia. »Das klingt nicht gut.« Seit Thang sie vor dem Krankenhaus hatte stehen lassen, zermarterte sie sich das Hirn darüber, was mit seiner Frau passiert war.

»Nein.« Petra legte die Stirn in Falten und schüttelte ihr aschblondes Haupt. »PH sagt, er klang schrecklich. Völlig fertig.« Sie schloss nach einem letzten konspirativen Blick über die Schulter die Tür.

Ach herrje, dachte Klaudia. Jetzt geht sie zum Angriff über.

»Ich glaube«, Petra setzte sich auf Klaudias Schreibtischkante und beugte sich vor. Ein Hauch von Escada umgab sie wie eine Aura. »Es war ein Selbstmordversuch.«

»Wie kommst du denn darauf?«, fragte Klaudia mit mehr Überraschung in der Stimme, als sie wirklich empfand.

»Er war so merkwürdig die letzten Tage. Hat er denn gar nichts gesagt?«

»Nein«, log Klaudia. Auf keinen Fall würde sie den Klatsch anheizen. Selbstmord! Wie verzweifelt musste man sein, um sich das Leben nehmen zu wollen. Sie dachte an ihre Trennung von Arno. Auch sie war am Ende gewesen. Psychisch und physisch, aber nicht einmal in den dunkelsten Tagen, als Paul Potts' *Nessun dorma* in einer Endlosschleife durch ihren Schädel dröhnte, hatte sie daran gedacht, sich umzubringen. Sie konnte nur hoffen, dass die Ärzte Janina retteten. Ansonsten würde Thang an der Schuld zerbrechen.

»Na ja.« Die Sekretärin erhob sich von Klaudias Schreibtischkante und ging wieder zur Tür. »Auf jeden Fall ist PH echt geknickt, dass er dir den Urlaub nicht genehmigen konnte.«

»Geht klar.« Klaudia lehnte sich in ihrem Bürostuhl zurück. Ihr Rücken schmerzte, und sie sehnte sich nach ihrem Sofa und einer heißen Dusche. »Trotzdem«, fügte sie hinzu, vielleicht um ihre Einsilbigkeit wiedergutzumachen, vielleicht aber auch, weil sie mit jemandem über ihre Ängste sprechen musste. »Es ist echt blöd, dass ich so weit ab vom Schuss bin.«

»Wie geht's denn deinem Vater?«

»Nicht so gut.«

Klaudia erzählte Petra von der Diagnose und ihren Ängsten. »Irgendwie denkt man nicht daran, dass so etwas passieren kann, wenn man fortgeht.« Sie fragte sich, ob sie auch eines Tages wie Klingebiel aus der Ferne zur Beerdigung ihres Vaters nach Hause kommen würde.

»Du wirst gute Gründe gehabt haben.« Petra wäre nicht Petra, wenn sie diese Steilvorlage nicht genutzt hätte.

»Das schon«, antwortete Klaudia. Sie war zu sehr in ihrem eigenen Gedankenlabyrinth unterwegs, um die blinkenden Fragezeichen in Petras Blick zu bemerken. »Aber irgendwie hält man seine Eltern wohl für alterslos und unsterblich.« Selbst wenn man es wie ich besser wissen müsste, fügte sie in Gedanken hinzu.

»Bist du das einzige Kind?«

»Nein. Ich hab noch zwei jüngere Schwestern.« Auf einmal war Klaudia sehr froh, dass ihr Vater noch die Zwillinge hatte. Schwestern, mit denen sie sich die Verantwortung teilen konnte. Eher: auf sie abwälzen, korrigierte ihr innerer Schweinehund selbstgefällig, weil er sie wieder einmal dabei ertappt hatte, wie sie sich in die Tasche log. Aber wer wollte sich schon gerne so sehen, wie er wirklich war.

»Gut für dich.« Petras Blick verlor sich in der Ferne.

»Alles gut bei dir?«, fragte Klaudia.

»Doch, ja«, antwortete Petra. »Ich dachte nur gerade an meine Eltern.« Sie schüttelte den Kopf, als wollte sie den Gedanken vertreiben.

»Wohnen die auch weiter weg?«

»Ja.« Petras Lippen folgten ruckartig der Schwerkraft. »Aber nicht ich bin weggegangen.« Bevor Klaudia nachfragen konnte, schaute sie wieder auf ihre Armbanduhr. »Du hast noch dreiundzwanzig Minuten.«

35. Kapitel

Daniel wollte sich nicht von der Polizei nach Hause bringen lassen. Die Nachbarn würden sich ohnehin schon das Maul zerreißen. Außerdem half ihm die frische Luft, seine Gedanken zu sortieren. Zu viel war passiert in den letzten Tagen und gleichzeitig zu wenig. Frank hatte keine seiner Fragen beantwortet. Er hatte ihn eingewoben in ein Netz von scheinbarer Zuneigung und Erinnerungsfragmenten. Er war vielleicht der Sohn dieses Mannes, aber nicht der Vertraute. Gedankenversunken schlenderte Daniel am Fließ entlang. Die Wolkendecke war aufgerissen, doch die Sonne stand schon zu tief im Westen, um auch nur ansatzweise zu wärmen. Daniel nahm die letzte Kehre vor der Brücke, die zum kleinen Hafen führte. Eine Frau stand rauchend am Anleger. Sie musterte ihn und warf dann die Zigarette ins Fließ. Frau Schlösser! Seine Tante und Dominiks Mutter. Daniel zögerte, aber wollte er nicht auf dem Absatz kehrt und einen Umweg am Schloss vorbei machen, musste er über diese Brücke gehen. Also ging er weiter. Seine Schritte hallten dumpf auf den nassen Bohlen der Brücke.

»Wie geht's dir, Junge?«

»Danke.«

»Soll ich dich nach Hause bringen?«

»Nicht nötig.«

»Keine Widerrede, du siehst aus, als würdest du jeden Augenblick umfallen.« Sie griff nach seinem Arm. Er starrte auf ihre Hand, sah die blutroten Fingernägel, die sich in seinen Jackenärmel gruben, und auf einmal kochte die Erinnerung in ihm hoch.

In seinen Ohren dröhnte das kehlige Lachen einer Frau. Ein blasses Frauenbein hing über der Bettkante, eine Krampfader zog sich über das Schienbein. Übelkeit stieg in Daniel auf. Er griff nach dem Geländer. Frau Schlösser beugte sich über ihn, er sah ihr Gesicht, und gleichzeitig sah er die Hand einer Frau, die über den Rücken seines Vaters strich. Ihre blutroten Fingernägel krallten sich in seinen Hintern.

»Ist dir übel?« Sie legte ihm die Hand auf die Stirn. Eine mütterliche Geste, doch Daniel wich zurück. Nur

weg, dachte er, doch seine Beine trugen ihn nicht mehr.
Pudding in den Knien und schwarzes Dröhnen im Schädel. Er hockte sich auf die Stufen zum Anleger und legte
den Kopf auf die Unterarme.

»Ich hol den Wagen.« Sie eilte über den menschenleeren Platz. Je leiser das Klackern ihrer Absätze auf dem
Kopfsteinpflaster wurde, umso mehr verblassten die Bilder in seinem Kopf.

Daniels Muskeln entspannten sich. Für einen Moment
schloss er die Augen.

»Nimm mal die Kette.«

Er fuhr hoch. Dumpf schlug der Bug von Schlössers
Kahn gegen den Steg.

Taumelnd stemmte sich Daniel in die Höhe und
schlang die Kette um den Polder.

»Geh nach Hause, Junge«, sagte die alte Klingebiel.
Sie klang müde und weniger feindselig als am Polizeiboot. Trotzdem passten die Worte ›Oma‹ und ›Marianne Klingebiel‹ nicht in einen Satz. Zumindest nicht
für ihn. Dominik sah das wahrscheinlich anders. Sie
hatten nie darüber gesprochen, dass sie eigentlich miteinander verwandt waren. Warum auch. Dominik war
Geselle in der Metzgerei seines Onkels und er der unehe-
liche Sohn der Schwester vom Chef. Hinter ihm hupte
es kurz.

»Da seid ihr ja«, rief Frau Schlösser. »Ich wollte gerade
den Jungen nach Hause bringen.«

»Die paar Meter?« Frau Klingebiel schnaubte. »Sei
nicht albern, Mandy.«

»Ich wollte nicht …« Daniel stockte. Warum sollte er
sich vor der Alten rechtfertigen? Er hatte sich seine Eltern nicht ausgesucht. Er dachte an Frau Schlössers rot

lackierte Fingernägel. Blutrot, und dann sah er wieder den nackten Arsch seines Vaters, und er spürte, wie Galle in ihm hochstieg. Frank hatte seine eigene Schwester gepimpert.

36. Kapitel

Außer Klaudia und PH war nur noch Demel als Sachbearbeiter bei der Besprechung anwesend. Wibke hatte sich entschuldigen lassen. Sie sei mit Eintüten beschäftigt, ließ sie ausrichten.

Klaudia setzte sich an ihren üblichen Platz neben Demel und schlug ihr Notebook auf. Wie immer saß PH auf seinem Stammplatz vor dem Flipchart, Petra mit einem Stenoblock in der Hand neben ihm. Seit sie so chronisch unterbesetzt waren, hatte Petra ihre Stelle bei der Grundschule gekündigt und stand dem Revier nun mit ihrer vollen Arbeitskraft zur Verfügung. Sie ersetzte zwar keinen Sachbearbeiter, aber sie nahm ihnen viel des leidigen Schreibkrams ab.

»Wie sieht's aus?«, eröffnete PH mit belegter Stimme die Besprechung.

Klaudia musterte ihren Chef genauer. Seine Erkältung schien ja mächtig an Fahrt zu gewinnen. Seine Augen tränten, und seine Nase sah wund aus. Das konnte ja heiter werden, wenn er auch noch ausfiel. Wie um Klaudias Sorge zu bestätigen, zog er ein Papiertaschentuch aus der Hosentasche und putzte sich schnaubend die Nase. Ein Bazillenmutterschiff.

Klaudia und Demel tauschten einen hastigen Blick. Offensichtlich dachte er dasselbe.

»Also gut«, begann Klaudia ihren Bericht. Während sie sprach, massierte PH sich mit Daumen und Zeigefinger die Stirn. Diese Haltung änderte sich auch nicht, als Demel übernahm.

»Hab ich das richtig verstanden?«, sagte er schließlich. »Daniel Schenker ist der Sohn von Frank Klingebiel, welcher der Sohn von Fritz Werheid ist, der wahrscheinlich mit dem gleichen Stück Holz erschlagen worden ist, mit dem auch sein Enkel eins über den Schädel bekommen hat?«

»Das wäre es so im Wesentlichen«, sagte Demel.

»Und ihr wisst immer noch nicht, wer die geheimnisvolle Unbekannte ist?«

»Leider nein. Dazu schweigt Klingebiel sich aus, und Daniel weiß es nicht.«

»Glaubst du ihm?«

»Es ist egal, ob ich ihm glaube. Er schweigt.«

»Dann bring ihn zum Reden, verdammt noch mal.« Ein heftiges Niesen erschütterte PH und ließ Petra zusammenzucken.

»Wibke hat auf jeden Fall Fingerabdrücke genommen«, sagte Demel.

»Die werden nicht in der Datenbank sein.« PH massierte sich wieder die Stirn. »Wann ist die Leiche dran?«

»Keine Ahnung«, antwortete Klaudia frustriert. »Die Vorzimmerdame war wenig kooperativ.«

»Na ja«, murmelte PH. »So ein Penner wird wohl nicht oberste Priorität haben. Es ist echt zum Auswachsen.« Er zerknüllte sein Taschentuch und warf es in den Papierkorb neben dem Flipchart. »Das stinkt doch alles. Was ist mit Wibke? Ist sie weiter?« PH griff nach einem Berliner, biss hinein und wischte die hervorquellende Marmelade mit dem Zeigefinger aus dem Mundwinkel.

»Nein«, antwortete Klaudia. »Es gibt eine Menge Spuren, und sie sind mindestens so unterbesetzt wie wir.«

»Sie hat auf jeden Fall gute Schuheindruckspuren von dieser Stelle an der Brücke«, sagte Demel. »Sie tippt auf Damengummistiefel, Größe vierzig.«

»Ich dachte, das wäre geklärt«, warf Klaudia ein. »Der Junge wurde definitiv dort niedergeschlagen, wo er auch gefunden wurde.«

»Aber vielleicht der Alte nicht«, beharrte Demel. »Vielleicht ist er mit der unbekannten Frau zusammengetroffen. Der Junge hat ihn doch auch an der Brücke getroffen.«

Der Gedanke hing zwischen ihnen.

»Das passt zeitlich nicht«, sagte Klaudia schließlich.

»Vielleicht doch.« Demel trennte sich nur ungern von seiner Theorie.

»Solange wir nicht wissen, wann Werheid ums Leben gekommen ist, ist das alles nur Spekulation«, beendete PH die Diskussion. »Was sagt denn der Notarzt?«

»War 'ne ganz junge Notärztin«, sagte Demel. »Sie wollte sich nicht mal darauf festlegen, dass er tot war.«

»Wofür hat sie denn die Leichenstarre gehalten?«, fragte Klaudia, die als Erste den Toten untersucht hatte. »Für Morgensteifigkeit?«

»Soll ich das jetzt mitschreiben?« Petra blickte irritiert von ihrem Stenoblock auf.

»Vergiss es.« Klaudia schüttelte den Kopf.

»Was wir brauchen, sind Zeugen.« PH seufzte frustriert.

»Davon haben wir mehr, als uns lieb sein kann.« Klaudia dachte an die Liste in der Fallakte.

»Dann kommt ja wenigstens keine Langeweile auf.« PH schnäuzte sich die Nase. »Sonst noch was?«

»Ich knöpf mir noch mal Schiebschick vor«, sagte Klaudia. »Er war ein bisschen sparsam mit der Wahrheit bei unserem letzten Gespräch.«

»Ich arbeite die Zeugenliste ab«, bot sich Demel an. »Vielleicht hat ja jemand was gesehen. Wer immer den Jungen niedergeschlagen hat, muss ja irgendwie von der Insel gekommen sein.«

»Wenn er nicht die ganze Zeit da war«, murmelte Klaudia. »Die anderen Datschen wurden nicht durchsucht, oder?«

Betretenes Schweigen. Keiner von ihnen hatte die anderen Datschen durchsucht. Und keiner von ihnen wollte sich der Frage stellen, ob der Alte noch leben würde, wenn Thang es getan hätte.

37. Kapitel – 1993

»Ich hab dir gesagt, dass du nicht herkommen sollst. Was ist, wenn dich jemand gesehen hat?«

»Oder ich jemanden sehe? War sie hier?«

»Red' keinen Quatsch. Nach allem, was passiert ist, kann sie nicht kommen. Und wenn doch, was geht es dich an?«

»Sehr viel, denke ich.«

»Was willst du?«

»Warum wohnst du jetzt hier? Willst du mir aus dem Weg gehen?«

»Kannst du eigentlich auch mal an etwas anderes denken als an dich? Wenn du es unbedingt wissen willst: Ich ertrage den Anblick nicht. Den Gestank nach verkohlter Teerpappe. Das eingestürzte Dach. Wir hätten alle draufgehen können.«

»Vielleicht wollte er das?«

»Aber warum?«

»Vielleicht hat er von euch gewusst?«

»Das macht keinen Sinn.«

»Vielleicht war er wütend.«

»Aber warum ist er nicht raus?«

»Vielleicht ging alles zu schnell.«

»Ob Mario Bescheid weiß?«

»Bestimmt nicht. Der würde dir schon längst die Hölle heißmachen, wenn er etwas wüsste.«

»Trotzdem: Das macht alles keinen Sinn.«

»Es herrscht Krieg.«

»Aber das ist doch nicht unser Krieg.«

»Jetzt schon.«

38. Kapitel

Klaudia stieg aus ihrem Peugeot. Sie wollte gerade aufschließen, als die Tür von innen geöffnet wurde.

»Hoppla.« Sie stolperte in Uwes Arme. Für einen Moment fühlte sich Klaudia geborgen, dann hatte die Wirklichkeit sie wieder.

»Ich hab dich auch vermisst.« Ihr Kollege und Vermieter half ihr, das Gleichgewicht wiederzufinden.

»Was macht der Kleine?«, fragte Klaudia, als sie wieder sicher stand. Noch immer fiel es ihr schwer, den viel zu früh geborenen Sohn ihres Kollegen beim Namen zu nennen. Außerdem war sie sich nicht sicher, ob es gut war. Schließlich wollte Uwe das Kind zur Adoption freigeben. Zumindest hatte er das gesagt. Doch jetzt ging ein Strahlen über sein Gesicht, das Klaudia an diesen in tiefster Verzweiflung ausgesprochenen Worten zweifeln ließ. Es war eine Menge Zeit vergangen, seit sie das letzte Mal richtig miteinander gesprochen hatten. Ich sollte mich mehr kümmern, dachte Klaudia.

»Tim geht's gut.«

»Das freut mich.« Sie musterte Uwe. Er sah besser aus. Die Falten in seinen Mundwinkeln waren nicht mehr ganz so tief, und er schien auch wieder etwas Gewicht zugelegt zu haben.

»Er kriegt den Sauerstoff jetzt nur noch über einen dünnen Schlauch. Wenn er so weitermacht, haben wir ihn vielleicht im Januar zu Hause.«

»Du hast dich also entschieden.« Klaudia war froh, das zu hören. Die ganze Familie hätte unter der Trennung von Tim gelitten.

»Silke hätte es so gewollt«, sagte Uwe schlicht.

»Und du?«, fragte Klaudia. »Was willst du?«

»Er ist mein Sohn.«

»Ihr schafft das.« In Klaudias Kehle wuchs ein Kloß. Januar, dachte sie überrascht. Sie hatte sich so sehr daran gewöhnt, dass Tim in der Klinik lag, dass die Vorstellung, er könnte hier, in diesem Haus, leben, ganz weit fort schien, und nun sollte er im Januar nach Hause kommen. Und jetzt hatten sie bereits November. In einer Zeit, in der Jahre so schnell an einem vorbeirauschten wie früher Monate, klang das wie übermorgen.

»Das sagen die im Krankenhaus auch.« Uwe fuhr sich mit der Hand durch die dunklen Locken, die dringend einen Haarschnitt gebraucht hätten. »Wir kriegen ambulante Pflege und so.«

Die Tür der unteren Wohnung wurde aufgerissen, und Annalene stürmte in den Flur. Ihre dünnen Haare hatte sie schwarz gefärbt. »Wo sind meine Stiefel?«, keifte sie. »Verfickte Scheiße!« Sie stürmte in die Wohnung zurück.

»Uups.«

»Hör einfach nicht hin«, sagte Uwe.

»Ist wohl besser so.« Aber Klaudia hätte sich die Ohren zuhalten müssen, um Annalenes Keifen und das Schlagen von Türen zu überhören. Sie räusperte sich. »Und wie geht's Bhanu?«

»Ist bei den Großeltern«, sagte Uwe. »Ist im Moment besser so.«

»Ihr seid viel unterwegs?«

»Was meinst du damit?«

»Na ja. Du bist viel im Krankenhaus, und Annalene …« Klaudia verhedderte sich in dem Satz. Scheiße, es ging sie nichts an. Sie war keine Petze. »Sie sieht müde aus«, sagte sie schließlich, weil ihr nichts Besseres einfiel. Sie wünschte sich zu ihrem Portemonnaie in den Rucksack.

»In dem Alter sind die doch immer müde.«

»Vor allem am Wochenende.« Klaudia biss sich von innen auf die Wangen. Will ich sie nun verraten oder nicht? Irgendwie wusste sie das gerade selbst nicht. Ein jüngerer, wilderer Teil von ihr wollte Stillschweigen bewahren, die Erwachsene wollte sie verraten.

»Willst du mir etwas sagen?« Uwe musterte sie mit schief gelegtem Kopf. »Hat sie was angestellt?«

»Nein«, beteuerte Klaudia. »Die Stiefel sind übrigens in der Waschküche. Ich bin heute Morgen darüber gestolpert.«

»Was ist mit meinen Stiefeln?« Dafür, dass Annalene gerade noch derart lauthals die Welle gemacht hatte, war sie jetzt erstaunlich leise wieder im Flur aufgetaucht.

»Sie hätten mir fast das Genick gebrochen«, sagte Klaudia. »Und weil ich ein dankbarer Mensch bin, hab ich sie in die Waschküche geschleudert. Sie könnten eine Grundreinigung gebrauchen. War's denn wenigstens schön?«

»Was war schön?« Uwe schaute verdutzt von Klaudia zu seiner Tochter.

»Na, die Party.« Jetzt war es raus. Ihr erwachsenes Ich hatte gewonnen. Und wenn schon, dachte Klaudia. Uwe war auch mal jung gewesen.

»Auf was für einer Party warst du?«, fragte Uwe seine Tochter. »Und wieso weißt du davon?«

»Ich war auf keiner Party.« Die Antwort kam postwendend wie ein Einschreiben. »Ich war bei Chantalle.« Annalene schaute ihrem Vater ohne zu blinzeln in die Augen.

»Ich warne dich, Fräuleinchen. Ich kann ihre Mutter anrufen.«

»Bloß weil die mich beschuldigt?« Annalenes Blick streifte Klaudia.

Wenn Blicke töten könnten, hätten die Kollegen einen Mord mehr an der Backe. Innerlich schüttelte

Klaudia den Kopf, aber dann dachte sie wieder daran, was das Mädchen alles durchgemacht hatte, und atmete tief durch. Om.

»Ich war Freitag bei Chantalle«, beharrte Annalene.

»Woher weißt du, dass ich von Freitag spreche?« Die Polizistin in Klaudia drängte sich wieder vor. Mein Gott, dachte sie. Gib es endlich zu. Er wird dir schon nicht den Kopf abreißen.

Aber Annalene gab gar nichts zu, sondern ging den Weg des geringsten Widerstandes, was bedeutete, dass sie türenschlagend in ihrem Zimmer verschwand.

»Hast du Lust auf ein Bier?« Uwe kratzte sich den Nacken.

»Sorry.« Klaudia hob bedauernd die Schultern. »Ich hab ein Date.«

39. Kapitel

Balduin rannte jaulend an Daniel vorbei und hob das Bein am nächsten Laternenpfahl. Nachdem er noch zwei Hausecken mit seinem Urin getränkt hatte, kehrte er schwanzwedelnd zu Daniel zurück. Mit leisem »wuff« stieß er ihn mit der Schnauze gegen das Schienbein. Das hieß einerseits: Kraule mich, und zwar ganz feste hinter dem linken Ohr, und andererseits: Warum hast du mich so lange allein gelassen? Daniel sackte auf die Treppe, die zu den beiden Schlafkammern führte, und zog den Hund an sich. Balduins feuchtwarmes Hecheln strich über seine Wangen, und endlich flossen sie, die Tränen.

So fand ihn seine Mutter, als sie wenige Minuten nach ihm ins Haus kam. Sie trug noch den Kittel mit dem Emblem der Metzgerei.

»Ich hab mir solche Sorgen gemacht.« Sie hockte sich vor ihn und griff nach seinem Kinn. Ihre Hand roch nach Hackfleisch.

»Nicht.« Daniels Magen hob sich. Er fühlte sich wie betäubt.

»Ich hab im Krankenhaus angerufen«, sagte sie. »Du warst schon entlassen. Onkel Mario hätte dich doch abgeholt.«

»Ich bin mit der Bahn gefahren.«

»Warst du bei ihm?«

Sie schaffte es nicht, Klingebiels Namen auszusprechen. Und er schaffte es nicht mehr, das Wort ›Vater‹ zu denken, wenn er an Frank Klingebiel dachte. Der Typ fickte seine eigene Schwester. Ihm dröhnte der Kopf, und sein Mund fühlte sich an, als hätte er einen Aschenbecher ausgeleckt.

»Und wenn?«

Seine Mutter sackte gegen die Wand. Die Beine ausgestreckt saß sie auf dem Linoleum. Balduin gab seinen Platz neben Daniel auf und rollte sich auf ihrem Schoß zusammen. Ihm schien diese traute Runde im engen Flur zu gefallen. Daniel nahm sie die Luft. Er sah die Krampfader, die sich über ihr Schienbein zog, ihre kurzen rosigen Fingernägel, die etwas wurstigen Finger. Wie hatte er nur jemals annehmen können, dass sie die Frau bei Frank gewesen war?

»Er ist so ein Arsch.«

»Das ist er nicht«, widersprach seine Mutter. »Es war halt schwierig damals.«

»Er fickt seine Schwester.«

»Das tut er nicht.«

»Nicht?« Daniel fragte sich, wann sie endlich aufhören würde, sich selbst zu belügen.

»Natürlich nicht«, bekräftigte sie, und Balduin bellte, als wollte er sie unterstützen.

Daniel wollte sie anschreien, ihr sagen, was er gesehen hatte, aber was hatte das für einen Sinn? Sie würde ihm doch nicht glauben.

»Was ist passiert?« Sie legte ihm die Hand auf den Unterarm. Daniel unterdrückte den Impuls, sie wegzuschieben. Sie war immerhin seine Mutter, der einzige Mensch, der wirklich zu ihm gehörte.

»Sie haben einen Toten gefunden.«

»Ich hab davon gehört. Hat er dich niedergeschlagen?«

»Ich weiß es nicht, keine Ahnung.«

»Die Leute sagen, es war ein Penner.«

»Er war von hier. Die Polizistin hat mir seinen Ausweis gezeigt.«

»Von hier?«

»Werheid hieß er.« Daniel musterte seine Mutter. »Kanntest du ihn?«

40. Kapitel

Schon in der Einfahrt zum *Heuschober* dröhnte Klaudia die Musik entgegen. Guter alter 70er-Jahre-Rock: Slade, Suzi Quatro – nicht unbedingt Klaudias Geschmack, aber ehrliche Musik, ohne Schnörkel. Sie öffnete die Tür zum Gastraum und tauchte ein in die Rauchwolke, die die Männer und Frauen produzierten, die an der Theke und den Ecktischen saßen und standen. Einer davon war Schiebschick, der ihr mit einer Zigarre in der Hand zuwinkte. Der *Heuschober* war das letzte Refugium der Raucher und ähnelte sehr den Kneipen, in denen Klaudia ihre Jugend verbracht hatte. Schiebschick saß vor einem leeren Schnapspinnchen und einem halb vollen Glas Babbenbier.

»Wartest du schon lange?« Klaudia glitt auf den freien Barhocker neben ihm. »Das Gleiche«, bestellte sie bei der blonden Thekenfrau.

»Das treibt dir die Nässe aus den Gliedern, wa?«

»Mindestens.« Klaudia ließ ihren Rucksack zwischen die Hockerbeine gleiten und lockerte die Schultern.

»Du siehst blass aus«, sagte Schiebschick. »Und dünn. Du musst essen, wa?«

»Das bisschen, was ich an Kalorien brauche, kann ich auch trinken.« Erst als der Spruch raus war, dämmerte ihr, dass ihre Mutter ihn oft benutzt hatte. Zu oft.

»Ist es wegen dem toten Penner, den ihr gefunden habt?«, fragte Schiebschick schließlich.

»Der Tote, ach ja.« Klaudia prostete Schiebschick zu. Der Aquavit brannte ihr ein Loch in den Bauch, doch dann wärmte er sie. »Du kanntest ihn, nicht wahr?«

»Im Leben nicht«, nuschelte Schiebschick und nuckelte an seiner Zigarre. Dichte Rauchwolken verbargen sein Gesicht.

»Ich weiß, dass du ihn kanntest. Also erzähl keinen Scheiß.«

»Die kleine Marianne hat's dir gesagt, wa?«

Klaudia unterdrückte ein Schmunzeln. Auch wenn Frau Klingebiel wahrscheinlich zwanzig Jahre jünger war als Schiebschick, war sie zu alt, um ›kleine Marianne‹ genannt zu werden.

»Du hast mich angelogen, als du gesagt hast, du wüsstest nicht mehr als alle«, sagte sie in das Gitarrensolo hinein, mit dem der nächste Song auf der Playlist begann. »Du wusstest sehr viel mehr.«

Eine feuchte Spur hinterlassend, schob Schiebschick sein Schnapsglas über den Tresen, schließlich nickte er. »Aber er hatte nichts damit zu tun.«

»Was macht dich da so sicher?«

»Wenn dem eine Fliege in den Teer geraten ist, hat der die rausgezogen. So einer war das.«

»Die ›kleine Marianne‹«, sie benutzte bewusst Schiebschicks Formulierung, »ist sich da nicht so sicher.«

»Was weiß die schon. Für die ist er ja an dem Tag gestorben, an dem ihn die Vopos abgeholt haben. Nicht mal seinen Namen hat der Junge behalten dürfen.«

»Ich nehme an, du sprichst von Frank Klingebiel.«

»Von wem sonst.«

»Ihr wart Freunde? Du und Franks Vater?«

»Ich hab ihm die Lehrstelle als Bootsbauer besorgt, als er vonne NVA zurückgekommen ist. Der Fritz wollte auf keinen Fall ins Kraftwerk wie sein Alter.«

»Wenn er keiner Fliege etwas zuleide tun konnte«, sagte Klaudia, »warum hat er dann die Kahnwerkstatt in Tauche abgefackelt?«

»Ich weiß es nicht.« Schiebschick griff nach seinem Pinnchen und hielt es hoch, als er sah, dass es leer war.

Er will Zeit gewinnen, dachte Klaudia. Sie ließ den alten Mann nicht aus den Augen.

»Er hat nie darüber gesprochen«, antwortete Schiebschick schließlich. »Und er hat seine Strafe abgesessen. Jeden einzelnen Tag. Wa?«

»Hattet ihr Kontakt?«

»Er hat sich immer mal wieder gemeldet.« Nachdenklich paffte Schiebschick einen perfekten Rauchkringel. »Er wollte doch wissen, was mit dem Jungen ist und so.«

»Und dann ist er nach Lübbenau gekommen. Im Sommer vor zwanzig Jahren.«

»Nur sprechen wollte er mit ihr«, versicherte der alte Kahnführer treuherzig. »Und natürlich den Jungen sehen. Aber Marianne wollte nicht.«

»War er sauer?«

»Wegen so was bisse nicht sauer.« Schiebschick drückte die geballte Faust gegen die Brust. »Das brennt dir das Herz aus.«

»Interessant, dass du diese Formulierung wählst«, sagte Klaudia und lauschte dem Refrain des Slade-Titels: *Far, far away*. Weit, weit weg. Das waren sie gewesen. Vater und Sohn. *Don't know why*. Die harten Gitarrenriffs des nächsten Songs trieben ihre Gedanken an. Die Beerdigung hatte sie wieder nach Lübbenau gebracht, und nun war ein Junge niedergeschlagen worden, und ein alter Mann war tot.

»Wieso?« Schiebschick starrte sie mit seinen wässrigen Altmänneraugen an. »Du meinst doch nicht ...?«

»Doch«, antwortete Klaudia. »Genau das meine ich. Er hat schon einmal etwas in Brand gesteckt. Er könnte es wieder getan haben.«

41. Kapitel

Sie hatte den Rest des Tages bei Mutter verbracht. Nicht, dass sie das gewollt hätte, aber Marianne war weinend zusammengebrochen, kaum dass sich die Haustür hinter ihr geschlossen hatte. Also blieb sie, kochte ihr Tee, saß bei ihr in dem stickigen Wohnzimmer, das so vollgestopft war mit Möbeln und Erinnerungen, dass sie immer das Bedürfnis hatte, das Fenster aufzureißen. Marianne redete und schluchzte und redete, und während sie ihre Hand hielt und die Worte aufnahm, dachte sie an den Jungen: dieser Blick. Voller Verachtung. Er wusste Bescheid. Sie musste unbedingt mit ihm sprechen und auch mit Frank. Nicht mehr lange, sagte sie sich. Schließlich war Mutter eingeschlafen, und sie hatte sich aus dem Haus geschlichen. Fast so wie früher.

Aus dem Küchenfenster fiel Licht auf das schmale Stück Rasen vor dem Haus. Während sie die Handbremse anzog, tauchte Dieter am Küchenfenster auf und winkte ihr zu. Sie dachte an seine SMS: Geh nicht fort.

»Er weiß es nicht.« Sie sprach die Worte aus, um sie zu glauben und um die SMS zu vergessen. Sie holte Lipgloss aus ihrer Handtasche, klappte die Sonnenblende herunter, und auf einmal waren die Bilder zurück in ihrem Kopf.

Sie starrte auf den blutroten Lippenstift, rot wie das Holzscheit, das sie aufgehoben hatte. Bilder jagten durch ihren Kopf: Sie stand wieder in der Datsche, die nasse Hose klebte erst warm und dann kalt an ihren Oberschenkeln, das Holzscheit, das Ächzen. Sie war ihm gefolgt.

Er hockte vor der Toilette. Überall war Blut gewesen. Und dann hatte er den Kopf gehoben und sie angeschaut, und sie hatte ihn sofort erkannt. Es war der gleiche Blick wie damals, als er ihr am Bootsschuppen begegnet war. Kurz nachdem sie Frank und sein Flittchen erwischt und das Gas aufgedreht hatte. Ich weiß, was du getan hast, sagte dieser Blick, und dann hatte er angefangen zu zittern, immer stärker hatte es ihn geschüttelt, bis nur noch das Weiße in seinen Augen zu sehen war. Rückwärts war sie aus dem engen Flur getorkelt, durch den Wohnraum, bis sie die Kälte der Glasscheibe an den Schulterblättern spürte, und erst da hatte sie gemerkt, dass sie das blutige Holzscheit immer noch in der Hand hielt.

Es ist vorbei. Sie blickte sich fest in die Augen, und ihre Hand zitterte nicht, als sie die Lippen nachzog. Dann stieg sie aus und ging zum Haus. Dieter öffnete ihr die Tür.

»Wie geht's Marianne?« Er hob die Hände, um ihr aus der Jacke zu helfen.

»Geht so«, antwortete sie. »Du bist früh zurück.«

»Ich weiß.« Er wandte sich ab, um ihre Jacke an die Garderobe zu hängen. »Es hat mir keine Ruhe gelassen. Ich höre immer noch ihren Schrei.«

»Hast du ihn gesehen?«

Ihr Mann nickte.

»Es war Mariannes Ex.« Sie horchte dem Klang ihrer Stimme nach: angemessen schockiert und besorgt. So klang eine Frau, die gerade ihrer Stiefmutter zur Seite gestanden hatte. Sie war eine gute Schauspielerin. Immer gewesen.

Er stand mit dem Rücken zu ihr. Seine Finger strichen über ihre Jackenärmel. Sie hatte das Gefühl, sie auf der

Haut zu spüren. Schaudernd verschränkte sie die Arme und ging hinüber in die Küche. Die plötzliche Wärme nahm ihr die Luft.

»Was kochst du denn Feines?«, fragte sie über die Schulter hinweg.

»Ich hab Schlemmerfilet in den Backofen geschoben und Kartoffeln aufgesetzt.« Er folgte ihr und trat an den Herd.

»Klingt gut.« Sie nahm das Schälmesser von der Anrichte und packte es in die Spülmaschine. Klappernd sortierte sie einige Teller um, die er eingeräumt hatte. »Du weißt doch, dass du beim Kochen die Abzugshaube einschalten sollst.«

Er musterte sie, als sei sie eine schiefe Fuge, und machte keine Anstalten, ihrer Aufforderung zu folgen.

»Was ist los?« Sie klappte die Spülmaschinentür mit mehr Schwung als nötig zu und streckte sich, um die Abzugshaube selbst einzuschalten. Dabei streifte ihre Brust seinen Oberarm. Sie hielt die Luft an. Keine falschen Signale.

»Es ist alles sehr merkwürdig, oder?«

»Und wie«, bestätigte sie. »Erst der Junge. Und dann der Penner.« Mit Gewalt drängte sie die Bilder des toten Mannes aus ihrem Kopf.

»Das Kanu ist weg.«

»Was?«

»Das rote Kanu.« Dieter stieß sich von der Spüle ab und holte Teller aus dem Schrank. »Vielleicht ist er damit abgehauen.«

»Möglich«, antwortete sie, obwohl sie wusste, wo das Kanu war. Und dann dämmerte ihr, dass ihre Spuren in dem Kanu waren. Sie hatte das blutige Holzscheit in der

Hand gehabt. Sie musste blutige Fingerabdrücke hinterlassen haben, auf dem Kanu, dem Paddel. Ihre Knie gaben nach, und sie stützte sich an der Spüle ab.

»Was ist los?«, fragte Dieter alarmiert. Er streckte die Hand nach ihr aus.

»Ich muss noch mal los.« Sie riss sich los.

42. Kapitel

»Aber der Marco hat doch das Feuer gelegt.« Schiebschick blinzelte verwirrt.

»Das ist nie eindeutig bewiesen worden«, widersprach Klaudia. »Vielleicht war er auch nur zur falschen Zeit am falschen Ort.«

»Das ist doch Tinnef«, schimpfte Schiebschick. »Warum sollte der Junge denn in dem Schuppen gewesen sein, wenn er ihn nicht abfackeln wollte?«

»Andersrum wird ein Schuh draus, oder? Warum sollte der Junge im verriegelten Schuppen sein, wenn er ihn abfackeln wollte?«

»Aber alle sagen …«

»Ich weiß.« Klaudia biss sich auf die Unterlippe. In der gesamten Akte gab es keinen Hinweis darauf, dass außer dem toten Jungen noch jemand im oder am Bootsschuppen gewesen sein könnte. Es war ein Sommertag gewesen, der Schuppen lag direkt am Fließ, trotzdem hatte niemand etwas gehört oder gesehen.

Scheiße, dachte Klaudia. Konnte die Vergangenheit nicht bleiben, wo sie war? Nämlich in der Vergangenheit? Ihr Polizistenleben war mit einem niedergeschlagenen Jungen und einem toten Penner schwierig genug, es brauchte keine alten Geschichten, die alles noch komplizierter machten. Warum war dieser Marco im Schuppen gewesen? Was hatte er dort gewollt?

Are you ready, Steve? Klaudias Fuß nahm den treibenden Rhythmus des Liedes auf und wippte unwillkürlich mit.

»Vielleicht ein Date?«, überlegte sie laut und dachte dabei an Frau Schlösser. »Oder vielleicht hat er seiner Schwester nachspioniert?« Wenn er seinem Zwillingsbruder Mario ähnelte, hätte er so etwas bestimmt gemacht.

»Der Fritz hätte nie Klingebiels Schuppen abgefackelt.«

»Was macht dich da so sicher?«, fragte Klaudia und kippte den zweiten Aquavit. »Immerhin hat Klingebiel seine Marianne geheiratet, und die wollte offensichtlich nicht einmal mehr mit ihm sprechen.«

»Trotzdem.« Schiebschick stand zu seinem toten Freund. »Dem hat die Zeit im Knast gereicht. Für nichts in der Welt wäre der noch einmal eingefahren.«

»Du meinst, er hätte auch durchaus einen Zeugen aus dem Weg geräumt.«

»Das legst du mir jetzt in den Mund.« Schiebschick versenkte seine Zigarre in dem Schnapsglas, wo sie zischend erlosch. »Guck, was du gemacht hast«, schimpfte er.

»Warum war er jetzt hier?« Klaudia wechselte das Thema, um dem alten Kahnführer Zeit zu geben, sich wieder zu beruhigen.

»Weil er seinen Sohn sehen wollte. Es ging ihm nicht gut. Du hast ihn ja gesehen, wa?«

Ja, dachte Klaudia. Er hat vor dem Klo gelegen wie ein erschlagener Köter. »Und woher wusste er, dass Frank hier sein wird?«, fragte Klaudia. »Von dir?«

»Kann schon sein«, brummelte Schiebschick.

»Du wusstest also, dass er hier ist.«

»Ist ja kein Verbrechen, wa?«

»Nein, das nicht.« Klaudia dachte an ihr Gespräch im *Charleston*. »Nur irgendwie enttäuschend, dass du nicht eher damit herausgerückt bist.«

»Ich konnte ja nicht wissen, dass'et wichtig ist, wa?«

»Nein«, räumte Klaudia ein. »Das konntest du wohl nicht.« Fast tat ihr der alte Fährmann schon wieder leid. »Werheid könnte den Jungen niedergeschlagen haben«, murmelte sie.

»Das hätte er nie getan«, widersprach Schiebschick. »Der Bengel ist doch sein Enkel.«

»Aber wusste er das? Klingebiel schwört, dass er nicht mit ihm gesprochen hat. Ah …« Sie kniff die Augen zusammen und nickte versonnen. »Von dir. Er wusste es von dir.«

»Man erzählt halt so.«

»Und?«, fragte Klaudia. »Was hat Werheid gesagt?«

»Es hat ihm nicht gepasst, wie sie den Bengel behandelt haben. Der Junge hat doch nichts gemacht, hat er gesagt, und dass er für Gerechtigkeit sorgen wollte.«

»Gerechtigkeit?« Klaudia kaute auf dem Wort herum wie auf einem zähen Stück Fleisch. Werheid war ein typischer Alki, gezeichnet vom Leben auf der Straße. Was konnte er unter Gerechtigkeit verstehen?

»Und nu isser tot, wa?« Schiebschick nahm die Schiffermütze ab und strich sich die schütteren Haare über den Hinterkopf, bevor er sie wieder aufsetzte. Seine

Hände zitterten dabei, und auf einmal durchwogte Klaudia eine Welle der Zuneigung für den alten Mann. Irgendwie war er von Anfang an ihr Freund gewesen, so wie er wahrscheinlich Werheids Freund gewesen war. Schiebschick war wie eine Glucke, die Eier sammelte, um sie auszubrüten. Nur waren seine Eier verlorene Seelen. Jetzt werd mal nicht melodramatisch, feixte Klaudias innerer Schweinehund.

»Hat er noch irgendetwas gesagt, was mir weiterhelfen könnte?«

»Ich weiß nicht.« Schiebschick starrte trübsinnig auf seinen ruinierten Aquavit, und Klaudia winkte der Thekenfrau, damit sie für Nachschub sorgte. Erst als das neue Glas vor ihm stand, schaute er auf. »Nur, dass sie damit nicht durchkommt.«

»Wer?« Klaudia beugte sich vor. Bekam sie jetzt einen Hinweis auf die unbekannte Frau?

»Hat er nicht gesagt.«

»Schade.« Klaudia griff nach ihrem Bierglas. ›Sie‹ konnten mindestens zwei Frauen sein: Jana Schenker oder Marianne Klingebiel. Aber welche von beiden hatte der Penner gemeint?

»Meinst du, er hat gelitten?«

Klaudia schüttelte den Kopf und bestellte eine weitere Runde. »Nein«, sagte sie und dachte an den Toten auf der Toilette. Manchmal musste man einfach lügen.

43. Kapitel

Mandy parkte den Van auf dem Schotterplatz am alten Anleger gegenüber vom Campingplatz und lief dann hinüber zum Schlosspark.

Genau diesen Weg war sie auch in der Nacht gelaufen. Voller Angst, entdeckt zu werden. Sie war den Lichtern ausgewichen, so wie auch heute. *Die im Dunkeln sieht man nicht. Dreigroschenoper.*

Doch ihr Leben war keine Oper, eher eine Soap mit viel schmutziger Wäsche und Leichen im Keller.

Nicht nur im Keller. Schaudernd zog Mandy die Schultern hoch. Dann war sie an der Brücke, die den Schlosspark mit dem Campingplatz verband und die bei Nacht verschlossen war. Kein Hindernis. Sie kletterte darüber und lief weiter durch die Nacht. Die erste Ahnung von Frost lag bereits in der Luft, die über ihre erhitzten Wangen strich. Nicht mehr lange und morgens würde Raureif auf den Wiesen knistern, und die Kraniche würden gen Süden ziehen. Ebenso wie sie. Nur im Gegensatz zu den Zugvögeln würde sie nicht im Frühjahr zurückkehren. *Valera.* Mandy schmatzte den Namen ihrer neuen Heimat. Sie hatte die Stadt gegoogelt. Eine Provinzmetropole, zwischen zwei Flüssen gelegen und von Bergen eingekreist. Nicht unbedingt das, was sie sich vorgestellt hatte, aber sie wären eh nicht viel dort. Als Fotograf reiste Frank viel herum, und sie würde ihn begleiten. Endlich würden sie das Leben führen, das sie sich in den gestohlenen Stunden in der Datsche ausgemalt hatten. Das Leben, das Jana zerstört hatte. Die Schlampe, die sich zwischen sie gedrängt und alles kaputt gemacht hatte. Zwanzig Jahre. Zwanzig verlorene Jahre.

Auch wenn die Saison schon vorbei war, lagen noch viele Kanus in dem kleinen Hafenbecken des Campingplatzes. Als sie Franks Kanu vertäut hatte, hatte sie das gut gefunden. Man versteckt eine Nadel nicht in einem Heuhaufen, sondern zwischen anderen Nadeln, hatte sie gedacht.

Nichts hast du gedacht, wütete sie innerlich. Du hättest es sofort versenken müssen. Dumm. Dumm. Dumm. Was, wenn die Polizei es bereits gefunden hatte? Der Gedanke trieb sie vorwärts. Vom Campingplatz hallte das Plärren eines Radios, unterbrochen von Schüssen und einsetzenden Martinshörnern. Sie fuhr zusammen und begriff erst, als Musik einsetzte, dass das nicht real war. Im Spreewald wurde nicht geschossen. Nein, dachte sie. Geschossen nicht.

Ängstlich darauf bedacht, nur ja kein Geräusch zu machen, lief sie über den Steg. Die meisten Kanus waren abgedeckt. Aber wo war ihrs? Sie schaute sich um. War sie hier ausgestiegen oder am anderen Ende? War sie nach rechts oder nach links gegangen? Sie wusste es nicht. Schließlich sah sie es. Sie wollte gerade erleichtert aufatmen, als sich Stimmen näherten.

Mandy hastete zum nächstbesten Kanu und rollte sich unter der Plane zusammen.

44. Kapitel

Sie saßen immer noch auf den Stufen. Daniel hatte den Kopf an die Wand gelehnt. Die Kühle des Holzes legte sich über seine Kopfschmerzen. »Was ist damals passiert?«, fragte er.

»Die Zwillinge wollten nicht, dass ich mit Frank ...« Seine Mutter stockte. »Du weißt schon. Wir haben uns heimlich getroffen. Es durfte ja niemand wissen.«

»Weil du fünfzehn warst?« Daniel schmeckte dem Wort nach. Fünfzehn war sie gewesen. *Deine Mama ist aber jung.* Er erinnerte sich noch gut an die Gesichter der anderen Kinder, wenn sie das sagten. Sie imitierten die Gesichtsausdrücke ihrer Mütter. Mitleidig und selbstgefällig. Ihre Gesichter sagten: Wir haben es richtig gemacht. Mach dir nichts draus, hatte seine Oma gesagt. Er war mehr bei ihr als bei seiner Mutter aufgewachsen. Vaterlos. Und jetzt, wo Frank aufgetaucht war, hatte er das Gefühl, ihn hassen zu müssen.

Dabei hatte er sich immer einen Vater gewünscht.

Er erinnerte sich noch gut an den Tag, als ihm zum ersten Mal bewusst wurde, dass andere Kinder einen Vater hatten.

Es war sein erstes Jahr im Kindergarten gewesen. Noch war es Sommer, doch morgens setzte ihm seine Oma schon eine Mütze auf, die er prompt mittags vergaß. Deshalb musste er auch an diesem Tag noch einmal zurücklaufen, und Ellen drückte ihm einen bunten Zettel in die Hand. Er hatte sich nichts dabei gedacht und ihn seiner Oma gegeben. Sie las ihn, runzelte die Stirn, was sie sonst nie tat, und in dem Moment wusste er, dass mit diesem Zettel etwas nicht stimmte. Also hatte er gefragt. Nichts, hatte seine Oma geantwortet und den Zettel zusammengeknüllt. Aber der ist für Mama, hatte er widersprochen. Vergiss den Zettel, hatte Oma gesagt. Wir wollen doch nicht, dass Mama traurig ist, nicht wahr?

Ellen hatte ihm einen Zettel gegeben, der traurig macht?

Am nächsten Morgen fragte er Tante Hilde nach dem Zettel. Sie war älter als Ellen und wusste alles.

»Der war nicht für dich.« Tante Hilde strich ihm über die Haare. Es lag kein Trost in dieser Berührung. Im Gegenteil. Sie hatten Geheimnisse vor ihm. Alle Großen verheimlichten ihm etwas. Er musste wissen, was auf dem Zettel gestanden hatte.

Schließlich fragte er Kevin, und der sagte es ihm.

Es war eine Einladung für die Väter gewesen, mit ihren Kindern im Kindergarten zu zelten und am Lagerfeuer Stockbrot zu backen.

Das war der Moment, in dem Daniel seinen Vater zum ersten Mal vermisste. Und nun war er da, aber er war keine Lichtgestalt, sondern ein mieses Arschloch, das eine Minderjährige geschwängert hatte.

»Hat er dich gesucht?«

»Wer?« Seine Mutter fuhr aus ihren Gedanken auf.

»Marco«, sagte Daniel und wiederholte seine Frage. »Hat er dich gesucht?«

»Wahrscheinlich.« Sie wischte sich mit dem Handrücken über die Augen.

»Und?«, fragte Daniel. »Hat er dich gefunden?«

»Nein.« Sie schüttelte den Kopf. »Wir waren nicht im Bootshaus. Nicht mehr.«

»Ihr wart also da gewesen.«

»Wir haben uns da getroffen. Es durfte ja niemand wissen.«

»Aber Marco hat es gewusst.«

»Ich weiß nicht. Es war komisch. Ich hatte was gehört, aber da war niemand. Trotzdem sind wir abgehauen.«

»Bist du sicher?«

»Natürlich bin ich sicher. Glaubst du etwa, ich hätte meinen eigenen Bruder umgebracht? Es war ein Unglück. Das Ventil der Gasflasche muss undicht gewesen sein. Er hat sich eine Zigarette angesteckt. Sie haben Reste des Feuerzeugs unter seiner verkohlten Leiche gefunden.« Ihre Stimme brach. »Niemand von uns hat jemals wieder eine Zigarette angerührt.«

»Das meinte ich nicht«, sagte Daniel. »Ich meine: Wenn doch jemand da gewesen ist? Jemand, der die Gasflaschen aufgedreht hat?«

45. Kapitel

Nach dem dritten Herrengedeck verabschiedete sich Klaudia. Der Alkohol war ihr zu Kopf gestiegen, und sie hatte das Gefühl, die Arme wie Flügel ausbreiten zu müssen, um das Gleichgewicht zu halten. Ihr Menière ließ sie zwar im Moment in Ruhe, trotzdem traute sie dem Frieden nicht.

Sie schaute Schiebschick nach, der in Richtung Kleiner Hafen losmarschierte, dann machte sie sich leicht torkelnd auf den Heimweg. Bei Uwe war bereits alles dunkel, und sie schlich sich auf Socken in ihre Einliegerwohnung, dort fiel sie aufs Bett und sofort in einen traumlosen Schlaf, aus dem sie das schrille Läuten ihres Handyweckers schreckte.

Eine Stunde später saß sie zwischen den Kollegen bei der morgendlichen Lagebesprechung und hielt sich an eingekochtem Filterkaffee fest. Außer ein paar Verkehrsdelikten und dem vereitelten Versuch, einen BMW auf einem Hotelparkplatz in Lübben aufzubrechen, war nichts passiert. Das war nicht viel. Was gut war. Schließlich hatten sie genug mit ihren Ermittlungen zu tun.

Klaudia stieg die Treppen zum Dachgeschoss hoch, in dem sich ihre Büros befanden. In der ersten Etage verschaffte ihr Petra eine Verschnaufpause.

»Um zehn Besprechung hier.« Sie lächelte Klaudia an ihrem Computerbildschirm vorbei zu. »Du siehst sch … schlecht aus«, fügte sie hinzu.

»Ich war mit Schiebschick im *Heuschober*.«

»Hat er dich unter den Tisch getrunken?«

»Gibt's was Neues?« Klaudia wollte über Petras Frage nicht einmal nachdenken. Allein der Gedanke an Aquavit ließ sie sauer aufstoßen.

»Thangs Frau wird nicht mehr beatmet.«

»Das ist gut, oder?«

»Er sagt, er meldet sich. Was macht dein Vater?«

»Ich wollte gleich anrufen.« Klaudia winkte mit ihrem Smartphone und atmete tief ein, um für die letzte Etappe des Aufstiegs Luft in ihre Lungen zu pumpen.

In ihrem Büro ließ sie sich auf den Stuhl fallen und wischte sich über die Stirn. Sie konnte nur hoffen, dass es die Aquavits waren, die ihr den Schweiß aus den Poren mangelten. Sie streckte das Bein aus, startete mit der Schuhspitze den Dienstcomputer und loggte sich bei ComVor ein, der computergestützten Vorgangsbearbeitung, die hier in Brandenburg benutzt wurde. Zu Anfang hatte sie etwas Probleme gehabt, sich in dem System zurechtzufinden, aber mittlerweile wusste sie seine Vorteile zu schätzen.

»Darf ich dich aus deiner Komfortzone locken?« Demel klopfte gegen den Türrahmen.

»Kannst du dir nicht mal was Neues einfallen lassen?«, fragte Klaudia, ohne vom Bildschirm aufzuschauen.

»Ich werde drüber nachdenken.« Der Duft seines Rasierwassers stieg ihr in die Nase.

»Was willst du denn?« Nun blickte Klaudia doch auf.

Er sah so frisch geduscht aus, dass sie sich noch schmuddeliger vorkam.

»Besprechung in 'ner halben Stunde.«

»Ich weiß.« Klaudia hob die Hand vor den Mund, um ein Aufstoßen zu verbergen.

»Du siehst scheiße aus.« Im Gegensatz zu Petra hatte Demel keinerlei Bedenken, das Kind beim Namen zu nennen.

»Ich bin mit Schiebschick versackt.«

»Warum bin ich der Einzige, der kein Leben hat?« Der Kollege verdrehte die Augen. »Nicht, dass du auch noch ausfällst.«

»Mach dir um mich mal keine Sorgen.«

»Das aus deinem Mund?«

»Du mich auch.« Klaudia beugte sich über die Tastatur und tippte ihr Kennwort ein, um sich einzuloggen.

»Wibke kommt übrigens auch.«

»Hat sie was gefunden?«

»Sie klang so.«

»Na dann«, murmelte Klaudia. »Aber: *First things first*.« Irritiert hielt sie inne.

»Alles in Ordnung?«, fragte Demel.

»Ja«, antwortete Klaudia. Sie konnte ihm ja schlecht erzählen, dass sie sich ärgerte, weil sie mal wieder einen von Arnos Standardsprüchen benutzt hatte. Bestimmt ist es das Rasierwasser, dachte sie. Ich sollte ihm ein anderes schenken. »Wann hast du eigentlich Geburtstag?«

»Im Mai«, antwortete der Kollege perplex. »Warum fragst du?«

»Nur so«, antwortete Klaudia ausweichend. Bis Mai also musste sie dieses Rasierwasser ertragen. Sie verdrehte die Augen.

»Alles klar bei euch?« Wibke steckte den Kopf zur Tür herein. Ihr Lächeln verwandelte sich in ein besorgtes Stirnrunzeln. »Du siehst ...«

»Ich weiß.« Klaudia hatte heute Morgen bereits genug Kommentare über ihr Aussehen gehört. Sie schob den Bürostuhl zurück und stemmte sich in die Höhe. »Demel sagt, du hast was?«

»Und ob. Ihr werdet staunen.« Grinsend kam sie ins Büro. »Gute Arbeit.« Sie schlug Demel anerkennend auf die Schulter.

46. Kapitel

Ich hab meinen Vater verloren. Mit diesem Gedanken wachte Daniel auf. Er hatte ihn gefunden und gleich wieder verloren, weil der Mann, der in der Datsche hauste, und der Mann, dessen Bilder er auf Instagram bewundert hatte, nichts, aber auch gar nichts miteinander zu tun hatten.

Sein Schädel dröhnte, und das lag nicht nur an der Beule, sondern auch daran, was er herausgefunden hatte: Sein Vater war ein Arschloch. Sexsüchtig, dachte Daniel, obwohl er sich nicht wirklich etwas unter diesem Begriff vorstellen konnte. Aber wie krank musste man sein, um seine eigene Schwester zu ficken? Und seine Mutter verteidigte ihn auch noch. Aber so war sie. Wenn sie etwas nicht sehen wollte, sah sie es nicht, selbst wenn es sich direkt vor ihrer Nase abspielte. Es hatte keinen Zweck, mit ihr zu reden. Er hatte es versucht, aber sie hatte Balduin von ihrem Schoß gehoben und war aufgestanden.

»Geh gleich morgen früh zu Doktor Wessela«, hatte sie gesagt. »Du musst dich krankschreiben lassen.« So etwas war ihr wichtig. Er selbst konnte vor die Hunde gehen. Hauptsache, er hatte einen gelben Schein.

Und dann war sie an ihm vorbei die Treppe hinaufgestiegen und hatte sich in ihrem Schlafzimmer eingeschlossen. Daniel hatte den Kopf zwischen den Knien versenkt und das Klackern von Balduins Krallen auf der Holztreppe gehört. Er hatte das Gefühl, nicht nur seinen Vater, sondern auch die Mutter verloren zu haben.

Ein Blick auf die Uhr verriet ihm, dass er es nicht zur Morgensprechstunde schaffen würde. Trotzdem quälte er sich jetzt aus dem Bett, zog sich an, suchte sein Smartphone, fand es schließlich, versuchte es einzuschalten, doch das Display blieb schwarz. Mist! Daniel schloss es ans Ladekabel an und legte sich noch einmal aufs Ohr. Als er wieder erwachte, war es schon zwei Uhr und er machte sich auf den Weg zum medizinischen Zentrum. Das Fahrrad ließ er im Schuppen, dafür fühlte er sich noch nicht fit genug.

Er musste nicht einmal lange warten, und die Ärztin schrieb ihn auch gleich für den Rest der Woche krank. Gerade als er die Praxisklinik verlassen wollte, rief ihn die Stimme einer Frau zurück. Daniel spürte, wie sich seine Nackenhaare aufrichteten.

»Wir waren bei unserem Hausarzt«, sagte Frau Schlösser, obwohl ihr klar sein musste, dass ihn nichts weniger interessierte.

Ihre Wangen waren gerötet und der Haaransatz verklebt, als hätte sie geschwitzt. Unter ihren Augen lagen tiefe Ringe. Nicht nur er hatte wohl diese Nacht schlecht geschlafen.

»Du wahrscheinlich auch?« Ihre Mundwinkel hoben sich zu einem Lächeln, das ihre Augen nicht erreichte. »Wie geht's dir denn?«, fügte sie scheinbar besorgt hinzu, als Daniel keine Anstalten machte, ihr zu antworten.

Interessiert dich doch einen Scheißdreck, dachte er. Die alte Klingebiel war ebenso wortkarg wie Daniel. Sie zwang sich gerade mal einen gebrummten Gruß über die Lippen. Das war aber auch das Einzige, was sie zur Unterhaltung beitrug. Auf einmal war sie Daniel geradezu sympathisch, immerhin verstellte sie sich nicht. Er öffnete die Eingangstür zum Ärztehaus und trat zur Seite, um die beiden Frauen vorbeizulassen.

»Wir können dich nach Hause bringen.« Frau Schlösser drehte sich zu ihm um und spannte ihren Schirm auf. Es hatte angefangen zu regnen.

»Red keinen Unsinn.« Die Klingebiel wurde laut. »Wozu der Umweg? Der Junge hat doch zwei gesunde Beine.«

»Red du keinen Unsinn«, widersprach die Schlösser. »Es regnet, und schau ihn dir doch an. Seine Mutter wird mir den Kopf abreißen, wenn ich ihn jetzt allein lasse. Und das zu Recht.«

»Nicht nötig«, widersprach Daniel, aber dann trat er in den Regen und änderte seine Meinung. Er hatte keine Lust, sich jetzt auch noch eine Lungenentzündung einzufangen, nur um den Helden zu mimen.

Daniel stieg also hinter den beiden Frauen in den Wagen. Er hatte noch nie in einem so luxuriösen Geschoss gesessen. Der Sitz fühlte sich warm an, und Daniels Muskeln entspannten sich sofort. Für einen Moment schloss er die Augen, nur um sie gleich wieder aufzureißen. Auf die Bilder, die sich auf seine Netzhaut gebrannt hatten, konnte er gut verzichten. Sein Vater und Frau Schlösser. Ihre blutroten Fingernägel in seinem Hintern.

»Macht es dir etwas aus, wenn ich erst Mutter nach Hause bringe?«, fragte Frau Schlösser.

»Warum das denn?«, fragte Frau Klingebiel. »Das ist doch ein Umweg für dich.«

»Ich hab noch was in der Stadt zu erledigen.«

»Ich laufe.« Regen hin, Regen her. Auf keinen Fall wollte Daniel auch nur für wenige Minuten mit Frau Schlösser allein sein. Vergeblich zog er am Türhebel, um auszusteigen.

»Sorry, die Kindersicherung war serienmäßig aktiviert, und irgendwie ist mein Mann nie dazu gekommen, sie zu deaktivieren.«

Daniel fragte sich, ob sie nicht vielleicht doch ahnte, dass er Bescheid wusste. Seine Vermutung sollte sich bestätigen, denn kaum war ihre Mutter ausgestiegen, fiel die freundliche Maske in sich zusammen. »Ich denke, wir beide sollten uns mal in Ruhe unterhalten«, sagte Frau Schlösser und bog statt rechts links auf die Poststraße ab.

47. Kapitel

Entlang der Wände des Besprechungszimmers hingen großformatige Bilder des Opfers.

Trotz allem sieht er friedlich aus, dachte Klaudia. Aber das war immer so. Egal, was sie durchgemacht hatten. Der Tod machte sie alle gleich. Die Muskulatur erschlaffte, und zurück blieb ein Ausdruck entspannter Gleichgültigkeit. Klaudia wandte den Blick ab und schaute zum Flipchart hinüber. In ordentlichen Großbuchstaben hatte Petra hier die Namen der direkt Beteiligten notiert. Jeden Namen hatte sie mit einem Fragezeichen versehen. Jedes Fragezeichen stand für eine Geschichte. Klaudia setzte sich auf ihren üblichen Platz. Wie schnell sich Routinen ausbildeten: Kaffee war gekocht, die Laptops hochgefahren, auf jeder Tastatur lag ein Schokoriegel, und an jedem Platz standen Becher für die Sachbearbeiter bereit.

»Danke.« Sie nickte Petra zu, die gerade PHs Schäfchentasse mit Kaffee füllte. »Wenn es dich nicht gäbe, müssten wir dich erfinden.«

»Ich hab gedacht, wo doch Thang noch fehlt.« Petra lächelte erfreut über das Kompliment, während PH irritiert aufschaute.

Klaudia verbiss sich ein Grinsen und loggte sich bei ComVor ein. Es brauchte wohl noch einige Führungsseminare an der Fachhochschule der Polizei, bis er das Wort ›Danke‹ situationsgerecht einsetzen konnte.

»Hat er sich gemeldet?«

»Er ist krankgeschrieben.«

Klaudia nickte. Sie wusste, wie es war, wenn einen das Leben aus der Kurve warf.

»Wie geht's deinem Vater?«

»Ich …«, setzte Klaudia an, wurde aber von PH unterbrochen, der meinte, sie könnten ihre Privatgespräche nach der Lagebesprechung führen. »Was ist mit Wibke?« PH blickte demonstrativ auf seine Armbanduhr.

Seine Stimme klang belegt, und er sah mindestens so aus, wie Klaudia sich fühlte. Sie beschloss, seine schlechte Laune zu ignorieren.

»Ist schon im Haus«, antwortete Klaudia. Die Spusikollegin war, »Scheißtage« murmelnd, hastig in den Waschraum abgebogen.

»Lasst uns anfangen.« PH putzte sich die schon ziemlich gerötete Nase und warf das Taschentuch in den Papierkorb neben dem Flipchart. »Ich hab gleich eine Besprechung wegen ›Polizei Brandenburg 2020‹.«

Das erklärte zumindest seine Ungeduld und zum Teil auch seine schlechte Laune. Niemand hier wusste, was diese Pläne für ihr kleines und chronisch unterbesetztes

Revier bedeuteten. »Wir sollten Verstärkung aus KW anfordern«, sagte Klaudia.

»Wie weit sind wir?« PH ignorierte ihren Einwand.

Petra, die neben ihm saß, verdrehte die Augen, und Klaudia hatte Mühe, es ihr nicht gleichzutun.

»Niemand hat etwas gehört oder gesehen«, antwortete Demel. »Aber wir haben noch reichlich Befragungen vor uns.«

»Lass dir von den Kollegen von der Wache helfen.«

»Ich kann ihm helfen«, warf Klaudia ein.

»Du hast einen Termin in Potsdam.« Petra schob ein Fax über den Tisch. »Besuchen Sie Potsdam, solange es noch steht.«

»Was soll das denn heißen?« Klaudia legte den Zettel neben ihre Tasse.

»Du kriegst auch gar nichts mit«, mischte sich Demel ein. »Sie wollen die Rechtsmedizin dort schließen.«

»Dämliche Idee.« Klaudia dachte an Klaas, die gerade erst von Berlin nach Potsdam gewechselt hatte.

»Was noch?«, fragte PH ungeduldig.

»Wir wissen, wer das Opfer ist, und auch, in welchem Verhältnis es zu den anderen steht. Außerdem haben wir ein Holzscheit mit Blut und Handabdrücken.«

»Verwertbar?«, fragte PH.

»Feuchtes Holz und verwertbare Fingerabdrücke. Finde den Fehler.« Wibke schlüpfte auf ihren Platz. »Doch wie heißt es so schön: Die Hoffnung stirbt zuletzt.«

»Du bist spät.« PH war eindeutig nicht in der Stimmung für Scherze.

»Frauensache.«

Wibkes Antwort ließ ihn Schutz hinter seiner Schäfchentasse suchen.

»Aber ich habe etwas anderes für euch.« Strahlend schaute sie von einem zum anderen. »Ihr erinnert euch an diesen Busch, von dem der Kollege Kriminalobermeister …«

»Mach's nicht so spannend«, unterbrach PH sie. Das nächste Taschentuch landete im Papierkorb.

»Okay.« Wibkes Finger flogen über die Tastatur. Konzentriert runzelte sie die Stirn. »Für die Faserspuren, die der Kollege Demel vom Busch gepflückt hat, haben wir ein Match.«

»So schnell?«, warf Klaudia ein. »Hast du im Akkord eingetütet?«

»Das auch, aber …« Wibke grinste. »Beim Eintüten ist mir etwas aufgefallen, und da hab ich sie mir selbst angesehen. Noch können wir das ja.«

»Und?«, warf PH ein.

»Wir haben ein Match zu Werheid.«

»Und das bedeutet?«, fragte Klaudia.

»Er hat in dem Busch gelegen.« Wibke beugte sich über den Tisch, um nach der Kaffeekanne zu greifen. Sofort sprang Petra auf und schenkte ihr ein.

»Wow.« Demel rieb sich die Hände.

»Aber was sagt uns das?« Klaudia versuchte, die neue Information einzusortieren. »Wahrscheinlich ist Werheid gefallen? So, wie es aussieht, war er Alki.« Sie erinnerte sich nur zu gut an die Auffindesituation und den Geruch des Mannes nach vertrocknetem Mäusekot.

»Oder der Junge hat ihn gestoßen«, warf Demel ein.

»Möglich«, räumte sie ein. »Er hat ausgesagt, Werheid an der Brücke getroffen zu haben. Ich red noch mal mit ihm.«

»Schau nach, ob er Gummistiefel Größe neununddreißig hat. Obwohl, ich glaube eher, dass es sich um Damenstiefel handelt. Sie sind recht schmal.« Wibke drehte ihren Laptop herum, sodass die Kollegen das Bild sehen konnten, das sie aufgerufen hatte. »Wir testen gerade eine Software aus der Schweiz. So, wie es aussieht, hat der oder die Träger Slash in …«

Wibkes genderneutrale Ausführungen verloren sich in dem Rauschen, das in Klaudias Ohren aufbrandete. Sie starrte auf das Bild der Schuheindruckspur, sah die gestochen scharfen Rillen und den Smiley, der sie angrinste.

48. Kapitel

»Was soll das?« Wütend beugte Daniel sich vor. »Ich wüsste nicht, was wir zu bereden hätten.«

Ohne ihn auch nur zu beachten, bog Frau Schlösser in die Bahnhofstraße ein und bremste vor der roten Ampel.

»Lassen Sie mich gefälligst aussteigen.« Daniel löste den Sicherheitsgurt und ruckelte an der verriegelten Seitentür.

»Du bleibst, wo du bist.«

»Einen Teufel werde ich tun.« Daniel versuchte, die Seitenscheibe herunterzufahren, um von außen den Türgriff zu erreichen, aber auch das funktionierte nicht. Er rückte hinüber zur anderen Seite der Rückbank, aber auch diese Tür war verriegelt.

»Hast du Angst?«

»Warum sollte ich?« Daniel sah ihre spöttisch zusammengekniffenen Augen im Rückspiegel. Sofort versuchte er, entspannt zu wirken, obwohl er sich vorkam wie in einem schlechten Krimi.

»Eben.« Die Ampel wechselte auf Gelb und Frau Schlösser gab Gas. Daniels Körper drückte sich in das Sitzpolster.

»Wo wollen Sie hin?«

»Schnall dich an«, antwortete Frau Schlösser. »Wir wollen doch nicht, dass dir etwas passiert, nicht wahr? Wir wollen dich doch heile bei deiner Mama abliefern.«

»Lassen Sie meine Mutter aus dem Spiel.«

»Oh, nichts lieber als das«, antwortete Frau Schlösser, und irgendwie hatte Daniel das absurde Gefühl, dass sie es genauso meinte, wie sie es sagte.

»Nur leider«, fügte sie hinzu, »ist sie schuld an allem.«

»Was wollen Sie damit sagen?« Daniels Finger krallten sich in die Lehne des Vordersitzes. Es fehlte nicht viel, und sie hätten sich in Frau Schlössers Hals gegraben.

»Schnall dich an«, sagte sie nach einem weiteren kurzen Blick in den Rückspiegel. »Du wirst es schon noch früh genug erfahren. Ich hab nämlich die Schnauze voll davon, sie zu decken. Ihr habt die Leichen im Keller, nicht wir.«

Daniel ließ sich ins Sitzpolster zurückfallen und fingerte nach dem Gurt. Jeden Gedanken, der sich in seinen Kopf drängte, erschlug er mit einem furiosen: Nein, sie war's nicht. Es hätte nicht viel gefehlt und er hätte sich die Ohren zugehalten, obwohl die Stimmen, vor denen er sich schützen wollte, in ihm waren.

Er wollte nicht darüber nachdenken, was Frau Schlösser gerade angedeutet hatte. Er wollte sich nicht fragen, ob die Traurigkeit seiner Mutter, die seine Kindheit überschattet hatte, ein Ausdruck von Schuld war. Auch wenn Flammen durch seinen Schädel loderten, wollte er sich nicht fragen, worin diese Schuld bestehen könnte und was sie mit dem Tod des Penners zu tun hatte. Er konnte nur hoffen, dass alles, was sein Gehirn auszuspucken versuchte, falsch war. Bestimmt bluffte sie nur, um ihn ruhig zu halten. Bestimmt.

Die Schlösser bog in einen Waldweg ein, und nach einer schier endlos erscheinenden Fahrt über den unbefestigten Weg hielt der SUV schließlich mitten im Wald auf einem unbefestigten Holzplatz. Daniel hatte keine Ahnung, wo genau sie waren. Irgendwo zwischen Lübbenau und Burg, vermutete er.

»So«, sagte sie und drückte auf einen Knopf. Mit einem Klacken löste sich die Zentralverriegelung. »Wenn du willst, kannst du aussteigen.«

»Ich will wissen, was Sie über meine Mutter wissen.« Daniel zwängte sich zwischen den Vordersitzen hindurch auf den Beifahrersitz. Er hatte es satt, wie ein Kleinkind hinten zu sitzen. Aber vor allem wollte er vermeiden, dass sie ihn wieder einsperrte. Bei seinem Klettermanöver kam er ihr so nahe, dass ihr Atem seine Wange streifte. Er spürte die kleine Bewegung, mit der sie ihm auswich. Das gab ihm einen Teil seiner Sicherheit zurück. Beide lehnten sie jetzt mit verschränkten Armen in ihren Sitzen und musterten sich wie zwei Judokämpfer vor dem Startsignal des Schiedsrichters.

»Weiß die Polizei, was du am Montag gesehen hast?«, fragte sie anstelle einer Antwort.

»Ja«, log Daniel nach kurzem Zögern.

Sie schnaubte, und ihre Augenbrauen zogen sich über der Nasenwurzel zusammen. Es waren sehr dunkle Augenbrauen, sehr dichte Augenbrauen. Zum ersten Mal schaute Daniel sie genau an. Bisher war sie für ihn immer nur eine Frau gewesen, die man grüßte, wenn man sie traf, und sofort wieder vergaß. Jetzt sah sie nicht so aus wie jemand, den man sofort wieder vergessen konnte. Im Gegenteil. Sie sah aus wie jemand, vor dem man sich besser in Acht nahm. Ihre grünen Augen schienen fast durchsichtig zu sein und waren zu Schlitzen verengt. Trotzdem. Daniel wunderte sich, dass er es überhaupt denken konnte, aber: Sie war schön mit ihrem aschblonden Haar, das weich ihr Kinn umspielte. Ihre Haut war leicht gebräunt und vor allem über der Nase mit Sommersprossen gesprenkelt. Sie ähnelte seinem Vater. Der Gedanke schmerzte wie die Naht auf seinem Kopf.

»Wenn du die Wahrheit wissen willst, solltest du mich nicht anlügen«, sagte sie.

49. Kapitel

Gleich nach der Besprechung machte sich Klaudia auf den Weg. Sie war froh, dass sie den Kollegen ausweichen konnte. Die Erkenntnis, dass Annalene etwas mit dem Toten zu tun haben musste, würgte sie.

Ich hätte es sagen müssen. Ihr schlechtes Gewissen meldete sich. Doch sie hatte es nicht getan. Sie hatte dagesessen wie eine Kuh, wenn es donnert, und der Rest der Besprechung war an ihr vorbeigerauscht. Sie hatte wichtige Informationen zurückgehalten. Wie konnte sie nur?

Deshalb also hatte Annalene so vehement geleugnet,

auf der Klingeweide gewesen zu sein. Sie hatte Werheid getroffen, ihn vielleicht gestoßen oder niedergeschlagen. Zumindest musste sie dabei gewesen sein. Nach der Spurenlage war es genauso gut möglich, dass sie ihm hatte aufhelfen wollen. Aber egal wie Klaudia die Sache drehte und wendete, sie musste unbedingt mit Uwe reden. Sie tippte eine SMS in ihr Handy. Gleich nach der Obduktion würde sie nach Hause fahren und mit ihm sprechen. Vor ihr leuchteten Bremslichter. Viel zu dicht, schoss es Klaudia durch den Kopf. Sie bremste.

»Konzentrier dich«, fauchte sie. »Es ist nicht hilfreich, wenn du jetzt an der Leitplanke landest.« Sie lockerte die verspannten Schultern. Ihr Magen knurrte. Hatte sie eigentlich gefrühstückt? Sie erinnerte sich nicht. Also besser etwas essen. Es wäre ebenso wenig hilfreich, wenn sie während der Obduktion unterzuckern und sich zu Werheid auf den Obduktionstisch legen würde. Sie fuhr an einem Burgerladen vorbei und stopfte für den Rest der Fahrt lustlos salzige Fritten in den Mund.

Irina Klaas streckte Klaudia die Hand zur Begrüßung entgegen. »Lange nicht gesehen.«

Klaudia ergriff die Hand der Assistenzärztin, die es ebenso wie sie aus dem Ruhrgebiet nach Brandenburg verschlagen hatte. »Was ist mit deinen Haaren?«, fragte sie. Irinas ehemals raspelkurzer und wasserstoffperoxidblonder Schopf war jetzt nur noch kurz und dunkelblond. »Du siehst richtig erwachsen aus.«

»Man wird halt älter.«

»Bist du auf Jobsuche?«

»Noch nicht«, antwortete Irina. »So, wie es aussieht, werden wir wohl doch nicht geschlossen.«

»Dein Wort in Gottes Ohr.«

»Du musst da entlang.« Irina zeigte auf eine Tür am Ende des Ganges, dann verschwand sie selbst hinter einer anderen Tür.

Wenig später betrat Klaudia den bis zur Decke mit weißen Fliesen gekachelten Obduktionsraum. Die Leiche lag bereits auf dem Metalltisch. Der Körper war mit einem grünen OP-Laken abgedeckt, nur die blassen Füße waren zu sehen. Die Zehen des alten Mannes waren verkrümmt und hatten schrundige Hühneraugen, als hätte er nie ein passendes Paar Schuhe besessen. Klaudia zwinkerte die Tränen fort, die ihr in die Augen stiegen, und nahm ihren Platz am Tisch ein. Für einen Moment schloss sie die Augen. Das war der Augenblick, in dem aus dem Fall wieder ein Mensch wurde. Ihr persönlicher Moment der Trauer. Doch heute konnte sie nur an Annalene denken. Sah den alten Mann in seinem Blut, sah Annalene und schickte eine stille Frage zu dem Toten: Was hattest du mit ihr zu schaffen?

»Mein Chef, Professor Stemmler.« Klaas stellte den hochgewachsenen grauhaarigen Mann vor, der auf der anderen Seite des Tisches stand. Er trug eine altmodische Hornbrille und hatte den breiten Mund eines Menschen, der gerne und viel lacht.

»Wagner.« Klaudia riss sich zusammen und drängte den Gedanken an Annalene zurück. *First things first.* Nur weil Arno den Spruch immer benutzt hatte, musste er ja nicht falsch sein.

»Wenn alle so weit sind.« Stemmler schaltete das Mikrofon ein, das über dem Tisch hing, und die Obduktion begann.

Der Rechtsmediziner drückte das Skalpell in die pergamentdünne Haut des Opfers.

»Am Auffindeort war eine Menge Blut«, sagte Klaudia. Der Anblick des Toten hatte sie in ihre Jugend katapultiert. Direkt zu dem Tag, an dem sie ihre Mutter tot in der Küche gefunden hatte. Auch sie hatte auf so einem Tisch gelegen. Der Gedanke traf Klaudia wie ein Stockhieb: kurz und ein heftiges Brennen hinterlassend.

»Zu viel für diese Beule, meinen Sie?« Stemmler drehte den Kopf des Toten zur Seite und zeigte auf die blutverkrustete Beule am Hinterkopf.

»Ich weiß nicht. Er war Alkoholiker, nicht wahr?«

»Auch ohne seine Leber gesehen zu haben, würde ich Ihnen zustimmen.« Stemmler nickte.

»Kann ich?« Irina beugte sich über den Brustkorb, um mit der Knochenschere die Rippen zu durchtrennen. Stemmler saugte derweil mit einem Absaugteil, wie es Zahnärzte benutzten, das geronnene Blut ab. Es war viel Blut.

»Ösophagusvarizen?«, murmelte Klaudia.

»Möglich.« Stemmler beugte sich über den geöffneten Brustkorb, dann richtete er sich wieder auf. »Klassischer Fall. Sehen Sie?« Er zeigte mit dem Sauger in den Thorax hinein. Klaudia beugte sich vor: Schartige und an den Rändern brandige Wunden hatten die Speiseröhre richtiggehend zerfressen. Stemmler lächelte Klaudia über den geöffneten Leichnam hinweg an. »Gut beobachtet.«

50. Kapitel

Die Schlösser musterte ihn. Ein spöttisches Lächeln tanzte in ihren Mundwinkeln. Daniel machte sich keine Illusionen. Wahrscheinlich sah sie einen dummen Jungen vor sich, der vergeblich versuchte, erwachsen zu wirken. »Ich lüge nicht.«

»Ach ja?« Frau Schlössers Augenbrauen wanderten in die Höhe. »Wem hast du es denn gesagt?«

»Einer Polizistin.« Daniels Sicherheit wuchs.

»Blond? Hochgewachsen? Schlank?«

Zu jeder Frage nickte Daniel, bei jeder Frage ziepte seine Narbe, so, als wollte sie ihn bestrafen.

»Steig aus.«

»Was soll das?«

»Ich sagte: Steig. Aus.«

»Aber ...« Daniel schaute sich um. Nieselregen vernebelte die Windschutzscheibe. Sie waren mitten im Wald. Er würde Stunden brauchen, um nach Hause zu kommen, selbst wenn er trampte.

»Pass mal auf, mein Kleiner.« Frau Schlösser fuhr das Fenster herunter und steckte sich eine Zigarette an. Sie blies den Rauch zum Seitenfenster heraus. »Wenn du meinst, mich anlügen zu müssen, dann haben wir nichts zu bereden.«

»Ich wollte nicht hierher.« Daniel zeigte auf den Wald, das Fließ, die geschichteten Holzstämme. »Du hast mich hierhergebracht.« Scheiß was auf die gute Erziehung, dachte er. Die Schnalle hat doch den letzten Schuss nicht gehört.

»Umso dümmer von dir, mich anzulügen. Ich habe

mit der Polizistin gesprochen. Sie weiß nichts und du auch nicht.«

»Ich hab euch gesehen.«

»Hast du dir dabei einen abgewichst?« Schlössers Stimme klang spöttisch.

Hitze stieg in Daniel auf. Er glühte vor Verlegenheit und hasste die Frau dafür.

»Konntest du deshalb nicht reagieren?«

»Du spinnst doch total.« Er fühlte sich so hilflos.

»Vielleicht.« Die Schlösser schnippte die Kippe aus dem Fenster und fuhr es hoch, dann wandte sie sich ihm wieder zu. »Du hast überhaupt nichts gesehen, nicht wahr? Du hast nur einen Verdacht.« Ihre Stimme klang weit weniger aggressiv als noch vor wenigen Minuten. Vielleicht hatte sie ihre Wut mit dem Zigarettenrauch in den Winterhimmel geblasen.

»Ich hab genug gesehen, glaub mir.« Unwillkürlich schaute Daniel auf ihre Hände.

»Niemand wird dir glauben.«

»Darauf würde ich mich nicht verlassen.« Daniel gab alles, um weiterhin cool zu wirken. Nur keine Schwäche zeigen. »Scheiße bleibt immer hängen.«

»Aber nicht nur an mir.«

»Ah. Da kommen wir der Sache schon näher.« Und obwohl er sich fürchtete, stellte er die Frage, die ihm auf der Zunge brannte. »Was weißt du über meine Mutter?«

»Ich weiß, was damals passiert ist«, antwortete die Schlösser.

»Wann damals?«, fragte Daniel, obwohl er es nicht wissen wollte, weil er es schon längst wusste. Sie sprach von dem Tag, an dem sein Onkel gestorben war.

»Sie war da.«

»Du lügst«, stieß Daniel hervor. »Ich glaube keiner Schlampe, die ihren Bruder fickt.«

»Du glaubst, er ist mein Bruder?« Frau Schlössers Lachen klang hell und fröhlich.

Daniel ballte die Fäuste. Am liebsten hätte er es ihr in die Kehle zurückgestopft.

»Du bist wirklich süß. Er ist nicht mal mein Halbbruder. Genau genommen sind wir nicht einmal verwandt.«

Sie lachte ihn aus. Sie lachte ihn tatsächlich aus.

Ihr Telefon klingelte, doch sie ignorierte es, lachte einfach weiter, bis Daniel es nicht mehr aushielt. Er griff nach ihrem Arm, drückte zu. Sofort verstummte ihr Lachen. Sie starrten sich an, bis Daniel die Hand zurückzog. Er wandte den Kopf ab und blickte hinaus in den Regen. »Was ist damals passiert? Was hat sie gemacht?«

»Oh, das kann ich dir sagen.« Sie lehnte sich zurück und erzählte es ihm.

Mit jedem Wort wuchs der Schmerz in Daniel und mit ihm die Wut. Er würde sie umbringen. Mit seinen eigenen Händen würde er die verlogene Schlampe umbringen.

51. Kapitel

Es dämmerte bereits, als Klaudia ihren Peugeot in die stille Seitenstraße lenkte, in der sie wohnte. Andererseits war es den ganzen Tag nicht richtig hell geworden. Klaudia hasste diese Zwischenzeit: nicht mehr Herbst, aber noch nicht Winter. Sie sehnte sich nach dem Sommer zurück, wo sie endlose Stunden durch die stillen Fließe gepaddelt war. Als sie Uwes Sharan im Hof sah, gestand sie sich ein, dass sie gehofft hatte, er wäre in Berlin. Weil das gleichzeitig bedeuten würde, dass es Tim schlechter ging, fühlte sie sich noch elender.

Ihre Hoffnung, sich wenigstens kurz zu erfrischen, starb, als sie die Haustür aufschloss. Uwe lehnte mit verschränkten Armen in seiner Wohnungstür. Dumpfe Bässe dröhnten aus seiner Wohnung.

»Du machst es aber spannend«, sagte er.

»Ist Bhanu immer noch bei den Großeltern?«

»Ja.«

Ein Schatten lief über sein Gesicht. Hilflos musste er mit ansehen, wie sich seine Jüngste immer weiter von ihm entfernte. Aber solange Tim in der Klinik war, gab es nichts, was er dagegen tun konnte. Es wurde wirklich Zeit, dass der Kleine nach Hause kam.

»Und Annalene?«

»Glaubst du, ich hör so laut Musik?«

»Ich würde gerne mit euch beiden sprechen.«

»Was hat sie diesmal angestellt?« Unwillkürlich zog Uwe die Schultern hoch, als erwarte er einen Schlag.

Und das nicht zu Unrecht, dachte Klaudia. »Gib mir noch fünf Minuten«, sagte sie. »Ich bring nur eben meine Tasche hoch.«

»Okay.« Uwe strich sich die Haare zurück. »Ist es wegen Freitag?«

»Fünf Minuten.« Klaudia brauchte unbedingt noch Zeit, um sich ein paar Sätze zurechtzulegen. Nur leider war ihr Hirn so leer wie ein Tisch mit supergünstigen Jacken nach dem Winterschlussverkauf. Sie fürchtete sich vor Annalenes Reaktion. Sie dachte daran, wie sie das

Mädchen am Grab seiner Mutter gefunden hatte. Ihre blutüberströmten Arme.

Die Narben waren noch nicht verblasst, und schon steckte Annalene wieder bis zum Hals in der Scheiße. Und würde wahrscheinlich um sich schlagen, da war sich Klaudia sicher. Bevor sie zu Uwe ging, tütete sie die Stiefel ein, die immer noch im Waschkeller lagen, und legte sie in den Kofferraum ihres Peugeot.

Die Musik war verstummt, als Klaudia wenig später die angelehnte Wohnungstür aufschob. Uwe saß am Küchentisch, vor sich einen Becher. »Willst du auch einen Kaffee?« Er nickte zum Küchenschrank, wo die Kaffeemaschine stand.

»Danke.« Klaudia schenkte sich eine Tasse ein und setzte sich zu ihm an den Küchentisch. Nach Silkes Tod hatten sie Stunden hier verbracht. Oft schweigend, oft weinend. Sie waren sich in dieser Zeit nah gewesen, hatten sich gegenseitig geholfen, gestützt. Aber das Leben ging weiter. Ihres und auch Uwes. Und nun saßen sie wieder hier. »Wo ist sie?«

»Kommt gleich.« Uwe rührte Zucker in seine Tasse.

Klaudia musterte ihn. Er sah müde aus und erschöpft, graue Strähnen durchzogen sein dunkles Haar, und Pulli und Jeans sahen aus, als seien sie mindestens eine Nummer zu groß. Was sie wahrscheinlich auch waren. Er aß nicht genug, er schlief nicht genug. Er funktionierte wie auf Autopilot. Wer war sie, dass sie ihm weitere Hindernisse in den Weg schob?

Deine Freundin, dachte Klaudia. Auch wenn du mir das wahrscheinlich gleich nicht glauben wirst. Wieder wünschte sie sich, sie hätte die Stiefel nicht gesehen. Aber nichts zu wissen, machte nichts ungeschehen. Annalene war Freitagnacht an der Brücke gewesen. Sie war Werheid begegnet. Mehr wusste Klaudia nicht. Noch nicht.

Die Wasserspülung rauschte, und Klaudia straffte die Schultern. Sie war vorbereitet, als Annalene sich mit trotzig zusammengepressten Lippen zu ihnen an den Tisch setzte. Womit sie nicht gerechnet hatte, war die ausgeleierte Strickjacke, die das Mädchen trug und die einmal ihrer Mutter gehört hatte.

Sie will, dass wir uns erinnern. Klaudia schaute hastig zu Uwe. Er hatte den Blick gesenkt und starrte in seine Tasse.

»Was wird das hier?« Annalene zog die Füße, die in dicken Wollsocken steckten, auf den Stuhl und schlang die Arme um die Knie. Ein Igel, der sich zusammenrollt, um den Angriff abzuwehren.

Auf der Rückfahrt von Potsdam hatte sich Klaudia Sätze zurechtgelegt, die nicht nach Vorwurf klangen und Raum ließen, aber heraus kam: »Du warst Freitagnacht bei der Techno-Party.« Und das auch noch in einem Ton, der eher nach Ohrfeige klang als nach einer Hand, die man nur ergreifen musste.

»Ich hab's gewusst.« Uwe knallte die Faust auf den Tisch. Seine Tasse wackelte, und Kaffee spritzte auf die Holzplatte.

»Das stimmt nicht«, fauchte Annalene. »Ich war bei Chantalle.«

»Du warst also mit ihr unterwegs.« Mit Mühe schaffte es Klaudia, ihre Stimme wieder in den Griff zu bekommen. Wieso scheiterte sie hier, wenn ihr jedes Verhör gelang?

»Nicht unterwegs.« Auch Annalene ballte jetzt die

Fäuste, nicht wie zum Angriff, eher so, als presse sie die Fingernägel in die Handballen. »Bei ihr zu Hause.«

»Hilft dir der Schmerz?«

»Welcher Schmerz?« Für einen Moment verschwand die Selbstsicherheit aus Annalenes Blick, und sie sah aus wie das verängstigte Mädchen, das sie war.

»Deine Hände verraten dich.«

»Du hast doch einen Knall.« Annalene zog die Ärmel der Strickjacke über die Hände.

»Du solltest dir überlegen, wen du anlügst«, sagte Klaudia.

»Ich lüge nicht. Was soll das überhaupt?« Annalene ging zum Angriff über. »Sag du doch mal was!«, wandte sie sich an ihren Vater. »Oder ist es dir egal, dass sie mich hier einfach so beschuldigt?«

»Nicht einfach so«, sagte Klaudia.

»Hat sie jemand gesehen?« Uwe schaute auf. Seine Augen waren zu Schlitzen zusammengepresst.

»Ihre Stiefel«, sagte Klaudia. »Wir haben ihre Stiefelspuren gefunden.«

»Wo sind sie?« Annalene sprang auf und rannte aus der Küche.

»Was soll das alles?« Verständnislos starrte Uwe Klaudia an.

Die Brandschutztür, die in den Keller führte, knallte ins Schloss.

»Wir haben …« Sie räusperte den Frosch fort, der sich in ihrer Kehle festgesetzt hatte, und dann erzählte sie ihm hastig von Wibkes Entdeckung. Ein Zittern ging durch Uwes Körper, und er legte die Hände vors Gesicht. Wieder knallte die Kellertür, Augenblicke später die Wohnungstür. Wutschnaubend stürzte Annalene in die Küche. »Sie sind weg«, schrie sie. »Du hast sie weggenommen.«

Klaudia sah die Wut in ihren Augen, und ihre ganze Professionalität ging den Bach runter. »Ich musste …« Sie brach ab. Solche Sätze führten direkt in die Hölle. »Was ist Freitagnacht passiert?«

»Hör auf!« Uwe beugte sich vor, und plötzlich war sie der Feind. »Du hättest mit mir reden müssen. Verdammt noch mal. Ich bin ihr Vater.«

»Ich hab's heute erst erfahren«, verteidigte sich Klaudia.

»Aber du wusstest, dass sie auf dieser Party war.«

»Ich hab's vermutet.«

»Ich war bei Chantalle«, fauchte Annalene.

»Wird ihre Mutter das bestätigen?«, fragte Klaudia.

»Du bist das Allerletzte«, fauchte Annalene.

»Du sei besser ganz still«, fuhr Uwe sie an. »Was hast du mit diesem Penner zu schaffen?«

Annalene zog es vor, die letzte Frage zu ignorieren.

»Ich rede mit dir«, fauchte Uwe.

»Du weißt auch nicht, was du willst. Erst sagst du, ich soll ruhig sein, und dann …«

»Antworten will ich.« Uwe fehlte die Geduld für die Spielchen seiner Tochter. »Also!«

»Ihr spinnt doch total.« Annalene wollte aus der Küche stürmen, doch Uwe griff nach ihrem Handgelenk. Für einen Moment rangen Vater und Tochter miteinander, dann sackte Annalene wie ein Häufchen Elend auf ihren Stuhl. »Warum glaubt ihr mir nicht?«

»Gute Frage!«, brüllte Uwe. »Könnte es vielleicht damit zusammenhängen, dass du lügst, sobald du den Mund aufmachst?«

»Es reicht.« Klaudia formte mit den Händen das Time-out-Zeichen. »Wir kommen so nicht weiter.«

»Wo sind die Stiefel?«, fragte Uwe.

»Bei mir im Kofferraum. Ich gebe sie morgen weiter.«

»Morgen«, wiederholte Uwe.

»Ja.« Klaudia nickte. Sie fügte sich ausgelaugt und müde. »Es wäre am besten, wenn sie eine Aussage macht.«

»Im Leben nicht«, fauchte Annalene.

Uwes Unterkiefer mahlte, als zerkaue er die Informationen in denkgerechte Stücke.

»Wir machen Folgendes«, sagte er schließlich nach einer langen Pause, in der Annalenes unterdrücktes Schluchzen und das Ticken der Küchenuhr die einzigen Geräusche waren. »Wir gehen zu einem Rechtsanwalt. Gleich morgen früh. Er wird uns sagen, was zu tun ist.«

»Das ist nicht dein Ernst.« Annalene starrte ihren Vater entgeistert an.

»Doch, ist es. Wenn du Scheiß gebaut hast, musst du dafür gradestehen.«

»Ich hab nichts getan.«

»Wirklich nicht?«, fragte Uwe. »Was meinst du, was deine Mutter dazu sagen würde?«

»Lass Mama aus dem Spiel. Wenn sie …« Annalene zeigte mit ausgestrecktem Zeigefinger auf Klaudia. »… ohne sie wäre das alles nicht passiert.«

Und obwohl sie über Freitagnacht und die Stiefel sprach, wusste Klaudia, dass sie Silkes Tod meinte.

Deine Schuld, hämmerte es in ihrem Schädel. Tränen schossen ihr in die Augen. Sie hätte das Mädchen am liebsten in den Arm genommen und fest an sich gedrückt.

»Die hat meine Stiefel geklaut«, wütete Annalene. »Dürfen die die überhaupt als Beweismittel nehmen?«

Klaudia schaute zu Uwe. »Es tut mir leid, dass ich nicht sofort mit dir gesprochen habe, aber ich wusste nicht, dass es wichtig war. Ich wollte dich nicht belasten.«

»Das ging dann wohl nach hinten los.« Uwe stand auf und stellte seine Kaffeetasse in die Spüle. »Wahrscheinlich bist du zu dicht dran, um zu wissen, was gut für uns ist.«

»Was meinst du damit?«

Annalene begriff schneller als Klaudia, worauf ihr Vater hinauswollte. »Er will, dass du aus unserem Leben verschwindest«, schrie sie Klaudia an. »Verstehst du? Abhauen sollst du!«

52. Kapitel

Nach dem Streit mit Uwe und Annalene stieg Klaudia die Treppe zu ihrer Einliegerwohnung hoch, um zu packen. Wie hatte sie es nur so vergeigen können? Uwe war ihr Freund, und sie hatte ihn im Stich gelassen.

Bevormundet hast du ihn, wütete sie gegen sich selbst. Entmündigt. Behandelt wie ein kleines Kind. Und warum? Weil du es mal wieder besser wissen wolltest?

Es klopfte an der Tür, und Uwe kam herein. Die Hände hatte er in den Taschen seiner Jeans vergraben.

»Es tut mir leid«, sagte er, und er sagte auch noch, dass sie nicht sofort gehen müsse, aber dass es wahrscheinlich auf Dauer tatsächlich besser wäre, wenn sie Abstand zueinander hätten. Und er wisse ihre Fürsorge zu schätzen, aber Ehrlichkeit sei ihm lieber, das müsse sie doch verstehen. Die Schultern hatte er bis zu den Ohren hochgezogen, als erwarte er, dass sie explodieren würde wie Annalene. Als Klaudia nur nickte, fuhr er fort: Schließlich trage er die Verantwortung und das könne er nur, wenn er alles wisse.

Klaudia verzichtete darauf, auch nur zu versuchen, sich zu rechtfertigen. Es gab nichts, was sie sagen konnte. Jedes Argument, das sie sich zurechtgelegt hatte, wirkte bei genauerer Betrachtung falsch. Sie hatte es mal wieder vergeigt.

»Ich komme morgen mit Annalene zum Revier.« Uwe senkte den Kopf. Für einen Moment sah es so aus, als wollte er noch etwas sagen, aber er wandte sich ab und schlurfte aus der Wohnung. Ein gebrochener Mann.

Klaudia kramte eine Weile in den Schubladen, bis ihr einfiel, dass ja Thang den Schlüssel fürs Haus am Fließ hatte. Schließlich blieb ihr nichts anderes übrig, als Schiebschick anzurufen, um nach den Ersatzschlüsseln zu fragen.

»Sie sind an der Treppe.«

»Wo?«

»Ist was, *holca*?«, fragte er.

»Nein, alles gut.«

»Ich kann kommen.«

»Sag mir einfach, wo sie sind.«

»Unter der Blumenschale.«

Nach dem Gespräch packte Klaudia weiter, dabei liefen ihr die Augen über. Ihr gesamtes Lübbenauer Leben passte in einen Rollkoffer, drei Umzugskisten und einen Wäschekorb. Als sie die letzte Kiste zum Auto gebracht hatte, sah die Einliegerwohnung exakt so aus wie am Tag ihres Einzugs. Sie roch nur anders. Nach mir, dachte Klaudia und öffnete einem Impuls folgend die Fenster. Mit hochgezogenen Schultern stand sie im Durchzug, bis die nach Holzfeuern duftende, kalte Luft die letzten Spuren von ihr aus der Wohnung geblasen hatte. Vor Uwes Tür blieb sie stehen. Sie hatte schon den Finger auf der Türklingel, als sie es sich anders überlegte. Es gab nichts mehr zu sagen. Klappernd landete der Schlüssel in Uwes Postkasten.

Nachdem es den ganzen Tag mehr oder weniger geregnet hatte, waren die Wolken nun fortgezogen, und der fahle Wintermond spiegelte sich im Fließ. Klaudia parkte den Peugeot in der Einfahrt und stieg aus. Kaum dass sie ums Eck gebogen war, schien Licht auf die Wiese vor dem Haus. Nachdem sich hier im Sommer ein flüchtiger Landarbeiter versteckt hatte, war Klaudia auf die Idee mit dem Bewegungsmelder gekommen, und offensichtlich arbeitete er einwandfrei. Für einen Moment blieb sie stehen und musterte das Fachwerkhaus, das nun ihr Zuhause sein würde. Sie runzelte die Stirn. Licht schimmerte durch die Ritzen der Holzblenden. Wahrscheinlich war Schiebschick doch gekommen. Sie hätte sich denken können, dass er sie auf keinen Fall an ihrem ersten Abend in dem Haus allein lassen würde. Irgendwie war Klaudia dankbar für seine Fürsorge, und gleichzeitig störte es sie. Wahrscheinlich fühlte sie sich gerade ein bisschen wie Uwe. Bevor sie sich entscheiden konnte, welches Gefühl überwog, öffnete sich die Tür, und Schiebschick stand in seiner ganzen Pracht vor ihr. Wie immer trug er die weiße Schiffermütze und die blaue Weste der Kahnführer.

»Ich kann doch meine *holca* nicht allein lassen, wa?«, sagte er und streckte die Hände aus, um ihr den Korb abzunehmen.

»Das fehlt mir noch.« Klaudia drängte sich an ihm vorbei in die Küche.

»Ich heb mir schon keinen Bruch.« Schiebschick lachte meckernd, während er ihr ins Haus folgte.

»Danke, dass du schon angeheizt hast.« Klaudia setzte den Korb ab und schaute sich um. Der Kühlschrank brummte, die Spüle blitzte, und auf dem Resopaltisch standen eine Teekanne aus blauem Ton und zwei Becher aus dem gleichen Material.

»Ich hab Tee gekocht«, erklärte Schiebschick das Offensichtliche.

»Danke.« Klaudia hängte ihren Mantel über einen der Küchenstühle.

»Nimmst du Zucker?«

»Gerne«, antwortete Klaudia, obwohl sie eigentlich keinen Zucker im Tee mochte, aber sie hatte das Gefühl, dass ihr die Kohlenhydrate helfen würden, die Starre zu überwinden, die von ihr Besitz ergriffen hatte. »Ich hol eben noch die anderen Sachen aus dem Wagen.«

»Ich helf dir.«

»Wirklich, das ist nicht nötig.«

»Hör mal, *holca*. Ich bin zwar alt, aber ich hab noch ordentlich was in den Armen.« Er spannte den Bizeps. »Oder meinst du, so ein Kahn fährt von allein?«

»Okay«, gab Klaudia nach. »Du nimmst den Koffer.«

Gemeinsam schafften sie Klaudias Besitztümer ins Haus und setzten sich dann an den Küchentisch.

»Was'n los?«, fragte Schiebschick, während er ihr Tee eingoss. »Du bist ja ganz blass umme Nase.«

»Ich kann's dir nicht sagen.« Klaudia nahm die Tasse in beide Hände. Die Hitze kroch ihr in die Handflächen und wanderte entlang ihrer Knochen in ihre Schultern. Mit einem Seufzer entspannte sie sich.

»Ist was mit Uwe?«

»Es ist dienstlich.« Klaudia wollte nicht mit Schiebschick reden, auch wenn er wahrscheinlich der einzige Mensch auf der Welt war, der sie verstand. »Danke, dass du gekommen bist.«

»Ich war sowieso unterwegs«, sagte Schiebschick. »Hab der Marianne ein Kanu zurückgebracht.«

»Ein Kanu?«

»Hat am Campingplatz gelegen. Sie hat's nicht mal vermisst.« Schiebschick schüttelte den Kopf, nichts in seinem Leben schien ihn darauf vorbereitet zu haben, dass jemand ein Boot – in welcher Form auch immer – nicht vermissen könnte. Wahrscheinlich war er schon mit dem Ruder in der Hand geboren.

»War aber auch eine Menge los, wa?« Er hatte also doch eine Entschuldigung gefunden.

»Du hast was?«, fragte Klaudia.

»Hast was an den Ohren, wa?«

Schiebschick ahnte nicht, wie sehr seine Vermutung der Wahrheit entsprach. Doch nicht ihr krankes Ohr war schuld an der Frage. Sondern eine Erinnerung: Wo ist dein Kanu?, hatte Klingebiels Schwager gefragt. War das die Antwort?

53. Kapitel

Daniels Kiefermuskeln schmerzten, so fest biss er die Zähne zusammen. In seinem Gehirn rempelten sich die Gedanken an, als würden sie Pogo tanzen. Er wusste nicht, wen er mehr hassen sollte. Die Schlössers, die es zu genießen schien, ihn an der Wahrheit verzweifeln zu sehen, oder seine Mutter, die ihren Bruder in den Tod geschickt hatte. Auf einmal ergab alles Sinn: ihre Traurigkeit. Ihre Unfähigkeit, über damals zu reden, ihre Wut im Krankenhaus. Es war alles ihre Schuld: Sie hatte seinen Vater und die Schlössers belauscht, hatte die Gasflaschen aufgedreht und ihren Bruder in den Schuppen geschickt.

»Warum?«, fragte Daniel. Auch wenn sein Gehirn SOS funkte, funktionierte sein Verstand noch einigermaßen.

»Was weiß ich?« Frau Schlösser fuhr mit den Fingerspitzen das Lenkrad entlang. »Vielleicht war sie wütend. Marco hatte die Sache mit Frank herausgefunden.«

»Und warum wurdet ihr nicht verletzt?«

»Wir waren nicht mehr im Schuppen. Wir hatten etwas gehört und sind abgehauen.« Die gleichen Worte hatte seine Mutter verwendet. »Woher weißt du das dann?« Daniel griff nach dieser Frage wie nach einem Rettungsring. Sie konnte es nicht wissen. Sie war nicht dabei gewesen.

»Von deinem Opa«, antwortete Frau Schlösser. Ein Lächeln umspielte ihre Mundwinkel. »Dem Penner. Er hat gesehen, wie sie mit Marco gesprochen hat.«

Zischend entwich die Luft aus Daniels Rettungsring,

der sich als Gummiente entpuppt hatte. Der Penner war sein Opa?

»Aber wieso?«, krächzte er. »Und wann hast du mit ihm gesprochen?« Er glaubte ihr nicht, andererseits, warum sollte sie ihn anlügen?

»Freitag«, antwortete Frau Schlösser. »Wegen dem Rettungsboot konnte ich nicht mehr weg, also bin ich in die Datsche. Und da war er.«

»Und hat dir das alles erzählt. Einfach so.«

»Ja«, antwortete Frau Schlösser. »Einfach so.«

»Und warum hat er damals geschwiegen?«

»Weil ihm niemand geglaubt hätte.«

»Und jetzt? Warum wollte er jetzt reden?«

»Du hast ihn doch gesehen, nicht wahr?«

Daniel nickte.

»Der Mann war am Ende. Er wollte reinen Tisch machen. Beichte. Absolution. Was weiß ich. Vielleicht wollte er auch nicht, dass die beiden wieder zusammenkommen.«

»Aber warum hat er mit dir gesprochen? Warum nicht mit meinem Vater? Er hätte es ihm selbst sagen können.« Daniel dachte an seine Begegnung mit dem Penner, der sein Großvater war. Ja, der Alte war feindselig gewesen. Eindeutig.

»Keine Ahnung.« Die Schlösser zuckte mit den Schultern. »Er hat es halt mir gesagt.«

»Und jetzt ist er tot.« Auch wenn der Satz eine einfache Feststellung war, richteten sich Daniels Nackenhaare auf.

»Ja«, bestätigte Frau Schlösser. »Allerdings war er noch sehr lebendig, als ich ihn verließ.«

54. Kapitel

»Ich hab der Marianne ein Kanu zurückgebracht, wa?«
Schiebschick betonte jede Silbe von Frau Klingebiels
Vornamen. »Der Kurt vom Campingplatz hat mich angerufen und gesagt, dass ein Klingebiel-Kanu an seinem
Anlieger liegt. Und weil die Marianne doch genug um
die Ohren hat, hat er gefragt, ob ich es ihr bringen
könnte.«

»Woher wusste er das?«, fragte Klaudia.

»Das weiß jeder. Die Roten gehören dem Klingebiel.
Also jetzt ihr, wa?«

»Und dieser Kurt hat es heute gefunden?«

»Also, nicht heute«, sagte Schiebschick. »Aber gestern
war's zu spät, da hab ich's nur abgeholt. Konnte ja nicht
mitten inner Nacht mit 'ner Fahne bei der kleinen Marianne auftauchen.« Schiebschick zwinkerte Klaudia zu.
In seiner Jugend musste er ein echter Schwerenöter gewesen sein.

»Wo ist es jetzt?« Klaudia kramte ihr Smartphone aus
dem Rucksack.

»Na, bei der Marianne.« Schiebschick zog die Brauen
zusammen. Vielleicht runzelte er auch die Stirn, doch
das fiel in seinem von Falten und Runzeln überzogenen
Altmännergesicht nicht auf.

»Die Adresse«, präzisierte Klaudia. Natürlich hätte sie
ihm sagen können, was so wichtig an dem Kanu war. Aber
hier ging es um eine laufende Ermittlung, und Schiebschick kannte jeden der Beteiligten, selbst das Opfer.

»Was willst du von ihr?« So leicht gab Schiebschick
nicht auf. Auch wenn er sie die meiste Zeit als seine

Freundin betrachtete, jetzt war sie die Polizistin für ihn. Ein Staatsbüttel. Und das Leben im Arbeiter- und Bauernstaat hatte ihn gelehrt, dass man bei Staatsbütteln nie wissen konnte.

»Das Kanu.« Klaudia fuhr mit dem Finger übers Display. »Also«, wiederholte sie ihre Frage, und diesmal sprach sie mit Nachdruck: »Wohin hast du es gebracht?«

Schiebschick sagte es ihr, und sie rief sofort Wibke an und gab ihr die Adresse durch.

»Hoffentlich passt das in unseren Transporter«, murrte die Kollegin von der Spusi und legte auf.

Irgendwie ist sie komisch, dachte Klaudia. Diese ganzen Umstrukturierungen scheinen ihr mächtig an die Nieren zu gehen. Sie nahm sich vor, sich mal wieder mit der Kollegin zu treffen. Im Sommer hatten sie viel miteinander unternommen, waren mit geliehenen Kanus durch den Spreewald gepaddelt, hatten entlang der Fließe gejoggt oder sich einfach nur irgendwo hingesetzt und miteinander gesprochen. Über dies und das und auch über Arno. Aber dann hatte sie beim Hechtfest diesen Lehrer getroffen, und ihre Treffen waren naturgemäß seltener geworden.

Halt! Bevor Klaudia sich in ihren Gedanken verlieren konnte, visualisierte sie ein Stoppschild: acht Ecken, weiße Schrift auf leuchtendrotem Hintergrund. Das hatte sie in der Kur gelernt. Sie hatte so einiges dort gelernt, selbst mit ihrem Tinnitus konnte sie mittlerweile ganz gut leben.

First ... Sie verdrängte Arnos Phrase aus dem Kopf, konzentrierte sich jedoch trotzdem wieder auf das Hier und Jetzt. Sie hatten ein Kanu, das möglicherweise eine Rolle spielte. Ihre Ermittlerader wummerte. Sie war gespannt, wer alles seine Spuren in dem Kanu hinterlassen hatte. Aber zunächst einmal musste sie herausfinden, ob es überhaupt das vermisste Kanu war. Dazu würde sie Marianne befragen.

»Wir brauchen deine Fingerabdrücke.«

»Was?« Schiebschick fiel das Kinn herunter. Er starrte Klaudia an.

»Ich nehm dich mit, dann kann Wibke sie gleich nehmen.« Sie stopfte das Smartphone in den Rucksack und stand auf.

»Du verdächtigst mich?« Schiebschicks Gesichtsfarbe wechselte von blass zu rot und wieder zurück.

»Nein«, beruhigte Klaudia ihn hastig. »Wir brauchen deine Fingerabdrücke nur, um sie auszuschließen.«

»So 'n Schreck kann 'nen alten Mann umbringen. Weißte das?«

»Tut mir leid.« Klaudia schob den Stuhl zurück und stand auf. »Und nun komm. Wir fahren mit meinem Wagen.«

»Und mein Kahn?«

»Den holst du halt morgen.« Klaudia kam ein Gedanke. »Hat dieser Kurt jemanden gesehen? Oder du? Hast du jemanden gesehen, als du das Kanu abgeholt hast?«

»Keine Ahnung. Vielleicht.«

»Was bitte heißt ›vielleicht‹?«

»Meine Augen sind nicht mehr die besten.«

»Und Kurts Augen?«

»Er hat gedacht, da wäre jemand. Aber da war niemand.«

Oder jemand hat sich versteckt. Klaudia beschloss, gleich am nächsten Tag diesem Kurt einen Besuch abzustatten. Sie mussten den Anleger eh noch nach Spuren absuchen.

Das Haus der Klingebiels war ein langgestrecktes Gebäude, zu dem ein Bootsschuppen gehörte. Es lag in einer der engen kopfsteingepflasterten Gassen der Lübbenauer Altstadt, direkt am Fließ. Somit hatte Schiebschick gelinde gesagt gelogen, als er behauptet hatte, wegen des Kanus sowieso in der Nähe gewesen zu sein. Aber so waren die Menschen. Sie logen bei jeder sich bietenden Gelegenheit, und Klaudia war sich durchaus bewusst, dass weder sie noch ihre Kollegen anders waren. Obwohl Licht brannte und Klaudia den Fernseher hören konnte, öffnete ihnen die ›kleine Marianne‹ erst nach dem dritten Klingeln die Tür. Ihre Augen waren gerötet und verquollen, und auf der Wange zeichnete sich das Muster der Perlenkette ab, die sie trug. Sie musste über ihrer Trauer eingeschlafen sein. Wenn sie sich darüber wunderte, dass Schiebschick neben Klaudia stand, ließ sie es sich zumindest nicht anmerken.

»Wir sind wegen des vermissten Kanus hier«, sagte Klaudia.

»Was?« Marianne schaute von Klaudia zu Schiebschick. »Welches Kanu?«

»Das Herr Schiebschick Ihnen zurückgebracht hat. Sie haben es nicht vermisst, sagt er.«

»Ist das ein Verbrechen?« Marianne machte keine Anstalten, sie ins Haus zu bitten. »Mein Sohn hatte es, und der hatte ja wohl wahrlich andere Sorgen als ein abgetriebenes Kanu.«

»Sie denken, es war abgetrieben?«

»Was sonst?« Mariannes Blick irrte zu Schiebschick.

»Das Kanu hat also Ihr Sohn benutzt?«

»Ja.« Marianne straffte die Schultern, für einen Moment sah es so aus, als wolle sie die Tür schließen.

Unwillkürlich schob Klaudia einen Fuß vor. »Gleich werden meine Kollegen von der Spurensicherung kommen und das Kanu untersuchen.«

»Dürfen die das?« Wieder wanderte Mariannes Blick zu Schiebschick.

»Ihr Enkel wurde niedergeschlagen, der Vater Ihres Sohnes ist tot. Wir müssen herausfinden, wer dafür verantwortlich ist.«

Scheinwerferlicht glitt über sie hinweg, als der Transporter der Spurensicherung in die enge Gasse einbog.

»Es ist im Bootshaus. Ich wollte es morgen trockenlegen lassen. Ich hol' die Schlüssel.«

Das Bootshaus war ein langgestreckter Wellblechschuppen, der am Ende des Grundstücks lag. Ein Weg führte an Gestellen vorbei, auf denen umgedrehte Kanus aufs Frühjahr warteten. Marianne schloss auf und griff nach links. Helles Neonlicht flackerte auf. Ein rotes Kanu lag zwischen den langen Spreewaldkähnen.

Kollegen in weißen Schutzanzügen verteilten sich im Raum. »Ich denke, wir machen direkt einen Luminoltest.« Wibke bückte sich und holte eine Sprühflasche aus ihrem Koffer. »So als ersten Anhaltspunkt.«

»Und wenn ihr nichts findet?«, fragte Klaudia.

»Suchen wir weiter«, antwortete die Kollegin. »Und zwar so lange, bis wir etwas finden.«

»Wir brauchen noch Schiebschicks Fingerabdrücke. Außerdem«, Klaudia schluckte, »ich hab noch was für dich im Kofferraum.«

»Nicht noch mehr Beweismittel.« In gespielter Verzweiflung verdrehte Wibke die Augen.

»Doch«, sagte Klaudia. »Leider.«

»Du machst es aber spannend.«

»Ihre Fingerabdrücke haben wir ja bereits?«, wandte sich Klaudia an Frau Klingebiel. Sie würde früh genug die Sache mit Annalenes Stiefeln beichten müssen. Jetzt ging es erst einmal um das Kanu.

»Ja.« Frau Klingebiel verschränkte die Arme auf der Brust. »Ich hatte bereits das Vergnügen.«

»Ist es hier passiert?« Klaudia schaute sich um.

»Nein, an der Datsche.«

Klaudia wusste, dass Marianne sie absichtlich missverstand, also schwieg sie.

Schließlich nickte die alte Frau widerstrebend. »Wir haben alles neu machen lassen damals.« Sie öffnete den Mund, um noch etwas hinzuzufügen, wurde aber von Klaudias Smartphone unterbrochen. Es war Demel.

Jana Schenker hatte ihren Sohn als vermisst gemeldet.

55. Kapitel

»Und das soll ich glauben?«, fragte Daniel. Die Schlösser konnte ihm alles Mögliche erzählen. Fakt war, sein Großvater war tot, und sie hatte ihn zuletzt gesehen. Oder Frank! Der Gedanke blinkte wie ein aufdringliches Pop-up-Fenster in Daniels Kopf. Er hatte ihn gefragt, ob er den Toten kenne. Nicht wirklich, hatte er gesagt. Er hatte es gewusst und ihm nicht gesagt. Warum? Um ihn zu schonen? Oder um sich zu schützen?

»Glaub, was du willst«, sagte die Schlösser in seine Gedanken hinein. »Aber wenn du mal für einen Moment deinen Verstand einschalten würdest, käme dir der Gedanke, dass nicht ich von seinem Tod profitiere.«

Nicht ich profitiere. Der Satz verhakte sich in Daniels Hals. Eine dicke fette Fischgräte. *Nicht ich profitiere.* Er wusste ziemlich genau, wer vom Tod des alten Mannes profitierte. Was er nicht wusste: Wo war seine Mutter in der Nacht gewesen? Sie habe im Schuppen übernachtet, hatte sie gesagt, aber stimmte das?

»Weiß die Polizei, dass Mama damals dabei war?«

»Keine Ahnung«, antwortete die Schlösser. »Von mir nicht. Noch nicht«, fügte sie hinzu.

»Ich verstehe das alles nicht.« Daniel rieb sich die Augen. Sie tränten und juckten. Einerseits war er hellwach und das Blut wummerte durch seine Adern, andererseits hatte er das Gefühl, auf der Stelle einschlafen zu müssen. So, als wäre Schlaf der einzige Ausweg. Er wollte nichts mehr hören, nichts mehr sehen, nicht mehr sprechen. Und vor allem wollte er nicht mehr denken, denn in seinem Kopf hatte nur ein einziger Gedanke Platz: Meine Mutter ist eine Mörderin. Sie hat ihren eigenen Bruder in den Tod geschickt. Sie hat vielleicht sogar meinen Großvater getötet. Aber warum? Weil er ihn, ihren Sohn, niedergeschlagen hatte?

Alle in der Familie haben gepafft wie die Irren, er erinnerte sich gut an die Worte seines Vaters. Wussten sie alle Bescheid? Hatten es alle gewusst oder zumindest geahnt? Hatte Opa Schenker ihn deshalb gehasst?

»Also«, sagte Frau Schlösser in seine Gedanken hinein. »Das ist der Deal. Ich halte meine Klappe, du hältst deine, und wir bleiben beste Freunde. Was hältst du davon?«

»Aber sie kann doch unmöglich damit durchkommen.« Daniel konnte sich einfach nicht vorstellen, wie das gehen sollte. Sollte er weiter zu Hause wohnen, mit ihr vor dem Fernseher sitzen, sich die immer gleichen Klagen über ihr verpfuschtes Leben anhören und die immer gleichen Geschichten aus der Metzgerei?

»Meinst du nicht, dass sie genug gelitten hat?«, fragte Frau Schlösser.

Sehr zu Daniels Überraschung klang ihre Stimme sanft, geradezu besorgt. Er verstand die Welt nicht mehr. Was für einen Grund hatte diese Frau, seine Mutter schützen zu wollen? Doch dann dämmerte ihm, dass es ihr nicht um seine Mutter ging, sondern um sich. Einzig und allein um sich.

»Sie war fünfzehn damals«, fuhr die Schlösser mit dieser sanften, fast hypnotischen Stimme fort, »schwanger und musste damit leben, dass der Vater ihres Kindes eine andere liebte.«

»Ist er deshalb fortgegangen?«

»Vielleicht.«

»Und du?«

»Ich?« Frau Schlösser startete den Motor und die Wischblätter quietschten über die Windschutzscheibe. »Wollte nie fort.«

Der Wassernebel verschwand, und Daniel war wieder von geschichtetem Holz und kahlen Bäumen umgeben. Nichts hatte sich verändert, und doch war alles anders.

56. Kapitel

Klaudia biss sich auf die Unterlippe. Erst hatte ein Unbekannter Daniel niedergeschlagen, und nun war der Junge verschwunden. Was, verdammt noch mal, hatte er gesehen, und was, verdammt noch mal, hatten sie, die Polizei, übersehen? Dieser Fall war wie Glibber, immer wenn man versuchte, ihn in den Griff zu kriegen, quollen einem die Ereignisse durch die Finger. Selbst PH war besorgt. Ganz entgegen dem üblichen Prozedere hatte er umgehend eine Handyortung veranlasst, die sie aber auch nicht weiterbrachte. Das Handy hing am Ladegerät in der mütterlichen Wohnung.

»Vielleicht ist er bei seinem Vater«, sagte Klaudia halbherzig.

»Seine Mutter sagt, er sei zum Arzt«, erwiderte Demel.

»Und was sagen die?«

»Sei da gewesen und wieder gegangen.«

»Ich geh bei Klingebiel vorbei.«

»Mach das«, beendete Demel das Gespräch. Klaudia ließ das Smartphone sinken.

»Und Action«, sagte Wibke, die neben dem Lichtschalter stand. Im gleichen Moment wurde es dunkel. Klaudia schaute hinüber zum Paddelboot, das die Kollegen aus dem Wasser gezogen hatten. Der Stiel des Paddels leuchtete schwach bläulich.

»Was bedeutet das?« Frau Klingebiel griff nach ihrer Perlenkette wie nach einem Rettungsring.

»Blut«, antwortete Klaudia und fügte hinzu: »Daniel ist verschwunden.«

»Aber …«, murmelte Frau Klingebiel.

Klaudia horchte auf. »Was aber?«, fragte sie, als Klingebiel keine Anstalten machte weiterzusprechen.

»Nichts.« Sie klammerte sich noch immer an ihren Perlen fest.

»Was wissen Sie?«, drängte Klaudia. »Der Junge ist schwer verletzt, schwebt möglicherweise in Lebensgefahr.«

»Nun machen Sie mal einen Punkt.« Frau Klingebiel streckte das Kinn vor. »Der Bengel war heute Nachmittag noch ganz munter.«

»Sie haben ihn also getroffen?«

»Zufällig« antwortete Frau Klingebiel. »Beim Arzt«, fuhr sie fort, weil Klaudia schwieg.

Das Licht flammte wieder auf, und Wibke sagte etwas zu Schiebschick.

Klaudia konzentrierte sich auf die Frau neben ihr. »Damit sind Sie die letzte Person, die den Jungen gesehen hat.«

»Das ist doch albern«, fuhr Frau Klingebiel ihr über den Mund. »Mandy hat ihn nach Hause gebracht.«

»Und wer ist Mandy?«

»Meine Stieftochter. Sie hat mich zum Arzt gefahren.«

»Ich würde gerne mit ihr sprechen«, sagte Klaudia. »Haben Sie die Handynummer?«

»Das ist absurd.« Nach diesem letzten Protest machte Marianne Klingebiel auf dem Absatz kehrt und verließ das Bootshaus. Klaudia konnte nur hoffen, dass sie mit der Telefonnummer zurückkam.

»Hört sich nicht so an, als würdest du dir gerade Freunde machen.« Wibke stieg aus dem Spusi-Overall und trat zu Klaudia. »Wir nehmen das Boot mit und bringen es gleich nach Eberswalde. Schiebschicks Fingerabdrücke habe ich bereits. Alles klar?«

»Der Junge ist verschwunden.«

»Ach du Scheiße.« Wibke blies die Wangen auf. »Und nun?«

»Suchen wir ihn, was sonst?«

»Und wo willst du ihn suchen?«

»Gute Frage«, sagte Klaudia.

»Das ist die Nummer.« Marianne Klingebiel kehrte mit einem Zettel in der Hand zurück, den sie Klaudia reichte. »Aber sie geht nicht dran. Ich hab's schon versucht.«

»Was ist mit dem Festnetz?«

»Geht auch niemand dran. Ich hab meinen Schwiegersohn angerufen. Er will nach dem Rechten sehen.«

»Danke«, murmelte Klaudia, während sie die Handynummer eintippte. Auch bei ihr meldete sich die Mailbox.

Ein Grund mehr, zu Frank Klingebiel zu fahren. Klaudia sprach den Gedanken nicht aus.

57. Kapitel

Klaudia rief bei den Kollegen von der Wasserschutzpolizei an. Das war die schnellste Art, zur Datsche zu kommen. Als sie ihren Wagen am Lübbenauer Hafen abstellte, lag das Boot bereits am Anleger. Im Sommer wimmelte es hier von Touristen, und auch jetzt noch fanden viele Ausflügler aus Berlin den Weg hierher, aber zu dieser Tageszeit war der Hafen menschenleer. Die Gurkenverkaufsstände waren verrammelt und die Eisdiele geschlossen. Nur die Lichter, die aus den Panoramafenstern des Flaggschiffs auf das Hafenbecken schienen, ließen das Wasser glitzern. Leise Tanzmusik rieselte aus Lautsprechern auf den Hafen herab. Unbewusst summte Klaudia die Melodie mit.

»Ahoi«, grüßte sie den Kollegen, der mit dem Tau in der Hand auf sie wartete. Sie kletterte ins Boot und plumpste auf den freien Schalensitz neben der Kollegin am Steuerrad. Sie war froh, aus dem Nieselregen heraus zu sein.

»Klaudia Wagner«, stellte sie sich vor.

»Rebe«, antwortete die Kollegin.

Ihr dunkelblondes Haar, das am Haaransatz grau schimmerte, hatte sie im Nacken mit einer silbernen flachen Spange zusammengebunden. Wie ihr Kollege, der sich hinter Klaudia auf die schmale Sitzbank unterhalb der Reling setzte, trug sie die schwarze Uniform der Wasserschutzpolizei und darüber die vorgeschriebene dunkelblaue Schwimmweste.

»Wie Traube.«

Der Standardscherz franste bereits an den Rändern aus. Trotzdem war sie Klaudia sympathisch.

»Kannst aber Gudula sagen.« Sie legte einen Hebel um, und die Motoren brummten auf, deshalb verstand Klaudia den Namen des Kollegen nicht, der ihr jetzt eine Schwimmweste reichte.

»Wo soll's denn hingehen?« Gudula lenkte das Boot in die Mitte des Fließes und gab dann Gas.

»Zu den Datschen an der Klingeweide.« Unwillkürlich klammerte Klaudia sich an ihrem Schalensitz fest. Auch wenn ihr krankes Ohr sich bis auf den Tinnitus vorbildlich verhielt, war diese Fahrt im Motorboot eine Herausforderung für ihr Gleichgewicht.

»Da fahren wir über Lehde.« Gudula lenkte das Boot nach links. Im Sommer stand an diesem Arm der Spree immer ein Fotograf, der die Touristen fotografierte, jetzt war sein Platz am Fließ verwaist. In Lehde hatten die ersten Hausbesitzer bereits ihre Weihnachtsbeleuchtung installiert.

»Im Dezember leuchten die alle«, sagte Gudula. »Wenn dann noch Schnee liegt, glaubst du, du bist im Winterwunderland.«

»Du solltest ins Touribüro wechseln«, frotzelte der Kollege.

»Vielleicht mach ich das.« Gudula drosselte die Geschwindigkeit, und sie glitten nahezu lautlos durch den Ort. Die Bootsscheinwerfer tauchten die Brücken und Häuser in ihr gespenstisch weißes Licht und schreckten Enten auf, die mit dem Kopf im Gefieder am Ufer lagen. Als sie den Ort hinter sich gelassen hatten, gab sie wieder Gas, und das Boot ruckelte übers Wasser.

Klingebiel öffnete die Terrassentür, als das Polizeiboot anlegte. Zwischen seinen Fingern klemmte ein Joint. Hastig warf er ihn ins Gebüsch, als ihm dämmerte, dass er es mit einer Polizistin zu tun hatte. »Ist was mit dem Jungen?«

»Warum fragen Sie danach?«

»Ist doch naheliegend, oder? Er ist niedergeschlagen worden.

»Wir warten im Boot«, rief Gudula.

»Dauert nicht lange.« Obwohl sie jetzt festen Boden unter den Füßen hatte, spürte Klaudia immer noch die kleinen festen Schläge der Wellen. »Können wir reingehen?«

»Ja, sicher.« Klingebiel trat zur Seite. In der Ecke bollerte der Ofen und verbreitete angenehme Wärme. Der harzige Duft von Cannabis legte sich auf Klaudias Schleimhäute. Sie hüstelte.

»Ich mach kurz Durchzug.« Klingebiel öffnete das kleine Fenster, vor dem sein Sohn niedergeschlagen worden war, und wedelte mit der Hand durch die Luft.

»Ich glaube, das reicht«, sagte Klaudia, als ihr die kalte Luft unter den Rollkragenpullover kroch. »Ehrlich gesagt, ist es mir egal, ob Sie kiffen, solange ich deshalb nicht erfrieren muss.« Sie lud ihn mit einer Handbewegung ein, sich zu ihr an den Tisch zu setzen.

»Wirklich?« Klingebiel lehnte mit verschränkten Armen am Kamin. »Da scheint sich die Polizei hier ja mächtig verändert zu haben.«

»An Ihrer Stelle würde ich mich darauf nicht verlassen«, sagte Klaudia, auch wenn sie sicher nicht die einzige Polizistin war, die das holländische Modell bevorzugte. Von den Steuereinnahmen ließe sich bestimmt eine Menge finanzieren. Zum Beispiel die Renovierung des Lübbener Reviers. Sie dachte an den Schimmel im Keller, den geborstenen Steinfußboden im Eingangsbereich und die Sicherheitsfolie, die sich rollte und nicht mal Mücken, geschweige denn Kugeln oder Steine abhielt.

»Daniel ist verschwunden«, begann Klaudia das Gespräch. »Seine Mutter hat ihn als vermisst gemeldet. War er hier?«

»Nein«, Klingebiel schüttelte den Kopf. »Ich habe gehofft, er kommt, ist er aber nicht.«

»Er war heute beim Arzt.«

»Und?«

»Ihre Mutter hat ihn dort getroffen.«

»Marianne?« Klingebiel griff nach dem Päckchen Tabak, das auf dem Tisch lag, und streute Tabak auf ein Papierblättchen. »Haben sie gestritten?«

»Das weiß ich nicht. Ihre Schwester hat angeboten, ihn nach Hause zu bringen.«

»Mandy?«, fragte Klingebiel nach einem kurzen Zögern. Zwischen Klaudias Zwerchfell und Solarplexus kribbelte es. Treffer, funkte ihr Polizistengehirn, das Tausende von Befragungen geprägt hatte. Nichts davon sah man ihrem Gesicht an: kein Stirnrunzeln, kein Zucken der Mundwinkel.

»Sie klingen nicht begeistert.« Ihre Stimme war so neutral wie ihr Gesichtsausdruck.

»Was sagt sie denn?«

Klaudia registrierte, dass Klingebiel ihr auswich, trotzdem beantwortete sie seine Frage.

»Sie geht nicht an ihr Handy.« Wohldosiert ließ Klaudia Besorgnis in ihrer Stimme mitklingen. »Und zu Hause scheint sie auch nicht zu sein.«

»Nicht?« Klingebiels Finger zitterten jetzt. Das Blättchen riss.

»Ungewöhnlich, oder?«

Klingebiel zerknüllte das zerrissene Blättchen und stopfte den Tabak zurück in die Packung.

»Haben Sie eine Idee, wohin Ihre Schwester und Ihr Sohn gefahren sein könnten?«

»Vielleicht hatten sie ja einen Unfall?« Klingebiel

sagte, was jeder gesagt hätte, aber es war nicht der Gedanke an einen Unfall, der seine Hände zittern ließ.

»Es gab keinen Unfall, das wüssten wir.«

»Wieso können Sie da so sicher sein?«, brauste Klingebiel auf. »Sie können irgendwo sein, wo niemand es mitkriegt.«

»Wäre das wahrscheinlich?« Klaudias Stimme klang jetzt beruhigend, wie ein murmelnder Bach. »Vielleicht trinken sie ja auch nur irgendwo einen Kaffee zusammen und unterhalten sich.«

»Mandy und Daniel?« Klingebiel wirkte jetzt geradezu erschrocken.

»Der Gedanke scheint Ihnen nicht zu gefallen.«

»Was?« Klingebiel schrak hoch, als hätte ihn Klaudia bei etwas erwischt.

»Dass Ihr Sohn und Frau Schlösser zusammen sind.«

»Es wundert mich.« Klingebiel beugte sich über das Tabakpäckchen und fing noch einmal an, sich eine Zigarette zu drehen.

»Warum?«, fragte Klaudia. »Sie ist seine Tante.«

»Ist sie nicht.« Erst im zweiten Versuch gelang es Klingebiel, die ziemlich krumme Zigarette, die er zusammengeklebt hatte, auch anzustecken. Er inhalierte gierig, und der Qualm hüllte ihn ein, bevor er zur Lampe hochstieg.

»Nicht?«, fragte Klaudia und erinnerte sich im gleichen Augenblick an die Bemerkungen der alten Klingebiel. *Meine Stieftochter*, hatte sie gesagt. Und: *Er wollte eine Familie. Er war Witwer.*

»Ist das wichtig?« Frank Klingebiel drückte seine angerauchte Zigarette aus und griff sofort wieder nach dem Tabak.

»Ich wundere mich nur. Sie reagieren recht heftig.«

»Was werden Sie jetzt tun?«, fragte Klingebiel.

»Nichts«, antwortete sie nicht ganz wahrheitsgemäß.

»Aber Sie müssen doch …«, widersprach er.

»Herr Klingebiel.« Sie stand auf und schulterte ihren Rucksack. Von ihrem erhöhten Standpunkt aus konnte sie sehen, dass sich die Haare auf seinem Hinterkopf lichteten. »Ihr Sohn ist volljährig, und solange wir keinen Hinweis auf ein Verbrechen haben, gibt es für uns keinen Grund, ihn zu suchen.«

»Aber er wurde niedergeschlagen, er ist verletzt.«

»Nach allem, was wir wissen, ist er mit Frau Schlösser zusammen. Es besteht es also kein Anlass zur Sorge.« Klaudia verschanzte sich hinter dem Korinthenkacker-Amtsdeutsch, das sie im Schlaf beherrschte.

»Aber warum sind Sie dann hier? Warum sind Sie hergekommen? Wenn Sie ihn nicht suchen?« Klingebiel fuhr sich mit beiden Händen durchs Haar.

Klaudia beobachtete ihn. Er hatte sehnige Finger mit kurzen, gerade abgeschnittenen Fingernägeln. Hände, die zupacken konnten. »Ich wollte wissen, ob Sie eine Idee haben«, sagte sie. Das war nicht unbedingt die beste Antwort, aber die beste, die ihr einfiel. »Der Junge ist schließlich Ihr Sohn.«

»Irgendwie hab ich mir alles ganz anders vorgestellt«, sagte Klingebiel mehr zu sich selbst als zu ihr.

»Hatten Sie vor, sich mit Daniel zu treffen?«

»Ich weiß nicht. Ich wünschte, ich könnte ja sagen. Aber ich bin mir nicht sicher.«

»Wegen Jana Schenker?«

»Kann sein, aber das ist wahrscheinlich auch nur die halbe Wahrheit. Ich bin wirklich nicht gut in solchen Sachen.« Er stand nun ebenfalls auf und begleitete sie zur Tür.

»Was für Sachen?«, fragte Klaudia.

»Beziehungen und so.«

»Zum Beispiel die Beziehung zwischen Ihnen und Mandy?«

Die Frage war Klaudias Ass, das sie aus dem Ärmel zog. Sie stieg von ihren Lippen auf und hing wie Zigarettenqualm zwischen ihnen. »Sind Sie deshalb damals fortgegangen?« Klaudia musterte Klingebiel von der Seite. Er war knapp größer als sie und bewegte sich mit der Geschmeidigkeit eines Kampfsportlers. »War Mandy die Frau mit dem roten Lippenstift?«

Klingebiel sackte gegen die Wand, als hätte sie ihm in die Kniekehlen getreten. Sein Gesicht war grau wie Zigarettenrauch. »Ich hab das nicht gewollt«, flüsterte er.

»Darüber sprechen wir noch.« Klaudia trat auf den Anleger und atmete tief durch. Die kalte und feuchte Novemberluft spülte den Zigarettengeschmack von ihren Schleimhäuten, zurück blieb der schlechte Geschmack von Klingebiels Geständnis. Klaudia stieg wieder ins Boot. Es war wirklich an der Zeit, sich näher mit Frau Schlösser zu beschäftigen. Aber vorher würde sie noch bei Jana Schenker vorbeifahren. Vielleicht war sie ja eher als der Vater ihres Sohnes bereit, über Frau Schlösser zu sprechen. Vor allem, wenn sie erfuhr, dass ihr Sohn mit ihr zusammen war.

58. Kapitel

Die Schlösser hatte ihn am Sagenbrunnen vor der Niko-
laikirche aussteigen lassen und war dann weitergefah-
ren. Daniel hatte ihr nachgesehen, bis die Rücklichter in
der Dunkelheit verschwanden. Um diese Tageszeit war
Lübbenau bis auf ein paar erleuchtete Fenster so tot wie
eine Geisterstadt des mittleren Westens. Nur blies der
Wind, statt Staub und Gestrüpp, Kälte und Nieselregen
über den Marktplatz. Unschlüssig, was er nun tun sollte,
zog sich Daniel die Kapuze über den Kopf und hockte
sich auf die Rückenlehne einer der Bänke am Brunnen.
Sein Kopf fühlte sich an, als würden die Wildschweine
des Nachtjägers durch seine Hirnwindungen rasen. An
stürmischen Winterabenden, wenn der Wind durch die
Erlen rauschte und seine Mutter mal wieder in ihrer De-
pression gefangen war, hatte seine Oma ihn mit Geschichten über den Nachtjäger und seine Rotte abgelenkt.
   Daniel barg das Gesicht in den Händen und zog die
Schultern gegen die Kälte hoch. Er hatte nicht den blassesten Schimmer, was er nun tun sollte. Er konnte unmöglich mit diesem Wissen weiterleben und noch viel
weniger, falls weniger als nichts überhaupt möglich war,
konnte er einfach so nach Hause gehen. Sich den besorg-
ten Blicken und Fragen seiner Mutter stellen und so tun,
als wüsste er nicht, was damals passiert war. Wüsste
nicht, was sie all die Jahre in Depressionen gestürzt
hatte. Wie sollte das laufen? Wie sollte er ihre Fragen –
Wo warst du? Was hast du gemacht? – beantworten,
ohne ihr die Wahrheit ins Gesicht zu brüllen?
   Er musste mit ihr sprechen. Und dann? Der Gedanke

ließ ihn zögern. Was dann? Nichts in seinem bisherigen Leben hatte ihn darauf vorbereitet, mit einem solchen ›dann‹ zu leben. Er konnte Überweisungen für alte Leute ausfüllen und Zinseszinsen berechnen, obwohl das heutzutage der Computer erledigte. Computer erledigten schließlich alles, doch Daniel war sich ziemlich sicher, dass selbst ein Computer diese Situation an die Wand fahren würde. Er schloss die Augen, als würde es dadurch einfacher. Bisher hatte er immer gefunden, mit seiner depressiven Mutter schon genug geschlagen zu sein, und nun war sie eine Mörderin.

M-Ö-R-D-E-R-I-N. Die Buchstaben blinkten vor seinen Lidern. Würde sie ihn umbringen? Der Gedanke würgte ihn. Sie war seine Mutter. Sie würde das nicht können. Auf keinen Fall. Oder?

Sie war bereit gewesen, seinen Vater zu töten. Sie hatte ihren Bruder zu einer Waffe gemacht und damit seinen Tod in Kauf genommen. Sie hatte vielleicht den alten Mann getötet, der sein Großvater war. Weil der ihn niedergeschlagen hatte? Oder weil er ein Zeuge gewesen war, den sie aus dem Weg räumen wollte?

Wenn die Schlösser nicht log! Natürlich wusste er, dass jedes ihrer Worte gelogen sein konnte. Er war ja nicht blöd. Die Schlösser würde alles behaupten, damit er die Klappe hielt. Aber konnte er das riskieren? Konnte er zur Polizei gehen und alles sagen? Selbst auf die Gefahr hin, seine eigene Mutter ans Messer zu liefern? Der Gedanke erschien ihm so abstrus wie die Sagenfiguren in seinem Rücken. Er presste die Hände gegen die Schläfen, der Druck half gegen die Wildschweine in seinem Kopf. Nicht heute, dachte Daniel. Morgen. Morgen würde er weitersehen. Was er jetzt brauchte, war ein

Bett. Einfach nur ein Bett. Für einen Moment überlegte er, zu seiner Oma zu gehen, verwarf den Gedanken jedoch sofort wieder. Sie würde ihm alles aus der Nase ziehen, und die Wahrheit würde sie umbringen. Wenn sie es nicht sowieso schon wusste. Dann würde es ihn umbringen. Im Moment konnte er keinen weiteren Menschen verlieren. Er kämpfte mit den Tränen, die ihm die Kehle zuschnürten. Zu seinem Vater zu gehen, konnte er sich nach allem, was er gehört hatte, jetzt auch nicht mehr vorstellen, und sein Onkel würde direkt seine Mutter anrufen. Also blieb nur seine Ex. Er griff in die Jackentasche, um sie anzurufen, doch dann fiel ihm ein, dass sein Handy immer noch an der Ladestation lag.

»Scheiße.« Der Fluch prallte an den dunklen Schaufenstern der Geschäfte ab. Daniel hatte sich noch nie so einsam gefühlt. Allerdings, er straffte die Schultern, es gab keinen Grund, warum sie nicht zu Hause sein sollte. Der Gedanke, dass für andere Menschen das Leben normal weiterlief, beruhigte ihn, obwohl sich dadurch nichts an seiner eigenen Situation änderte. Aber irgendwie brachte er die Welt, die um ihn herum in Trümmer fiel, ein kleines bisschen ins Lot. Daniel nahm den Weg über die Poststraße. Auf keinen Fall wollte er seiner Mutter begegnen, falls sie ihre Abendrunde mit Balduin drehte.

Seine Ex wohnte in der Nähe der Spreewelten. Er hatte also ein ordentliches Stück Weg vor sich. Hoffentlich konnte er bei ihr unterkriechen. Er brauchte jetzt einfach Zeit. Irgendwie musste er für sich klarkriegen, ob er sich auf diesen Deal einlassen konnte. Ob er wirklich in der Lage war, den Rest seiner Tage mit dieser Wahrheit zu leben. Auch wenn er sofort zugestimmt hatte, als die

Schlösser ihm den Deal vorgeschlagen hatte, war er nicht sicher, ob er sich wirklich daran halten würde. Er hatte Angst vor ihr. Sie hätte ihn einfach aus dem Wagen geschmissen, wenn er nicht zugestimmt hätte. Nach allem, was heute passiert war, traute er ihr das ohne Weiteres zu. Skrupellos, das war sie. Auf eine merkwürdige Art und Weise amoralisch, so als stünde sie über den Dingen. Er hatte sich nie Gedanken über sie gemacht. Zumindest nicht mehr als über die anderen Klingebiels, die nichts von ihm wissen wollten. Er hatte immer gedacht, das sei der Grund, warum seine Mutter sie nicht leiden konnte. Jetzt wusste er es besser.

Daniel war so in seine Gedanken vertieft, dass er weder den Regen bemerkte, der von seiner Nasenspitze tropfte, noch die vorbeifahrenden Autos. Erst als sich ihm ein Wagen in den Weg stellte, schreckte er aus seinen Gedanken auf und hob geblendet den Arm über die Augen.

59. Kapitel

Die Kollegen von der Wasserschutzpolizei ließen Klaudia wieder am Spreehafen von Bord gehen. Der Nieselregen legte sich wie ein Film auf ihre Wangen. Sie zog den Kopf zwischen die Schultern und tastete sich über den Platz. Auch wenn sie keine Schwindelattacken mehr hatte, musste sie sich doch nach der Bootsfahrt konzentrieren, um nicht wie betrunken zu torkeln. Sie blieb stehen, als sie die dunkle Gestalt sah, die an ihrem Peugeot lehnte. Wie ein Glühwürmchen schwebte ein roter Glutpunkt durch die Nacht und beleuchtete für die Dauer eines Atemzuges das Gesicht des Mannes.

»Was machst du denn hier?« Klaudia warf ihren Rucksack auf die Rückbank des Wagens.

»Ich hab gedacht, du könntest Verstärkung gebrauchen.« Demels Stimme klang verschnupft. Sein Satz endete in einem Husten.

»Schickt PH dich?«

»Du weißt, dass wir nicht allein arbeiten sollen.«

»Schon klar.« Vor ihrem letzten Fall hätte Klaudia ihrem Kollegen wahrscheinlich vehement widersprochen. Mittlerweile war sie klüger. Schon im nächsten Haus konnte der Tod lauern.

»Habt ihr was von Thang gehört?« Sie stieg ein und startete den Wagen.

»Nichts.« Demel ließ sich auf den Beifahrersitz fallen, zog ein Taschentuch hervor und putzte sich geräuschvoll die Nase. »Scheißwetter.«

»Wartest du schon lange?«

»Geht so.«

»Wir können uns erst einen Kaffee besorgen.«

»An der Tanke?«

»Scheiße, ja.« Klaudia schaute auf die Uhr. »Wo steht dein Wagen?« Sie schaute sich um.

»Bei Uwe.«

Bei Uwe, hatte er gesagt. Klaudia spürte, wie ihr die Hitze die Halswirbel hochkroch. Hieß das, dass die Kollegen Bescheid wussten?

»Haben wir eine Idee, wie das alles zusammenhängt?« Demel schien ihre Verlegenheit nicht zu bemerken. Er drehte sich zur Seite und griff nach dem Sicherheitsgurt.

»Keine belastbare.« Klaudia schlug mit der flachen Hand gegen das Lenkrad. Dann berichtete sie ihm, was sie von Schiebschick wusste und was sie sich selbst zusammengereimt hatte.

Demel pfiff durch die Zähne. »Klingt übel.« Er musterte Klaudia von der Seite. »Möglicherweise ist also diese Mandy die Frau mit den Gummistiefeln?«

Klaudia riskierte einen Seitenblick. *Flight or fight*, das waren die Alternativen. Nicht Kopf in den Sand stecken und auf einen Tritt in den Hintern warten. Sie würde keine bessere Gelegenheit bekommen, mit Demel zu sprechen. Sie räusperte sich: »Es sind Annalenes Stiefel.«

»Ich weiß.«

»Du weißt?«

»Uwe hat angerufen.«

»Was sagt PH?«

»Was meinst du?« Demel rieb sich das Kinn.

»Er wird mich lynchen.«

»Nun komm. So schlimm ist er nun auch nicht.«

»Ich hätte es sagen müssen.«

»Wo sind sie überhaupt?«

»Im Kofferraum. Scheiße.« Klaudia schlug erneut mit der flachen Hand aufs Lenkrad. »Ich wollte sie Wibke geben, aber hab's dann glatt vergessen.« Sie wischte sich den nassen Pony aus der Stirn. »Jetzt hab ich auch noch Beweismittel unterschlagen.«

»Na, na«, brummte Demel, ganz alter und weiser Mann, der er nicht war. »Nicht unterschlagen, höchstens protrahiert den Ermittlungen hinzugefügt.«

»Woher hast du denn den Satz?« Auch wenn sie sich gerade, oder vielleicht auch *weil* sie sich gerade wie der letzte Idiot fühlte, musste sie grinsen.

»Von PH.« Demel zuckte die Schultern. »Für solche Formulierungen hab ich nicht die richtige Besoldungsstufe.«

»Das hat er wirklich gesagt?« Klaudia konnte es nicht fassen: War es wirklich so einfach?

»Ich hab dir doch gesagt, PH ist kein schlechter Kerl. Außerdem: Es ging um Annalene. Klar wolltest du sicher sein.«

»Du verstehst mich?« Klaudia drehte sich zu ihm.

»Wir alle wissen, was die Kleine durchgemacht hat.«

»Uwe hat mich rausgeschmissen.« Klaudia schämte sich, kaum dass sie den Satz ausgesprochen hatte. Das hatte sie Demel auf keinen Fall sagen wollen. Es klang so weinerlich.

»Ich weiß.« Demel griff nach Klaudias Hand, die immer noch auf dem Lenkrad lag, und drückte sie kurz. »Ich soll dir von Petra sagen, du kannst bei ihr unterkriechen.«

»Nicht nötig«, sagte Klaudia, obwohl sie die Fürsorge der Kollegen rührte. »Ich hab ja das Haus.«

»Hältst du das für eine gute Idee?«

»Ich weiß nicht«, gestand Klaudia. »Mal abwarten.« Sie schluckte. »Danke.«

Für den Rest der kurzen Fahrt schwiegen sie.

»Gibt's sonst was Neues?«, fragte Klaudia, als sie Jana Schenkers Haus erreichten.

»Nichts«, antwortete Demel. »Wir haben einfach zu wenig verwertbare Spuren.«

»Wir müssen unbedingt mit der Schlösser reden.«

»Was macht dich so sicher, dass sie die Frau mit dem roten Lippenstift ist?«

»Mein ...« Unwillkürlich griff sich Klaudia an den

Magen. »Du hättest Klingebiel sehen sollen. Wenn ›schlechtes Gewissen‹ ein Etikett wäre, würde es dick und fett auf seiner Stirn kleben.«

»Also gut. Und was wollen wir jetzt von Jana?«

»Ich will mehr über diese Mandy wissen.«

60. Kapitel

Jana Schenker öffnete die Tür, bevor Klaudia oder Demel klingeln konnten. Sie wirkte wie geschrumpft. Ihre Augen glänzten rot und verquollen aus dem ansonsten blassen Gesicht. Balduin schien nichts von ihrer Trauer zu bemerken. Schwanzwedelnd und kläffend rannte er um die Polizisten herum.

»Wer ist da?« Marios Stimme hallte durch den Flur. »Platz.« Sein kurzer Befehl nagelte Balduins Hinterteil an den Boden. Hechelnd schaute der Hund zu Klaudia auf. Sein Blick wirkte, als wollte er sich entschuldigen, dass er sie nicht angemessen begrüßen konnte. Hektisch wischte sein Schwanz über den Boden.

»Habt ihr ihn gefunden?«, fragte Jana.

»Dürfen wir reinkommen?« Klaudia lächelte bei den Worten, um ihr die Angst zu nehmen.

»Also nicht.« Die Enttäuschung ließ ihre Augen überlaufen. Schluchzend wandte sie sich ab und ging, ihnen voran, ins Wohnzimmer.

»Mario kennt ihr ja«, sagte sie. »Und das ist Theresia, seine Frau.«

Klaudia nickte den beiden Menschen auf dem Sofa

zu. Der Fernseher flimmerte, doch niemand beachtete die bunten Bilder, die als Stummfilmkino im Hintergrund liefen.

»Wie kann der Junge einfach so verschwinden?«, fragte Mario. Auch er und seine Frau waren blass und wirkten verstört.

Während Klaudia und Demel sich auf das Zweiersofa setzten, blieb Jana an der Tür stehen.

»Wir haben einen Zeugen, der ihn am Ärztehaus gesehen hat.« Klaudia behielt die Geschwister im Auge, während sie weitersprach. »Er ist dort zu Mandy Schlösser in den Wagen gestiegen.« Mario begriff schneller. Seine Lippen wurden ganz schmal. Er sah aus, als könnte er sich nur mit Mühe zurückhalten. Jana brauchte einen Moment. Aber dann fiel auch bei ihr der Groschen. Obwohl es kaum möglich erschien, wurde sie noch etwas blasser, als sie ohnehin schon war.

»Er ist bei …« Jana musste erst ein- und dann wieder ausatmen, um den Satz zu beenden. »… Mandy?« Sie starrte erst Klaudia fassungslos an, dann ihren Bruder, bevor sie mit unsicheren Schritten zum letzten freien Sessel schwankte.

Volltreffer, dachte Klaudia. Im gleichen Augenblick schlug es Jana die Beine weg. Klaudia und Demel sprangen gleichzeitig auf, aber Frau Schenker war schneller.

»Was ist mit Mandy Schlösser?«, fragte Klaudia sanft, als Theresia ihre Schwägerin mit Wasser versorgt hatte und alle wieder saßen.

»Nichts«, antwortete Mario an Janas Stelle.

»Das siehst du anders, oder?«, Klaudia wandte sich an Jana. »Hatten Mandy und Frank was miteinander?«

»Warum fragst du das?« Janas Stimme klang, als wäre

sie zu schnell gelaufen. Mit einem vorwurfsvollen Knurren meldete sich Balduin zu Wort. Der Fuchsdackel stellte sich auf die Hinterbeine und sprang auf Jana Schenkers Schoß.

»Das sind doch alles alte Geschichten«, polterte Mario. »Was hat das mit Daniel zu tun?«

»Mandy hat doch bestimmt auch ein Handy«, sagte Jana. »Man kann sie doch anrufen.«

»Das haben wir bereits versucht«, antwortete Demel. »Wir konnten sie bisher noch nicht erreichen.«

»Oh mein Gott.« Jana Schenker schlug die Hand vor den Mund und sprang auf. Der Hund rettete sich jaulend unter den Tisch, während sie aus dem Raum stürzte. Eine Tür schlug gegen eine Wand, und dann hörten sie ihr Würgen.

»Ich glaub, ich schau mal nach ihr«, sagte Theresia und verließ ebenfalls das Wohnzimmer.

»Wollen Sie uns nicht sagen, was damals passiert ist?« Klaudia streckte die Hand aus, als Mario ebenfalls Anstalten machte, das Wohnzimmer zu verlassen.

»Also gut.« Mario ließ sich schwer ins Polster zurückfallen. »Der Scheißkerl hat sie abserviert. Wegen der Mandy. Ich meine, uns war's recht«, fügte er hinzu. »Wir wollten sowieso nicht, dass Jana mit ihm rummacht. Sie war grad mal fünfzehn.« Mario schwieg. Sein Kiefer bewegte sich mahlend, als zerkaue er die Erinnerungen.

»Und wegen dem Krieg der Fährleute, oder?«, fragte Klaudia.

»Das auch«, räumte Mario ein. »Der alte Klingebiel war ein Wendehals. Erst alter Nazi und dann hundertfünfzigprozentiger Sozialist. Hat meinen Opa ans Messer geliefert, und als mein Vater dann den kleinen Hafen wiedereröffnen wollte, hat er alle gegen uns aufgehetzt. Aber wir hätten es geschafft. Wenn …« Schenker barg das Gesicht in den Händen.

»… Marco nicht den Kahnschuppen abgefackelt hätte«, beendete Klaudia den Satz. »Warum, denkst du, hat er das getan?«

»Ich hab keine Ahnung.« Mario vergrub das Gesicht in den Händen. »Glaub mir«, murmelte er. »Jeden verfluchten Tag meines Lebens schlaf ich mit der Frage ein und wach auf, ohne eine Antwort zu finden. Wir sind Zwillinge. Wenn ich Zwiebeln gegessen hab, hat er gefurzt. Trotzdem weiß ich nicht, was er da wollte. Aber eins weiß ich sicher.« Gedankenverloren streichelte er über den Kopf des Rüden, der bei ihm Schutz gesucht hatte. »Wenn er das Ding hätte abfackeln wollen, wäre er bestimmt nicht so blöd gewesen, das zu machen, während er noch drin war.«

61. Kapitel

Der Bewegungsmelder tauchte das Grundstück in graues Licht, als Mandy den Wagen in die Einfahrt lenkte. Sie zog die Handbremse an, schloss die Augen und lehnte den Kopf gegen die Kopfstütze. Der Junge würde schweigen, da war sie sich sicher, auch wenn sie in seinen Augen die Zweifel gesehen hatte. Sie dachte an ihren eigenen Sohn, Dominik. Daniels Bruder. Niemand kannte die Wahrheit, nicht einmal Dieter, und niemand würde sie erfahren. Sie würde Dieter verlassen, aber sie würde ihm nicht den Sohn nehmen. Sie klappte die Sonnenblende herunter und musterte sich in dem beleuchteten Spiegel. Sie sah blass und ausgezehrt aus, als hätte sie Krebs oder eine andere zehrende Krankheit. Und irgendwie hatte sie das auch: Seelenfraß. Frank nagte an ihrer Seele. Sie hatte ihn nie vergessen können. Sie hatte so viel für ihn getan, und dann war er fortgegangen, einfach so, hatte sie zurückgelassen, und sie hatte den Mann genommen, der immer für sie da gewesen war, und ihren Sohn geboren. Mandy schob den Spiegel zu, Dunkelheit. Sie war froh, dass Dieter noch nicht zu Hause war. Das gab ihr Zeit, sich selbst und ihr Gesicht wieder auf Alltag zu trimmen. Dieter war nie vor acht, halb neun zu Hause. Selbstständig. Das bedeutete: selbst und ständig. An guten Tagen scherzte er über das Wortspiel, an schlechten Tagen packte er sich einfach auf die Couch und zappte sich durchs Fernsehprogramm. Sie dachte an seine SMS. *Geh nicht fort.* Am liebsten hätte sie genau das getan: den Rückwärtsgang einlegen und mit qualmenden Reifen davonbrausen. Nur der Gedanke, dass es nicht mehr lange dauern würde, ließ sie ausharren. Sie hatte das mit dem Jungen geklärt, sie würde es auch mit ihrem Mann aufnehmen. Sie würde kochen, die Wäsche aufhängen und vergessen, dass das Kanu verschwunden war. Schiebschick hatte es mitgenommen. Er würde es zu Marianne bringen. Schließlich wusste er, wem die roten Kanus gehörten. Auch darum musste sie sich kümmern. Sie würde es abspritzen, oder besser versenken. Sie biss sich auf die Unterlippe. Sie durfte keinen Fehler mehr machen.

»Es ist alles wie immer. Alles ist wie immer.« Sie sprach die Worte aus, um sie zu glauben und um die SMS zu vergessen. Dann stieg sie aus. Wie ein kalter Umschlag legte sich der Nieselregen auf ihre Wangen, ihre Stirn. Sie blieb stehen und hielt ihr Gesicht in den Nachthimmel.

»Wo warst du?« Dieters Stimme traf sie wie eine Ohrfeige. Er stand in der offenen Eingangstür. Ein fahler Schatten vor der Dunkelheit.

»Bei Mutter.« Ihr Herzschlag stockte und raste dann los. »Du hast mich erschreckt.«

»Sie hat angerufen.« Dieter streckte die Hand nach ihr aus, seine Finger legten sich um ihren Oberarm, drückten zu, zogen sie in den Flur. »Du siehst durchgefroren aus.«

»Warum hat sie angerufen?« Sie dachte an das Klingeln ihres Handys.

»Sie hat dich gesucht.«

»Mein Gott.« Mandys Gedanken stolperten ihrem Herzschlag hinterher. Angriff war die beste Verteidigung. »Ich bin doch grad erst da weg.«

»Sie hat vor einer knappen Stunde angerufen.«

»Oh.« Mandy hängte den Mantel an die Garderobe und schob sich an Dieter vorbei. Ihre Gedanken rasten. »Ich musste noch was erledigen, hab gar nicht gemerkt, wie die Zeit rast.« In der Küche leuchteten nur die Steckleisten. Sie schaltete das Licht an. »Was soll ich kochen? Was Schnelles?«

»Die Polizei war bei ihr.« Seine Stimme aus dem Flur.

»Schon wieder?« Sie versuchte, die Information einzusortieren. Wusste die Polizei von dem Kanu?

Er kam in die Küche, und Mandys Atem beschleunigte sich. Die Luft reicht nicht für zwei, dachte sie. Hastig öffnete sie den Kühlschrank. Der kalte Hauch tat ihr gut. »Ich könnte Bratkartoffeln und Rührei machen.« Sie nahm die Eierschachtel und stellte sie auf die Anrichte.

»Willst du nicht wissen, warum?«, fragte Dieter.

»Wegen ihrem Ex, oder?« Mandy kramte in der Besteckschublade, bis sie das Schälmesser fand.

»Sie suchen den Jungen.«

»Was?« Mandy fuhr herum.

»Jana hat ihn als vermisst gemeldet.« Dieter zog einen Stuhl unter dem Küchentisch hervor und setzte sich. Dass sie jetzt auf ihn herabsehen konnte, ließ Mandy leichter atmen. Doch nur bis zu seiner nächsten Frage.

»Was hast du mit ihm zu tun?«

»Ich? Nichts«, antwortete sie, ohne nachzudenken. Dann korrigierte sie sich. »Ich hab ihn nach Hause gebracht.«

»Aber da ist er nicht angekommen.«

»Ist er nicht?«, wiederholte sie, und es gelang ihr sogar, angemessen überrascht die Stirn zu runzeln.

»Jana hat die Polizei eingeschaltet.«

»Das ist nicht dein Ernst, oder?«

»Sie hat sich Sorgen gemacht.«

»Der Junge ist volljährig. Mein Gott, wenn wir jedes Mal die Polizei eingeschaltet hätten, weil Dominik nicht pünktlich nach Hause gekommen ist.«

»Er ist niedergeschlagen worden.«

»Natürlich. Du hast recht.« Sie musste einen Gang zurückschalten, sonst würde er misstrauisch. »Würde uns ja nicht anders gehen.«

»Wahrscheinlich dieser Penner.« Dieter musterte sie, als würde er Widerspruch erwarten.

»Möglich«, antwortete sie, obwohl sie es besser wusste. Sie mochte den Gedanken nicht, dass noch jemand an der Datsche gewesen war. »Er, oder einer von denen, die auf dieser Party waren.« Sie konnte nur hoffen, dass das die Erklärung war. Die SMS drängte sich zwischen sie und ihren Mann. *Geh nicht fort!* Sie unterdrückte einen Schrei.

»Ich muss noch mal los.« Sie wandte sich zur Tür.

»Zu Frank.«

»Nein«, log sie. Obwohl sie genau dahin wollte. Nur fort von Dieter. Sie stürmte aus der Küche, zerrte ihre Jacke vom Bügel und riss die Tür auf.

»Ich wollte gerade klingeln«, sagte die Frau, die erstaunt die Augenbrauen hob.

62. Kapitel

Klaudias Hand schwebte noch über der Klingel, als die Tür aufgerissen wurde. Irgendwie scheinen mich heute alle zu erwarten, dachte sie, korrigierte sich aber sofort, als sie sah, dass die Schlösser eine Jacke über dem Arm trug.

Hinter ihr tauchte ihr Mann auf. Er legte ihr die Hände auf die Schultern.

Klaudia registrierte, wie die Schlösser bei dieser Berührung den Kopf einzog. Was passierte hier gerade? Ohne sich anmerken zu lassen, dass sie die Spannung wahrnahm, stellte sie sich und Demel vor.

»Wir haben versucht, Sie zu erreichen«, sagte sie zu Frau Schlösser, die immer noch schwieg. Unterhalb von Klaudias Zwerchfell nahm das Kribbeln zu. Wenn sie nicht vorher schon davon überzeugt gewesen wäre, dass Mandy Schlösser in der Nacht in der Datsche gewesen war, spätestens jetzt hätte sie jeden Eid darauf geschworen. Diese Frau hatte etwas zu verbergen.

Weißt du es?, fragte sie in Gedanken den Ehemann und schaute von Mandy zu ihm. Er wirkte besorgt.

»Ist der Junge wieder aufgetaucht?«, fragte Herr Schlösser.

»Noch nicht«, antwortete Klaudia. »Dürfen wir reinkommen?«

»Natürlich.« Unentschlossen schaute er sich um. »Am besten in die Küche«, sagte er schließlich und nickte in Richtung einer offenen Tür.

Seine Frau rührte sich nicht von der Stelle. Sie wirkte wie eingefroren. Klaudia schaute unauffällig zu Demel. Sein betont ausdrucksloses Gesicht verriet ihr, dass er das Gleiche dachte. Nichts von ihrem eigenen Unbehagen und ihren Gedanken spiegelte sich in ihrem Gesicht, das wusste Klaudia. Die Schlösser und ihr Mann sahen nur das, was Klaudia ihr neutrales Dienstgesicht nannte: gerade Mundwinkel, auseinandergezogene Augenbrauen, offener Blick.

»Wir stören Sie auch nicht lange.«

Die Schlösser rührte sich immer noch nicht von der Stelle. Die Frau stand eindeutig unter Schock. Schließlich schob ihr Mann sie zur Seite, nahm ihr die Jacke vom Arm und hängte sie an die Garderobe.

Ein Macher, dachte Klaudia. Ein Mann, der zupackt.

Die Polizisten folgten den beiden in die Küche. Dabei tauschten sie einen kurzen Blick. Demels Augenbraue wanderte in die Höhe.

Frau Schlösser glitt auf einen der Stühle, während ihr

Mann an den Herd trat. »Setzen Sie sich«, sagte er, ohne sich umzuschauen. »Meine Frau ist noch ganz erschrocken«, fügte er hinzu. »Ich hab ihr gerade erst gesagt, dass der Junge gesucht wird.«

»Ich verstehe«, sagte Klaudia, ohne Frau Schlösser aus den Augen zu lassen. Deshalb sah sie den Ruck, der durch ihre hochgewachsene Gestalt ging. Was immer sie gelähmt hatte, sie streifte es ab wie einen Kokon.

»Ich hab ihn am Brunnen rausgelassen«, sagte sie. »Danach bin ich sofort nach Hause.«

»Ihre Mutter sagte, Sie hätten noch etwas im Ort erledigen wollen.«

»Das war gelogen.« Frau Schlösser hatte sich jetzt so weit gefangen, dass ein Lächeln in ihren Mundwinkeln aufblitzte, wenn auch nur kurz. »Ich wollte mit ihm reden. Ihm einiges erklären.«

»Was zum Beispiel?«, fragte Demel.

»Alles.« Frau Schlösser zuckte mit den Schultern. »Schließlich haben wir sein ganzes Leben so getan, als würde er nicht existieren.«

»Warum?«, setzte Klaudia nach.

»Nun ja.« Frau Schlössers Blick glitt über sie hinweg und blieb an ihrem Mann hängen. »Es war alles sehr schwierig damals. Auch wenn mein Vater bereit war, den Schenkers die Hand zur Versöhnung zu reichen, waren zumindest Janas Vater und ihr Bruder nicht in der Lage, einzuschlagen. Verständlich, oder?«, fügte sie hinzu. »Marco war ja tot, und die Versicherung hat sich natürlich an die Schenkers gehalten.«

»Ich verstehe.« Klaudia nickte.

»Die Schenkers haben sich immer schwergetan, wenn es um die Klingebiels ging«, mischte sich ihr Mann ein.

»Kann ich bitte mal Ihr Badezimmer benutzen?«, meldete sich Demel. Sein Gesicht war ganz zerknirschte Peinlichkeit.

»Die Gästetoilette ist gleich neben der Garderobe«, sagte Schlösser.

Demel verschwand aus der Küche und zog die Tür hinter sich ins Schloss.

»Sie kennen Mario Schenker also gut?«, nahm Klaudia den Faden wieder auf.

»Gut ist zu viel gesagt«, antwortete Schlösser. »Aber wir Handwerker hängen ja doch alle irgendwie zusammen.«

»Ich verstehe.« Klaudia nickte. »Sie haben sich also unterhalten«, fügte sie an Frau Schlösser gewandt hinzu.

»Ja. In meinem Wagen. Es war nicht so einfach. Aber ich glaube, der Junge hat es dann doch verstanden. Es war ja auch alles ein bisschen viel für ihn, oder?«

»Das haut schließlich den stärksten Ochsen um«, mischte sich Schlösser ein. »Wenn man an einem Tag erfährt, dass man von seinem eigenen Opa einen über die Rübe gekriegt hat und der dann gleich auch noch tot ist.«

»Sie glauben, dass Werheid den Jungen niedergeschlagen hat?«

»Wer sonst?«, fragte er.

»Was glauben Sie?«, wandte sich Klaudia wieder an seine Frau.

»Wieso fragen Sie mich?« Frau Schlössers Antwort kam prompt. »Ich war nicht da.«

»Nein, natürlich nicht.« Klaudia hätte gerne Herrn Schlössers Reaktion gesehen, doch der stand mit dem Rücken zu ihr und füllte ein Glas mit Leitungswasser.

»Hier«, sagte er und reichte es seiner Frau. »Trink. Du musst ganz ausgetrocknet sein.«

»Ich bin nicht durstig«, fauchte sie.

»Wir wollten gerade anfangen, Abendbrot zu machen.« Schlössers Blick wanderte wieder zu Klaudia.

»Oh«, sagte Klaudia. »Wir sind gleich fertig.« Hoffentlich, fügte sie in Gedanken hinzu. Demel nahm sich ein bisschen viel Zeit.

»Und wohin wollten Sie?«, fragte Klaudia.

»Noch etwas aus dem Wagen holen.« Mandy Schlössers Antwort kam prompt, und ihr Blick wich Klaudias nicht aus. Sie hatte sich wieder gefangen.

»Ihr Kollege braucht aber lange.« Schlösser machte Anstalten, zur Tür zu gehen.

»Das ist das Polizistenleben«, sagte Klaudia hastig. »Es ist nicht sehr verdauungsfördernd.« Sie wusste, dass Demel sie hassen würde, wenn er jemals erfuhr, wie sie ihn herausgeredet hatte.

Bevor die Schlössers etwas erwidern konnten, senkte sich die Türklinke, und Demel kehrte in die Küche zurück. »Bist du dann so weit?«, fragte er, seine Stimme klang ein wenig atemlos.

»Ja.« Klaudia stand auf und streckte Frau Schlösser über den Tisch hinweg die Hand entgegen. Wollte sie nicht unhöflich erscheinen, blieb ihr keine Chance, als sie zu ergreifen. Frau Schlössers Hand fühlte sich an wie eine Eisskulptur. Irgendetwas hatte die Frau bis ins Mark erschüttert. Schlössers Händedruck war fest und warm und feucht. Klaudia widerstand dem Impuls, sich die Hand an der Jeans abzuwischen, bis sie vor der Tür standen; keine Sekunde länger.

63. Kapitel

»Und?«, fragte Klaudia, als sie wieder in ihrem Wagen saßen.

»Sie haben getrennte Schlafzimmer.«

»Genau das wollte ich wissen.« Sie boxte Demel gegen den Oberarm. Manchmal konnte sie es immer noch nicht fassen, dass sie tatsächlich ein gutes Team geworden waren. Fast hatte sie Thang gegenüber ein schlechtes Gewissen.

»Im Haus ist er nicht.«

»Oder sie haben ihn gut versteckt.«

»Der Motor war noch warm«, sagte Demel. »Sie dürfte noch nicht lange da gewesen sein.«

»Alle Achtung.« Klaudia stieß einen kurzen Pfiff aus. »Wann hast du das denn überprüft?«

»Im Vorbeigehen.«

»Sehr gut, Herr Kollege.«

»Keine Ovationen bitte.« Demel hob die Hände zur Brust und verneigte sich. »Und jetzt?«

»Warten wir ab.« Klaudia drehte den Rückspiegel so, dass sie das Haus der Schlössers beobachten konnte.

Schon nach wenigen Minuten öffnete sich die Tür, und Frau Schlösser trat auf den beleuchteten Gehweg.

»Bingo«, murmelte Klaudia. »So viel zum Thema ›Wir wollten zu Abend essen‹.«

Während Mandy die Tür hinter sich zuzog, bewegte sich die Küchengardine, und Schlösser klopfte gegen die Fensterscheibe. Seine Frau ignorierte ihn. Zügig lief sie über den Rasen. Der SUV blinkte auf, und sie stieg ein.

»Na dann.« Klaudia wartete, bis der Wagen um die Ecke bog, dann startete sie ebenfalls den Motor.

»Was meinst du, wo will sie hin?«

»Es werden noch Wetten angenommen.«

»Zu Klingebiel«, sagte Demel.

»Meinst du?« Klaudia bremste ab, um den Abstand zum SUV zu wahren. »Wahrscheinlich hast du recht, aber irgendwie kann ich mir nicht vorstellen, dass er etwas mit dem Verschwinden des Jungen zu tun hat.«

»Aber irgendwie dreht sich alles um ihn, oder?«

»Sieht so aus.«

»Kannst du mir erklären, was die Weiber alle an dem finden?« Demel hatte die Arme vor der Brust verschränkt und das Kinn an die Brust gezogen.

»Er ist der Typ dafür.«

»Fliegst du etwa auch auf den?«

»Nein«, antwortete Klaudia. Aber ich könnte, fügte sie in Gedanken hinzu. Gerade noch rechtzeitig bemerkte sie, dass die Ampel auf Rot umsprang. Während sie auf die Bremse stieg, bog der SUV in die Poststraße ein.

»Mist.« Ein Blick in den Rückspiegel zeigte Klaudia, dass der Wagen hinter ihr ziemlich dicht aufgefahren war.

»Ich hätte Gas gegeben«, sagte Demel, und es klang einigermaßen selbstgefällig.

»Wir werden sie schon wiederfinden.« Klaudia trommelte mit den Fingerspitzen aufs Lenkrad. »Ohne Boot kommt sie nicht zu ihm.«

»Oder sie fährt zum Hafen am Spreeschlösschen und läuft«, gab Demel zu bedenken.

»Oder das«, räumte Klaudia ein.

Eine Gruppe Jugendlicher kam vom Bahnhof, wahrscheinlich hatten sie den Abend in Cottbus verbracht. Endlich sprang die Ampel um, und Klaudia gab Gas. Um diese Zeit war wenig los in der Poststraße. Nur ein einsamer Fußgänger kam ihnen entgegen.

»Das ist doch …« Klaudia lenkte den Wagen kurz entschlossen auf den Gehweg und schnitt dem Jungen den Weg ab. Die Handbremse anziehen und aussteigen war ein Bewegungsablauf. Der Junge hatte den Arm über die Augen gehoben und starrte zu ihr herüber.

»Deine Mutter macht sich Sorgen.« Klaudia ging zu ihm. Daniel sah zum Erbarmen aus: nass wie eine Straßenkatze und völlig verfroren.

»Meine Mutter geht mir am Arsch vorbei.« Er lachte hysterisch auf.

»Steig erst mal ein.« Demel berührte ihn an der Schulter.

»Ich hab nichts verbrochen.«

»Das sagt auch keiner. Wo willst du denn hin?«

»Zu 'ner Freundin.«

»Willst du deine Mutter nicht wenigstens anrufen?«

Daniel schüttelte den Kopf.

»Wenn du willst, bringen wir dich zu deiner Freundin.«

»Sie ist meine Ex«, murmelte Daniel.

»Von mir aus auch zu deiner Ex.« Demel bugsierte den völlig durchnässten Jungen auf den Beifahrersitz. Er selbst setzte sich auf die Rückbank. Auch Klaudia stieg wieder ein.

»Wo wohnt denn deine Ex?«

Daniel nannte ihr die Adresse, und Klaudia wendete den Wagen. Was immer Frau Schlösser vorhatte, es würde warten müssen.

64. Kapitel

Mandy hatte durchaus bemerkt, dass die Polizisten ihr folgten. Sie hatte auch den Jungen gesehen. Natürlich war er nicht zu seiner Mutter gegangen. Nach allem, was sie ihm erzählt hatte, müsste er aus einem anderen, einem härteren Holz geschnitzt sein, um einfach so nach Hause zu gehen. Es war ihr egal. Solange er die Klappe hielt, konnte er machen, was er wollte. Und selbst wenn nicht. Dann wüsste die Polizei eben Bescheid. Na und? Sie hatten nichts Verbotenes getan. Sie liebten sich, hatten sich immer geliebt. Und ohne Jana, die sich wie eine Klette an Frank gehängt hatte, wäre nichts von alledem passiert. Frank wäre nicht fortgegangen, und sie müssten sich nicht verstecken. Nicht vor der Welt und nicht vor Dieter.

In Mandys Bauch flatterte die Angst wie ein panischer Vogel. *Geh nicht fort!* Konnte es wirklich sein? War Dieter ihr gefolgt? Hatte er den Jungen niedergeschlagen?

Die Waschmaschine, die lauwarme Wärmflasche, die in ihrem Bett auf sie gewartet hatte. Es konnte nicht sein, durfte nicht sein. Er war so fürsorglich. So zum Schreien und Um-sich-Schlagen fürsorglich. Er war kein Mann, der einen Jungen niederschlug. Außer ... Ja, außer. Die aufleuchtenden Bremslichter des Wagens vor ihr verwandelten sich in Wärmflaschen. Rotglühende Wärmflaschen. Die Hitze wehte ihr ins Gesicht und ließ sie schaudern. Seit sie sich kannten, tat er alles, um ihr zu gefallen, und schließlich hatte sie ja gesagt, weil Frank fortgegangen war. Und Dieter hatte ihr den Rahmen geschaffen, den sie brauchte, um sich nicht aufzulösen. Und er hatte nie mehr dafür verlangt, als sie geben konnte. Er gehörte zu den Menschen, die einmal lieben und dann für immer. So wie ihre Mutter, die bei ihrer Geburt gestorben war. So wie sie.

Sie hatte ihrem Vater nie verziehen, dass er ihre Mutter einfach durch eine andere Frau ersetzt hatte. Sie hatte ihn verstanden, aber verziehen hatte sie ihm nie. Es war so traurig. Sie hatte immer sein wollen wie ihre Mutter. Und irgendwie war sie es auch. Nur hatte sie den falschen Mann geliebt. Liebte sie den falschen Mann? Nein, Mandy schüttelte unwillkürlich den Kopf. Frank war nicht der Falsche. Es war Janas Schuld. Hass ließ ihr den Atem stocken. Alles hatte Jana zerstört: Franks Leben, ihr Leben und Dieters. Besonders Dieters. Er hätte eine bessere Frau verdient. Er hatte sich nie beklagt, auch nicht, als sie in Dominiks Zimmer gezogen war. Er hatte es hingenommen und ihr Wärmflaschen ins Bett gelegt, weil er ja nicht mehr ihre Füße wärmen konnte.

Mit den Bremslichtern erlosch die Wärme auf ihrem Gesicht. Obwohl das Gebläse auf höchster Stufe rauschte, fror sie bis auf die Knochen. Er war nicht an der Datsche, sagte sie sich. Er ahnt vielleicht etwas, aber er war nicht an der Datsche.

Aber was, wenn doch? Was, wenn er den Jungen niedergeschlagen hatte? Was, wenn er Franks Vater erschlagen hatte? In der Stille, die seinem letzten Aufbäumen folgte, hatte sie gewartet, bis das Rettungsboot abgelegt hatte, und die Datsche verlassen, um nach Hause zu fliehen. Während sie das Kanu losband, hatte sie gehört, wie die Polizistin telefonierte. Sie sagte irgendwas über einen Paragraphen, den sie nicht schultern wollte. Erst als ihre Stimme verstummt war, hatte sie das Kanu aufs Fließ hinaus gelenkt und war zum Anleger am Campingplatz gepaddelt. Von dort war sie durch die nächtlichen Straßen gelaufen. Sie war nass bis auf die Knochen gewesen und hatte nach ihrem Urin gestunken. Dieter hatte geschlafen, er war noch nicht einmal wach geworden, als sie geduscht hatte, um die Eiskristalle in ihren Adern aufzutauen. Und dann war sie in ihr Bett gestiegen, und ihre Füße hatten die lauwarme Wärmflasche berührt. Sie musste schon lange auf sie gewartet haben, also konnte Dieter unmöglich an der Datsche gewesen sein. Sie wiederholte den Gedanken wie ein Mantra. Er war nicht an der Datsche gewesen. Er hatte niemanden niedergeschlagen. Er wusste nicht Bescheid.

Während all diese Gedanken durch Mandys Hirnwindungen mäanderten, gab sie Gas oder bremste, setzte den Blinker und schaltete die Scheibenwischer höher. Ihr Körper hatte sich vom Strom ihrer Gedanken gelöst, damit sie funktionieren konnte. Sie kannte diesen Zustand. Genauso war es damals gewesen. Sie hatte funktioniert, und sie hatte alles richtig gemacht. Und jetzt würde sie für ihre Geduld belohnt.

Sie parkte den Wagen am Spreeschlösschen und rannte über die Brücke. Regentropfen zerplatzten auf ihrem ungeschützten Nacken. Nie wieder Winter, dachte sie. Frank und sie würden fortgehen und in einem dieser exotischen Länder leben, die sie nur von seinen Bildern kannte. Kein Winter mehr, keine grauen Tage, keine Nässe, die in den Knochen schmerzte. Nur Wärme und Sonne und sie beide. Endlich nur noch sie beide.

Menschenleer lag der Wotschofskaweg vor ihr, düster beleuchtet von dem Licht der Laterne. So idyllisch der

Spreewald im Frühling und Sommer war, so düster war er in einem verregneten Herbst. Die kahlen Bäume, die feuchten Nebel, die von den Fließen aufstiegen, die schlammigen Wege. Unwillkürlich zog sie die Schultern höher und hastete über den Weg. Ihre Schritte knallten auf der Brücke zur Klingeweide. Es fühlte sich an, als käme sie nach Hause. Aus Franks Datsche fiel Licht auf den Holzstoß, der vor dem Fenster aufgestapelt war. Sie schaute hinein. Alles so vertraut. Die Lampe, der Tisch, die Stühle, der zerknüllte Schlafsack auf dem Bett. Ein Kessel simmerte auf dem Herd. Im Aschenbecher verglühte der Stummel einer Zigarette. Sie lächelte. Er würde ordentlicher werden müssen, das war mal sicher. Sie drückte die Klinke und trat ein. Obwohl Frank noch nicht lange hier hauste, hatte der Raum bereits seinen Geruch angenommen. Sie atmete tief ein, und jeder Atemzug vertrieb die Kälte aus ihren Gliedern. Ohne darüber nachzudenken, drückte sie den glimmenden Zigarettenstummel aus. Stimmen ließen sie aufschauen. Ihr Herzschlag setzte für die Dauer eines Wimpernschlages aus, um dann stolpernd wieder in Gang zu kommen. Mit allem hatte sie gerechnet, aber nicht damit, dass sie hier sein würden.

65. Kapitel

Klaudia musterte den Jungen aus den Augenwinkeln. Seine Lippen waren ein bläulich schimmerndes Band in einem erschreckend blassen Gesicht. Die Augen hinter den Brillengläsern glänzten fiebrig. Er knetete die Finger, als könnte er sich so Wärme in den Körper kneten.

»Willst du wirklich nicht nach Hause?« Sie bremste an der geschlossenen Bahnschranke und schaltete den Motor aus.

»Ich kann auch laufen.« Daniel machte Anstalten, die Beifahrertür zu öffnen.

»Nein, wir bringen dich natürlich.« Kurz legte sie ihm die Hand auf den Oberschenkel. Die Jeans war nass, als hätte er Stunden im Regen verbracht. Schaudernd zog Klaudia die Schultern hoch. Sie fragte sich, was die Schlösser mit dem Jungen gemacht hatte. Ein Zug fuhr in den Bahnhof: quietschende Bremsen, sich öffnende Türen, Menschen, die aus der Wärme des Zuges auf den Bahnsteig traten und den Kopf zwischen die Schultern zogen. Der Zug fuhr an und rauschte an der Schranke vorbei. Klaudia startete den Motor und fuhr los, sobald sich die Schranke hob.

»Du warst mit Frau Schlösser zusammen?«, fragte sie fast beiläufig. Um Daniel jede Möglichkeit zur Lüge zu nehmen, fügte sie hinzu: »Wir kommen gerade von ihr.«

»Sie haben mit ihr gesprochen?« Ein Ruck ging durch den Körper des Jungen.

»Deine Mutter macht sich Sorgen.« Demels Kopf tauchte zwischen den Vordersitzen auf.

»Oh«, sagte Daniel mit einer Stimme, die viel zu alt und zu schwer für den schmächtigen Körper klang. »Das sollte sie wohl.«

»Was?«, fragte Klaudia. Sie bremste ab, um ein Straßenschild zu lesen.

»Da hinten links«, sagte Daniel.

»Du hast meine Frage nicht beantwortet.«

»Muss ich das?« Jetzt klang er wieder wie der Junge, der er war. Ein bockiger Junge, der mit hochgezogenen Schultern neben ihr hockte.

»Nein«, antwortete sie. »Aber vielleicht fühlst du dich danach besser.«

»Das glaube ich nicht«, sagte Daniel mit so viel Verzweiflung in der Stimme, dass Klaudia ihn am liebsten in den Arm genommen und getröstet hätte. Aber natürlich tat sie das nicht. Stattdessen lenkte sie den Peugeot in die angegebene Straße und hielt am Straßenrand, als Daniel sie darum bat. Was immer ihn quälte, er war noch nicht bereit, mit ihnen zu sprechen, und jedes Drängen würde seinen emotionalen Widerstand verstärken.

»Danke.« Für einen Moment blieb er noch unschlüssig sitzen, nachdem er die Beifahrertür bereits geöffnet hatte.

Kalte Luft strich über Klaudias Knie.

»Nicht dafür.« Sie lächelte ihm zu. »Bist du sicher, dass sie zu Hause ist?« Sie beugte sich vor und schaute zu den Fenstern des Mehrfamilienhauses. Nur hinter wenigen flimmerten Fernseher.

»Ich denke.« Daniel stieg aus, und auch Demel schob sich aus dem Wagen. Schwer ließ er sich auf den Beifahrersitz fallen.

»Und nun?«, fragte er, als Klaudia keine Anstalten machte loszufahren.

»Ich will sicher sein, dass jemand zu Hause ist.«

»Komischer Kauz.« Demel rieb sich die Nase.

»Er steht unter Schock.«

»Wegen dem Penner?«

»Kann sein«, murmelte Klaudia. »Oder wegen der Schlösser.«

»Du bist davon überzeugt, dass sie die Frau war, oder?«

»Du nicht?«

»Es ist zumindest eine mögliche Variante. Da kommt er.« Demel öffnete die Beifahrertür und stieg mit einem Seufzen aus. »Keiner da, was?«

»Ich kann warten.« Daniel schwankte, als würde er jeden Augenblick umfallen.

»Einen Teufel wirst du«, sagte Klaudia. »Wir bringen dich jetzt nach Hause, oder zu deinem Onkel«, fiel ihr gerade noch rechtzeitig ein.

»Danke.« Daniel ließ sich auf den Beifahrersitz fallen.

»Und?«, fragte Klaudia. »Wohin geht die Reise?«

»Zu meinem Onkel, wenn es keine Umstände macht.« Daniel schloss die Augen und lehnte den Hinterkopf gegen die Kopfstütze. Eine Träne rollte aus seinem Augenwinkel und versickerte in dem dichten dunklen Haaransatz an der Schläfe.

»Okay.« Klaudia wendete und fuhr wieder zurück in die Altstadt. Vor der Metzgerei hielt sie an. Die Schenkers wohnten über dem Ladengeschäft.

Theresia Schenker öffnete ihnen so prompt die Tür, dass Klaudia den Verdacht hatte, sie hätte im Flur gewartet.

»Oh«, sagte sie, als sie Klaudia sah. »Ich dachte, es wäre mein Mann.« Erst jetzt sah sie den Jungen.

»Mein Gott, wie siehst du denn aus?« Sie schlug die Hand vor den Mund und zog Daniel im nächsten Augenblick in den Flur. »Warum bist du denn nicht nach Hause gekommen?«, fragte sie. »Wir haben uns solche Sorgen gemacht!«

»Ist Ihr Mann noch bei Jana?«

»Nein«, antwortete Theresia. »Wir sind kurz nach Ihnen gegangen. Sie wollte es so. Aber dann …« Sie schaute von Klaudia zu Daniel.

»Aber dann?«, wiederholte Klaudia sanft.

»Mein Mann hat noch mal angerufen, kaum, dass wir zu Hause waren. Aber Jana ist nicht ans Telefon gegangen. Vielleicht hat sie es gar nicht gehört.«

Der Klang ihrer Stimme verriet, dass Frau Schenker diese Möglichkeit für ebenso unwahrscheinlich hielt wie Klaudia. Jana Schenker wartete auf eine Nachricht von ihrem Sohn, sie würde nicht einfach das Telefon überhören.

»Also ist er noch mal los.«

»Kennen Sie Janas Nummer?« Klaudia kramte ihr Smartphone aus dem Rucksack. Bevor Theresia antworten konnte, diktierte ihr Daniel mit monotoner Stimme die Ziffernfolge. Klaudia presste das Smartphone gegen ihr gesundes Ohr, trotzdem hatte sie das Gefühl, das Freizeichen würde die Mauern des engen Flures sprengen.

»Ich weiß, wo sie ist«, sagte Daniel, als Klaudia ihr Handy vom Ohr nahm. »Jetzt bringt sie es zu Ende.«

»Was meinst du damit?«, fragte Demel.

»Klingebiel«, murmelte Klaudia.

»Worauf warten Sie noch?« Daniel stand bereits an der geöffneten Tür. »Wir müssen zur Datsche. Sie wird ihn umbringen.«

»Daniel!« Theresia Schenker schlug sich die Hand vor den Mund. »Wie kannst du so etwas sagen?« Fassungslos starrte sie ihren Neffen an: ein Fremder, der sich in ihr Haus geschlichen hatte.

»Daniel«, sagte Klaudia mit sanfter Stimme und trat zu dem Jungen. Er zitterte so sehr, dass seine Körperkonturen verschwammen. »Niemand wird deinem Vater etwas antun.«

»Aber …«

»Jetzt nicht.« Sie legte ihm den Zeigefinger auf die Lippen. »Über das ›Aber‹ sprechen wir noch. Jetzt bleibst du bitte bei deiner Tante.«

»Das können Sie nicht machen.« Daniels Unterlippe zitterte.

»Bitte.« Klaudia löste seine Hand vom Türgriff und blickte ihm fest in die Augen. »Du fällst im Stehen um.«

»Frau Wagner hat recht.« Theresia Schenker hatte ihren ersten Schock überwunden und legte ihrem Neffen den Arm um die Schultern. »Lass die Polizei sich um alles kümmern.«

Für einen Augenblick versteiften sich die Schultern des Jungen, dann sackten sie nach vorn.

»Also gut«, sagte er.

»Komm in die Küche, ich mach dir was zu essen.«

Theresia Schenker lächelte verkrampft in Klaudias Richtung. In ihren Augen stand die Angst, die sie nicht zu zeigen wagte. Was passiert hier gerade?, fragten die Augen. Klaudia zwang sich zu einem beruhigenden

Blick. Sie wusste es selbst nicht, hatte nur das Gefühl, dass sich für die Schenkers das Tor zu ihrer persönlichen Hölle geöffnet hatte.

66. Kapitel

»Ich will meinen Jungen.« Janas Stimme. Sie kam näher.

Die Angst entdeckt zu werden, trieb Mandy in die Ecke neben dem Herd. Sie kauerte sich hinter die Gasflasche und umschlang mit beiden Händen ihre Beine, damit sie nicht auseinanderbrach.

»Nun reg dich ab«, sagte Frank. »Er ist nicht hier.«

»Was hat die Schlampe mit ihm gemacht?«, fauchte Jana. Die Hitze des Herdes stieg Mandy in die Wangen. Die Schlampe, das war sie, und sie war stolz drauf.

Was hast du dir gedacht?, wütete es in ihrem Inneren. Dass er sich für dich entscheidet? Dich? Die pummelige Fünfzehnjährige, die für jeden die Beine breitgemacht hätte, nur um beachtet zu werden?

»Nichts«, sagte Frank.

Er verteidigt mich. Mandy gefiel der Gedanke. Vorsichtig hob sie den Kopf und schaute an der bauchigen Gasflasche vorbei. Sie standen am Tisch. Mario und Jana mit dem Rücken zu ihr und Frank auf der anderen Seite des Tisches. Auch wenn er in ihre Richtung schaute, konnte er sie nicht sehen, weil die niedrig hängende Lampe ihn blendete.

»Lass meine Schwester und den Jungen in Ruhe.« Mario Schenkers Kopf schoss vor.

»Daniel ist mein Sohn.«

»Um den du dich all die Jahre nicht gekümmert hast.« Janas weinerliche Stimme.

»Hättest du mich gelassen?« Mit beiden Händen stemmte Frank sich auf die Tischplatte und beugte sich so weit vor, dass er Jana direkt in die Augen schauen musste. Eine Falte wuchs über seiner Nasenwurzel.

»Lass sie in Ruhe.« Marios massiger Körper schob sich vor Jana.

»Sie ist nicht mehr fünfzehn«, sagte Frank und richtete sich wieder auf. »Sie kann selbst entscheiden.«

»Da gibt's nichts zu entscheiden.«

»Jana«, sagte Frank und seine Stimme klang so sanft, dass es Mandy ins Herz schnitt. »Du bist zu mir gekommen. Lass uns reden. Und wenn's nur wegen dem Jungen ist.«

»Du bist fortgegangen«, murmelte Jana so leise, dass Mandy Mühe hatte sie zu verstehen. »Ich war so traurig.«

»Es geht hier, verdammt noch mal nicht um dich.« Mario drehte sich zu seiner Schwester um. Sein Gesicht war so rot und verzerrt, dass selbst Mandy sich unwillkürlich vor seiner Wut wegduckte. »Dein Junge ist weg. An den solltest du denken.«

»Ich weiß nicht, wo der Junge ist.« Frank hob die Schultern. »Wirklich nicht. Ich helfe euch gerne bei der Suche.«

»Damit du ihn zuerst findest, was? Und ihm noch mal einen über den Schädel geben kannst?«

»Bist du jetzt völlig durchgeknallt? Warum sollte ich das tun?«

»Warum?« Mario fuhr herum und stieß Frank mit dem Zeigefinger gegen die Brust, immer wieder, als wollte er hinter jedes Wort einen Punkt setzen. »Sag. Du. Es. Mir.«

»Was soll das?« Frank griff nach dem Zeigefinger und bog ihn zur Seite. Für einen Moment rangen die beiden Männer über den Tisch hinweg, dann fielen ihre Arme kraftlos zur Seite.

»Bitte«, sagte Jana in die Stille hinein. »Hört auf.«

»Ich weiß nicht, wer Daniel niedergeschlagen hat«, sagte Frank mehr zu ihr als zu ihrem Bruder. »Ich hab mich um ihn gekümmert, bis die Rettung kam. Ich wusste nicht …« Seine Stimme klang so tränenschwer, dass Eifersucht Mandys Herz zerriss. Sie wollte nicht, dass er den Jungen liebte.

»Außer ihm und Mutter hab ich doch niemanden mehr. Jetzt, wo Vater tot ist.«

»Der alte Klingebiel ist nie dein Vater gewesen«, fauchte Mario, aber seine Stimme klang flach und niedergeschlagen, so, als hätte er sich damit abgefunden, die Schlacht verloren zu haben.

»Nicht Klingebiel.« Frank setzte sich nun doch an den Tisch und verbarg das Gesicht in den Händen.

Nicht, schrie es in Mandy. Sag es ihnen nicht. Doch sie konnte nichts machen.

»Mein richtiger Vater.« Er erzählte den beiden von Werheid.

»Der Penner war dein Vater?«, fragte Mario. »Und mit so was hast du dich eingelassen?«, fragte er seine Schwester. Seine Stimme triefte vor Verachtung.

»Du bist doch das letzte Arschloch.« Frank hob den Blick. »Raus hier«, sagte er.

»Nichts lieber als das.« Mario schob Jana zur Tür. Als sie an Frank vorbeigingen, streckte der die Hand nach ihr aus. »Wenn du mit mir reden willst. Ich bin noch bis Freitag hier.«

Jana blieb stehen. Mandy konnte ihr Gesicht nicht sehen. Für einen Moment schienen beide die Gesichtszüge des anderen in sich aufzusaugen, dann zog Mario seine Schwester aus dem Raum.

Freitag, hatte er gesagt. Mandys Herz klopfte so laut, dass sie erst bemerkte, dass etwas vor dem Haus vor sich ging, als Frank aufschaute und ebenfalls den Raum verließ. Sie schlich sich zum Küchenfenster und sah die beiden Polizisten, die ihr gefolgt waren. Sie sprachen mit Mario und Jana und auch mit Frank, als er zu ihnen trat.

Mandy flüchtete durch die Terrassentür ins Freie. Auf keinen Fall durfte die Polizei sie hier sehen.

67. Kapitel

Wenn die Kollegen der Wasserschutzpolizei nicht begeistert waren, Klaudia und Demel noch einmal zur Klingeweide zu bringen, ließen sie es sich zumindest nicht anmerken.

»Bringt uns zur Brücke«, bat Klaudia. »Ich will nicht, dass sie uns sofort bemerken.«

Jana und Mario standen vor der Datsche. Ihre keifenden Stimmen hallten über das Fließ. Sie waren so sehr in ihren Streit vertieft, dass sie ihre und Demels Anwesenheit erst bemerkten, als Klaudia sie ansprach. Was immer Daniel befürchtet hatte, es schien nicht eingetroffen zu sein.

»Wir haben Daniel gefunden«, sagte sie.

Jana blinzelte verwirrt, und auch Mario schien nicht sofort zu verstehen. Klaudia wiederholte, was sie gesagt hatte. Langsamer jetzt. Wort für Wort betonend.

»Wo ist er?« Janas Stimme war nicht mehr als ein Krächzen. Nichts erinnerte mehr an die Frau mit den gesunden roten Wangen, die Klaudia beim Wursten Schnaps angeboten hatte. Ihre Wangen waren eingefallen, die Haare hingen ihr strähnig ins Gesicht.

Klaudia sagte es ihr. »Wir hielten es für besser«, fügte sie hinzu. Sie wollte nicht riskieren, dass Jana oder Mario nachfragten. Nicht hier und nicht jetzt.

»Geht's ihm gut?« Klingebiel stand in der Tür der Datsche.

Klaudia nickte.

»Ich will zu ihm.« Jana drängte sich an Klaudia vorbei.

»Moment.« Klaudia griff nach ihrem Arm. »Vielleicht lasst ihr ihn erst einmal ausschlafen.«

»Was hat sie mit ihm gemacht?«

»Es geht ihm gut«, sagte Klaudia.

»Und warum kann ich dann nicht zu ihm?«

»Weil er platt ist wie ein Schnitzel.« Klaudia fragte sich, ob sich ihr der Vergleich aufdrängte, weil ein Metzger und eine Fleischereifachverkäuferin vor ihr standen. »Was immer es zu besprechen gibt, ihr solltet es auf morgen verschieben. Ich möchte gerne, dass ihr …«, Klaudia nickte Jana und Mario zu, »… morgen mit Daniel zum Revier kommt.«

»Zum Revier? Morgen? Warum?«, fragte Jana.

»Weil ich gerne bei eurer Aussprache dabei wäre.«

»Dann lass uns heute reden«, fiel ihr Mario ins Wort. »Warum bis morgen warten?«

»Seid bitte beide morgen um zehn«, sie korrigierte sich, »halb elf auf dem Revier in Lübben. Und Sie auch«, sagte sie zu Klingebiel.

»Was soll das alles?«, polterte Mario. »Der Junge ist wieder da, und gut ist.«

Er hat Angst, schoss es Klaudia durch den Kopf. Sie dachte daran, was der Junge gesagt hatte. Angst vor der Wahrheit? Aber was war die Wahrheit? Sie musterte die Menschen, die um sie herumstanden. Ganz gewöhnliche Leute, wie man sie auf dem Wochenmarkt traf. Man sah sie und vergaß sie sofort wieder, und doch trugen diese Menschen schwer an einem Geheimnis, und es war ihre Aufgabe herauszufinden, was sie vor ihr verbargen. Jeder von ihnen.

»Auf keinen Fall werden wir kommen. Es gibt keinen Grund.« Mario war wie ein verwundeter Stier, der blind für die Gefahr auf das rote Tuch losstürmte.

»Mario«, sagte Demel scharf. »Mach du deine Arbeit, und lass uns unseren Job erledigen.«

»Ich bring dich nach Hause.« Mario griff nach dem Arm seiner Schwester und zog sie zum Anleger. Noch einmal schaute Jana sich um.

Klaudia war sich ziemlich sicher, dass dieser waidwunde Blick nicht ihr galt, sondern Klingebiel. Was immer die beiden miteinander verbunden hatte, schien zumindest für sie noch nicht vorbei zu sein.

»Gibt es einen anderen Ort, wo Sie hinkönnten, Herr Klingebiel? Zum Beispiel zu Ihrer Mutter?«

»Glauben Sie, ich bin in Gefahr?«

»Ich weiß nicht, was ich glauben soll. Ich weiß nur, dass ich ruhiger schlafen würde, wenn Sie nicht in der Datsche blieben.«

»Ihre Sorge in Ehren, aber ich hab gelernt, auf mich aufzupassen.«

»Also gut. Wir sehen uns dann morgen.« Sie nickte Klingebiel zu, dann wandten sie sich ab. Klaudia spürte die Erschöpfung als dumpfen Schmerz zwischen den Schulterblättern. Sie wollte nur noch ins Bett, und es war ihr sogar gleichgültig, dass dieses Bett im Haus am Fließ stand. Sie kehrten zu den Kollegen der Wasserschutzpolizei zurück.

»Komische Sache.« Demel rieb sich die Nase. »Aber gut für Annalene, oder?«

»Das hoffe ich doch sehr.« Klaudia biss sich auf die Unterlippe. Noch wussten sie nicht, wer den Jungen niedergeschlagen und Werheid getötet hatte. Und wenn sie ehrlich war, hatte sie nicht den blassesten Schimmer. Die Schlösser konnte es nicht gewesen sein, weil der Junge sie und Klingebiel beobachtet hatte. Werheid schied aus, weil es sehr unwahrscheinlich war, dass er sich selbst niedergeschlagen hatte. Aber wer blieb dann? Jana oder Mario Schenker? Oder Mandy Schlössers Mann? Klaudia dachte an Mandys Reaktion, als er ihr die Hände auf die Schultern gelegt hatte.

68. Kapitel

Frank ließ Wasser in den Kessel laufen, dann öffnete er die Terrassentür, um zu lüften. Das alles sah sie von ihrem Versteck aus.

»Komm raus«, sagte er. »Oder willst du hinterm Ofen hocken bleiben?«

»Du hast mich gesehen?«

»Natürlich.« Er schnaubte. »Wo hast du deinen Kahn?«

»Ich bin zu Fuß.«

»Und warum bist du zurückgekommen?«

»Wir müssen reden.«

»Müssen wir das?« Er stellte Becher auf den Tisch.

»Er weiß Bescheid.«

»Wer?« Müde schaute Frank in ihre Richtung. »Dieter?«

Sie nickte.

»Warum?«, fragte er. »Hast du es ihm gesagt? Wolltest du mal wieder Tatsachen schaffen?«

»Nein.« Mandy spürte, wie ihr die Kehle eng wurde. Das hier war falsch, komplett falsch. »Er weiß es, weil er hier war.«

»Hier?« Frank nahm das Tabakpäckchen vom Tisch. »Wann?«, flüsterte er, obwohl er die Antwort wissen musste.

»Er war es. Er hat es getan.«

»Hat er das gesagt?«

»Nein, aber ich hab eine SMS von ihm bekommen.« Mandy zerrte ihr Handy aus der Jackentasche und zeigte Frank die Nachricht. »Siehst du?«

»Du spinnst ja.« Er schob ihre Hand fort. »Das muss überhaupt nichts heißen.«

»Warum sollte er das schreiben, wenn er uns nicht gesehen hat?«

»Warum?«, brüllte Frank sie so plötzlich an, dass Mandy bis an den Herd zurückwich und gegen den Kessel stieß. »Weil er weiß, was früher war? Weil er Augen im Kopf hat?«

»Ich verstehe nicht.« Sie presste den Satz an ihren vor Enttäuschung und Wut geschwollenen Stimmbändern vorbei. Sie liebte ihn doch. Und er sie. Erinnerte er sich denn nicht?

»Du hättest doch schon am Grab deines Vaters die Beine für mich breitgemacht.«

»Warum sagst du das?« Sie wandte sich ab, sie konnte ihn einfach nicht mehr ansehen. Sie ertrug es nicht: nicht die Verachtung in seinem Blick und auch nicht die Trauer.

»Du hast mich doch noch nie in Ruhe lassen können.«

»Aber ich liebe dich doch«, schrie sie über das einsetzende Pfeifen des Kessels hinweg.

»Das glaubst auch nur du.« Müde wischte er sich über die Augen. Dann tat er einen ersten und einen zweiten Schritt auf sie zu.

Alles wird gut, dachte sie. Gleich nimmt er mich in die Arme und alles wird gut.

Doch er nahm sie nicht in die Arme. Er schob sie nur wie einen Stuhl zur Seite und nahm den Kessel vom Herd. »Willst du auch einen?« Er füllte Wasser in die Becher und reichte ihr einen.

»Sieh mal«, sagte er, und Mandy wusste, dass jedes

weitere Wort sie verletzen würde. So wie damals. »Das war keine gute Idee Freitag. Ich war fertig. Du warst fertig. Dabei sollten wir es belassen.«

»Was willst du damit sagen?« Sie blinzelte die Panik weg.

»Dass Schluss ist«, sagte Frank. »Endgültig. Ich will nicht mit dir leben. Jetzt nicht und auch damals nicht.«

»Aber?«

»Aber was? Scheiße! Ich war jung damals. Ständig geil. Ich hab alles gesagt, um eine rumzukriegen. Ich hab nicht drüber nachgedacht, was ich euch damit antue. Es tut mir leid. Aber das ist die Wahrheit.«

»Du hast gesagt, du liebst mich.«

»Natürlich hab ich das. Aber das hab ich zu jeder gesagt, um sie rumzukriegen.«

»Auch zu Jana?«

»Klar. Und glaub mir, ich hab dafür bezahlt.«

»Oh ja.« Sie richtete sich auf und trat so dicht an ihn heran, dass sie die geröteten Adern in seinen Augen sehen konnte. »Du hast also dafür bezahlt. Mit all deinen Abenteuern und deinem tollen Leben, in Ländern, von denen ich gerade mal weiß, wo ich sie auf der Landkarte finde.«

»Ja. Das habe ich. Und ich bin nach Hause gekommen, um meinen Frieden zu machen. Mit dem Jungen und auch mit Jana.«

»Und was ist mit mir?«

»Was soll sein? Du hast deinen Spaß gehabt und kehrst zurück zu deinem Dieter. Wie immer. Meinst du, ich hab das nicht gewusst?«

»Was?«

»Dass du zwei Eisen im Feuer hast? Aber es war mir egal.«

»Wie kommst du darauf?«

»Ist doch egal, oder? Dein Dieter hat doch auch keinen Aufriss gemacht. Immerhin hat er dich geheiratet.«

»Aber ich liebe dich. Ich hab dich immer geliebt.«

»Schätzchen.« Frank hob die Hand und strich ihr über die Wange. »Du hast immer nur dich geliebt. Du willst es nur nicht wahrhaben. Geh nach Hause und vergiss die ganze Sache.«

»Ich kann nicht. Ich kann nicht zurück.«

»Natürlich kannst du das.« Seine Hand sank auf ihre Schulter. »Du findest einen Weg. Du hast immer einen gefunden.«

»Du hast ja keine Ahnung«, stöhnte sie.

»Was hast du getan?« Seine Augen weiteten sich.

69. Kapitel

Obwohl es auf Mitternacht zuging, brannte noch Licht in Uwes Küche. Klaudia wäre am liebsten vorbeigefahren, doch Demels roter Audi parkte direkt an der Einfahrt. Also bremste sie am Straßenrand und ließ ihn aussteigen.

»Bis morgen dann.« Demel war noch nicht ganz aus ihrem Wagen, da qualmte bereits eine Zigarette zwischen seinen Lippen. Der Rauch zog durch die offene Beifahrertür in ihren Wagen. Gierig sog Klaudia ihn ein.

An Tagen wie diesem fiel es ihr verdammt schwer, nicht zu rauchen, und wäre nicht das Sirren in ihrem rechten Ohr, hätte sie Demel angeschnorrt.

»Bis dann.« Klaudia winkte ihm.

»Und du kommst wirklich klar?«

»Natürlich«, antwortete sie. »Ich kanne Mikado.«

»Was?«

»Schon gut.« Klaudia winkte ab. »Ein Spruch aus meiner Jugend.«

»Mikado ist doch …?«

»Vergiss es.« Sie senkte den Fuß aufs Gaspedal, aber nur sachte, sie wollte schließlich nicht die ganze Straße aufwecken.

»Also gut.« Zumindest diesen Wink schien Demel zu verstehen. Er richtete sich auf, doch gerade als er die Beifahrertür zuschlagen wollte, trat Uwe aus dem Haus und kam auf sie zu. Die Haare standen in allen Richtungen von seinem Kopf ab, und er trug nur ein dünnes T-Shirt und ausgeleierte Jogginghosen. Frierend zog er die Schultern hoch.

Ach du Scheiße, dachte Klaudia. Sie wollte jetzt nicht mit ihm reden. Sie fühlte sich auch so schon schlecht genug.

»Ich hab deinen Wagen gesehen«, sagte er zu Demel. Er nickte in Klaudias Richtung, als habe er gerade erst ihre Anwesenheit bemerkt.

»Wir hatten hier zu tun.«

»Klar.« Uwes Stimme klang so hoffnungslos. »Ich weiß nicht, was mit ihr ist«, brach es aus ihm heraus. »Früher war sie nicht so.«

»Natürlich nicht«, antwortete Klaudia, die sofort wusste, von wem die Rede war. Allerdings hätte sie diese

Aussage von Uwe zu Annalenes Verhalten nicht unbedingt unterschrieben. Zu gut erinnerte sie sich an ihre Gespräche mit dem Mädchen. Sie war so etwas wie ihre Vertraute gegen die feindliche Welt der Erwachsenen gewesen. Annalene hatte ihr so einiges erzählt: zum Beispiel, dass sie ihre Eltern angelogen hatte, um an einem Klimacamp teilzunehmen. Sie war so stolz auf sich gewesen. Typisch pubertierend halt: leicht zu beeindrucken und ebenso leicht entflammbar. Und jetzt war sie auch noch traumatisiert, weil ein Irrer sie in einen Bunker gesperrt und ihre Mutter getötet hatte. Alles Gründe, sich schützend vor sie zu werfen. Und nichts anderes hatte Klaudia getan. Denn auch wenn sie nicht bereit war, Joes Schuld auf ihren Schultern zu tragen, fühlte sie sich verantwortlich für das Mädchen. Und auch für Uwe und Bhanu, die nur noch am Wochenende nach Hause kam, und für den kleinen Jungen mit dem Loch im Bauch. Sie wollte für sie da sein, und es tat schrecklich weh, dass sie sich selbst ins Abseits manövriert hatte.

»Was macht der Kurze?«, fragte Demel.

»Besser.« Uwe trat von einem Fuß auf den anderen. Seine nackten Füße steckten in schwarzen Crocs. »Wahrscheinlich ist er Weihnachten zu Hause.«

»Wow«, sagte Demel. »Das klingt doch toll.«

»Hatten sie nicht Januar gesagt?«, fragte Klaudia.

»Was haltet ihr von einem Absacker?« Demel sah von Klaudia zu Uwe.

Was soll das?, dachte Klaudia. Willst du hier den Friedensengel spielen? Wütend funkelte sie ihn an.

»Ich hab noch Babbenbier im Kühlschrank«, murmelte Uwe, bevor sie ablehnen konnte.

»Ich weiß nicht.« Klaudia hatte auf einmal das Gefühl, in eine Falle getappt zu sein. Sie hatte große Lust, das Gaspedal durchzutreten und einen Kavalierstart hinzulegen, aber noch hielt Demel die Beifahrertür in der Hand.

»Nun komm schon«, sagte er. »Ihr habt zu viel miteinander durchgemacht, als dass ihr euch jetzt wie Mimosen benehmen könnt.«

»Also gut«, gab Klaudia nach. »Ist Annalene da?«

»Was glaubst du?« Uwe nickte in Richtung Hauseingang. »Im Moment ist sie handzahm. Der Termin morgen im Revier sitzt ihr im Nacken.«

»Und dir?« Klaudia zog den Zündschlüssel ab und stieg aus.

»Lass uns drinnen reden.«

»Es tut mir leid.« Sie berührte ihn am Ellbogen. »Wirklich.«

»Lass uns drinnen reden.« Uwe schlurfte zum hell erleuchteten Eingang.

Bevor Demel ihm folgen konnte, hielt Klaudia den Kollegen zurück.

»Mach das nie wieder«, zischte sie.

»Was?« Seine Augen waren zu weit aufgerissen, um Klaudia von seiner Unschuld zu überzeugen.

»Ich nehme an, du hast es nur gut gemeint.«

»So wie du.« Grinsend klopfte er ihr auf die Schulter.

»Du mich auch.« Doch Klaudia konnte ein Grinsen nicht unterdrücken. »Willkommen in der Hölle der guten Absichten.«

»So schlimm wird's schon nicht.« Demel boxte ihr aufmunternd gegen den Oberarm. »Du schaffst das.«

70. Kapitel

Annalene hockte mit verschränkten Armen am Küchentisch und schaute knapp an Klaudia und Demel vorbei. Ihr vorgeschobenes Kinn zitterte ein wenig, und ihre Augen glänzten. Ein falsches Wort, und sie würde in Tränen ausbrechen.

»Hi.« Klaudia setzte sich ihr gegenüber und schaute zu Uwe, der gerade drei Flaschen Babbenbier auf den Tisch stellte.

Als alle saßen, herrschte erst einmal peinliches Schweigen. Demel sprach zuerst. Er zählte noch einmal alles auf, was sie ohnehin schon wussten: dass Klaudia nicht hätte schweigen dürfen, warum sie es trotzdem getan hatte, und so weiter.

Während er redete, hielt Klaudia sich an ihrer Bierflasche fest und beobachtete die anderen. Uwe hatte den Kopf gesenkt und knibbelte das Etikett von seiner Flasche, und Annalene schien mit ihrem Stuhl immer weiter aus dem Lichtkreis zu rutschen, den die Küchenlampe warf.

»Sind wir uns zumindest einig«, fragte Demel am Ende seiner Ausführungen, »dass Klaudia in guter Absicht gehandelt hat?«

»Das war mir eh klar«, antwortete Uwe. »Aber sie hätte mit mir sprechen müssen.«

»Sie hätte mich nicht verdächtigen sollen.« Annalenes Stimme klang schrill.

»Tatsache ist, du warst dort«, sagte Demel freundlich.

»Das ist doch voll Scheiße«, fauchte Annalene. »Ich könnte jederzeit an der Brücke gewesen sein.«

»Unsere Spusi versteht ihren Job. Wie haben deine Stiefelabdrücke.«

»Es können sonst welche sein«, widersprach Annalene.

»Sind es sonst welche?« Demel machte das richtig gut. Er fand genau den richtigen Ton zwischen Distanz und Nähe.

Klaudia schob die Bierflasche von sich. Sie konnte jetzt nichts trinken.

»Was wird das jetzt?«, fragte Annalene. »Ein Verhör?«

»Hör mal zu, Mädchen.« Uwe beugte sich vor.

Klaudia legte ihm die Hand auf den Arm. Sie war froh, dass Demel es übernommen hatte, mit Annalene zu sprechen. Sie beide waren zu sehr Teil des Problems, um Teil der Lösung zu sein.

»Du musst mir nicht antworten.« Demel sagte das ganz ruhig, so als würde er die Spannung, die gelb wie eine Schwefelwolke über dem Tisch hing, nicht bemerken. Er griff nach seiner Bierflasche. Bei jedem Schluck hüpfte sein Adamsapfel über seinen Hals. Erst als er die Flasche abgesetzt und mit dem Schnappbügel verschlossen hatte, fügte er hinzu: »Nicht jetzt. Und …« Er wischte sich den Schaum von den Lippen«, … auch nicht gleich.« Sein Blick wanderte zur Küchenuhr, die zwischen Fenster und Kühlschrank tickte. »Es ist schließlich dein gutes Recht.«

Annalene nickte zustimmend, ihre Körperspannung ließ nach.

»Aber.« Demel senkte den Kopf, als unterdrücke er ein Rülpsen. »Du kannst dich auch entscheiden, uns zu helfen. Schließlich ist ein Mann tot, von dem wir Spuren an exakt der Stelle in den Büschen gefunden haben, an der auch die Schuheindruckspur ist, die möglicherweise ...«, Demel hob die Hände, um Annalene daran zu hindern, ihm zu widersprechen, »... von deinen Stiefeln stammt.«

»Er wollte Geld.«

»Erzähl einfach der Reihe nach.«

»Wir waren bei Chantalle.« Annalene griff nach Klaudias Bierflasche und trank gierig, bevor sie weitersprach. »Sie hat 'ne SMS gekriegt, von wegen der Techno-Party, und dann sind wir los.«

»Wo war ihre Mutter?«, fragte Uwe.

»Bei ihrem Typen. Sie dachte, Chantalle ist hier.«

»Das ist doch ...« Uwe beugte sich vor. Eine Ader an seiner Schläfe pochte.

»Nicht wichtig«, unterbrach ihn Demel. Übersetzt hieß das so viel wie: Halt die Klappe.

»Erst wollte ich nicht dahin, aber dann doch. Ich hatte Angst, dass uns jemand erwischt.«

»Habt ihr Drogen genommen?« Uwe konnte nicht aus seiner Haut. Er saß nicht als Polizist hier, er war einfach nur ein besorgter Vater.

»Nein«, erwiderte Annalene. »Natürlich nicht.«

Klaudia glaubte ihr kein Wort. Wahrscheinlich hatten sie irgendwelche Pillen eingeworfen.

»Also sind wir hin, wir waren spät. Die meisten Leute waren schon da. Wir haben die Musik gehört. Und an der Brücke stand der Typ. Die Arme ausgebreitet wie Jesus.« Annalene schluckte. »Es war klar, dass er nicht dazugehört. Er war alt und abgewrackt und roch nach Schnaps und alten Socken. Kost' Wegzoll, hat er gelallt, und Chantalle hat ihm gesagt, er soll sich verpissen.

Von einem Penner lässt die sich nicht ins Bockshorn jagen.«

Annalene öffnete und schloss den Mund wie ein Karpfen auf dem Trockenen.

Jetzt kommt's, dachte Klaudia. Jetzt kommt die Stelle, die sie seit Freitag quält.

Keiner der Erwachsenen sprach. Selbst Uwe begriff, dass sie jetzt Zeit brauchte.

»Wenn sie mich nicht an der Hand gehalten hätte, wäre ich abgehauen. Aber so …« Annalene zuckte mit den Schultern. »Der Typ hat gesagt, sie soll mal halblang machen, und dann hat er sich auf mich eingeschossen. Irgendwie hat er gerochen, dass ich Angst hatte. Er hat gefragt …« Annalenes Stimme brach. »Er hat gefragt …«, wiederholte sie, und wieder brach ihre Stimme.

»Was?«, fragte Klaudia sanft.

»… ob meine Mama weiß, dass ich hier bin. Und ich hab ihm gesagt, dass meine Mama ihn einen Scheißdreck angeht, und da hat er gelacht, und da bin ich wütend geworden, und dann hab ich ihn geschubst.« Annalene putzte sich die Nase. »Ist er deshalb tot?«, flüsterte sie schließlich. »Hab ich ihn umgebracht?«

»Nein, Kind.« Klaudia stand auf, hockte sich neben Annalene und schlang die Arme um den zitternden Mädchenkörper. »Nein, Kind«, flüsterte sie. »Das hast du nicht.«

»Er ist doch aufgestanden, als wir auf der Brücke waren. Das hab ich gesehen.«

»Hast du ihn danach noch einmal gesehen?«, fragte Demel.

Annalene schüttelte den Kopf. »Danach war da nur

die Musik, und dann war mir schlecht, und wir sind zurück zu Chantalle.«

Das ist also der Grund, dachte Klaudia. Deshalb steht ihr nicht auf der Liste. Ihr seid früher gegangen.

71. Kapitel

»Was passiert jetzt mit mir?«, fragte Annalene. Wie fortgeblasen war der aufmüpfige Teenager. Sie war jetzt einfach nur ein verängstigtes Kind mit verschmierter Wimperntusche unter den Augen.

»Wahrscheinlich nichts«, antwortete Klaudia. »Ich bin froh, dass du die Wahrheit gesagt hast.«

»Na dann.« Uwe räusperte sich. »Wenn du willst, kannst du …«

»Nein.« Klaudia stemmte sich in die Höhe, für einen Moment sackte ihr Kreislauf weg, und sie stützte sich am Herd ab. »Es ist gut, wie es ist. Ich glaube, ich muss lernen, auf eigenen Füßen zu stehen. Und wozu habe ich schließlich das Haus?«

»Ich dachte nur, weil …« Uwe stotterte. Natürlich konnte er sich nicht vorstellen, dass sie in dem Haus leben wollte, in dem sie Joe erschossen hatte. Wahrscheinlich hatte er Angst vor den Bildern, aber Klaudia hatte begriffen, dass die Bilder nicht im Haus am Fließ lauerten, sondern in ihrem Kopf.

»Ich bin schuld, oder?« Annalene schniefte.

»Nein«, sagte Klaudia. »Das war nur wie anschubsen. Schwung habe ich dann alleine geholt. Wenn ich hier ankommen will, brauche ich einen Platz, der mir gehört.«

»Aber ich kann dich besuchen kommen, oder?«

»Ich bin nicht aus der Welt.« Klaudia nahm ihren Rucksack. »Ich muss ins Bett. Wir sehen uns morgen.«

Thangs Wagen stand auf dem kiesbedeckten Hof. Klaudia zog den Zündschlüssel. Céline Dions Stimme, die sie die Fahrt über wachgehalten hatte, erstarb mitten im Refrain. Scheiße, sie hatte überhaupt nicht mehr an den Kollegen gedacht. Sie hatte ihm ja das Haus überlassen. Sie schloss die Augen und lehnte den Kopf gegen die Stützen. Am liebsten wäre sie einfach sitzen geblieben. Die Vorstellung, die Hand zu heben, um die Wagentür zu öffnen, und anschließend einen Fuß vor den anderen zu setzen, um ins Haus zu gelangen, war nicht allzu verlockend. Ihre Beine waren ebenso bleischwer wie ihre Lider, und jede Bewegung schien eine Bewegung zu viel zu sein. Doch schließlich trieb die Kälte sie aus ihrem Wagen.

In Küche und Wohnzimmer brannte Licht. Wahrscheinlich hatte Thang es brennen lassen.

»Hi.« Thang lehnte im Durchgang zum Wohnzimmer. Er sah ungefähr so aus, wie Klaudia sich fühlte.

»Wie geht's Janina?«

»Das Schlimmste scheint überstanden.« Müde fuhr er sich mit der Hand übers Gesicht.

»Du siehst fürchterlich aus.«

»Komisch.« Einer seiner Mundwinkel zuckte. Wenn das ein Lächeln hatte werden sollen, war es auf jeden Fall auf halber Strecke verreckt. »Das Gleiche wollte ich auch gerade sagen.«

»Es tut mir leid, dass ich hier so reingeplatzt bin.«

»Kein Problem. Ist schließlich dein Haus. Ich wollte eh grad gehen.« Er kramte den Schlüsselbund aus der Tasche und legte ihn auf den Tisch.

»Schade.« Auch wenn die Müdigkeit sie fast umbrachte, wusste sie doch, dass sie der Fall wach halten würde, wenn sie ihn nicht mit irgendwem durchsprechen konnte. Wie egoistisch kann man sein?, fragte sie sich gleichzeitig. Thang hatte beinahe seine Frau verloren. Er hatte andere Sorgen, als mit ihr einen völlig verqueren Fall durchzukauen.

»Wenn du reden willst …« Thang hob die Arme und ließ sie wieder fallen. Schief tauchte das Lächeln in seinen Mundwinkeln auf, das gerade noch gescheitert war.

»Nein, ist schon gut«, widersprach Klaudia, auch wenn sie am liebsten Ja geschrien hätte – ja, ich will reden. Ich muss reden. Ich muss diesen ganzen Wust endlich sortieren.

»Ich kann eh nicht schlafen.« Thang kam zu ihr und legte ihr die Hand auf die Schulter.

»Ach. Scheiße.« Klaudia sank mit der Stirn gegen seine Brust und schloss für einen Moment die Augen.

»Kaffee? Tee? Bier?«

»Weder noch.« Klaudia richtete sich wieder auf und zog die Jacke aus. »Einfach nur reden.«

»Okay.«

Sie setzten sich an den Tisch, und Klaudia erzählte, während Thang ihr zuhörte und sich dabei mit einem Kugelschreiber gegen die Zähne klopfte. Das leise Klacken half Klaudia, sich zu sortieren.

Schließlich hatte sie alles, was seit dem Wursten passiert war, auf den Tisch gepackt. Und irgendwie hatten sich die Informationen dabei in Karteikästen sortiert. Auf einem der Kästen stand Mandys Name, auf einem anderen Daniels. Manche Kästen standen eng beieinander, andere weiter voneinander entfernt, manche waren gestopft voll, in anderen lag nur ein unvollständiger Satz. Und alle Kästen gruppierten sich um den zentralen Kasten in der Mitte, auf dem Frank Klingebiels Name stand.

»Ich hab ein Scheißgefühl.«

»Zu Recht, würde ich sagen.« Thang legte den Kuli vor sich auf den Tisch. »Und nun?«

»Ich weiß nicht. Ich muss da noch mal hin.«

»Es ist nicht gerade um die Ecke.« Thang hob die Augenbrauen. »Wie willst du da jetzt hinkommen? Laufen?«

»Zur Not.«

»Aber nicht allein.«

»Kümmere du dich um deine Frau.«

»Janina kann ich im Moment nicht helfen«, antwortete Thang. »Aber dir.«

»Danke.«

»Also? Wie kommen wir zur Datsche?«

»Ich weiß nicht.« Klaudia dachte darüber nach, noch einmal das Polizeiboot anzufordern, verwarf den Gedanken jedoch sofort wieder. Wie sollte sie den Einsatz begründen? Mit diesem Kribbeln zwischen Zwerchfell und Solarplexus? Das fiel unter die Kategorie ›Instinkt‹, und dafür gab es keine Einsatznummer. Das Polizeiboot fiel also aus. Aber: Neben dem Gastank im Schuppen waren zwei Kanus aufgebockt. »Kannst du paddeln?«, fragte sie.

72. Kapitel

Über das ›Aber‹ sprechen wir noch. Daniel schlug die Augen auf. Das Licht einer Straßenlaterne malte ein Fensterkreuz an die Decke, keine Polizistin. Er musste geträumt haben. Daniel setzte sich auf. Verdammt noch mal, dachte er, wo bin ich? Kaum stellte er sich die Frage, ließ ihn heftiger Schmerz in die Kissen zurückfallen. Im gleichen Maß, wie der Schmerz in seinem Schädel nachließ, kehrte die Erinnerung zurück: Er war bei seinem Onkel. Die blonde Polizistin hatte ihn hier abgeliefert, weil er nicht nach Hause konnte. Aber: Wie war er in dieses Bett gekommen? Er hatte in der Küche gesessen, und seine Tante hatte ihn gezwungen, eine Tasse heißen Kakao zu trinken. Davon war ihm schlecht geworden, und jetzt lag er hier in diesem Bett? In seinen Shorts und einem XL-Shirt, das ihm viel zu groß war?

Daniel stöhnte auf. Ob die Polizistin seine Mutter schon verhaftet hatte? Er startete einen zweiten Versuch, sich aufzusetzen, und diesmal blieb der Schmerz erträglich. Auf der Bettkante sitzend, stützte er den Kopf in beide Hände und ertastete die Fäden, mit denen seine Platzwunde genäht worden war. Kein Traum. Es war tatsächlich passiert. Scheiße, warum bist du zurückgekommen? Daniel drängte die Tränen zurück.

Mit Mühe stemmte er sich in die Höhe, stützte sich taumelnd an der Zimmerwand ab und wankte schließlich hinüber zum Stuhl am Fenster, auf dem seine Klamotten lagen. Jeder Schritt fühlte sich an, als wate er durch zähen Schlamm. Fiebrig wischte er sich die Tränen von den Wangen.

Er schaffte es kaum, sich den Pulli über den Kopf zu ziehen oder die Beine zu heben, um in seine Jeans zu steigen. Am schlimmsten war es, sich vorzubeugen, um die Chucks zu binden. Aber schließlich war er doch angezogen. Er öffnete die Tür und wich zurück.

Seine Tante stand vor ihm.

»Warum bist du angezogen?« Ihre Augen waren gerötet, als hätte sie geweint, und auch ihre Stimme klang belegt.

Daniels Herzschlag stolperte. »Ich muss zu ihr.«

»Es gibt nichts, was du jetzt tun könntest. Leg dich wieder hin. Ich bring dir eine Tasse heiße Schokolade.«

»Willst du mich vergiften?«

»Ich verstehe nicht.«

»Heiße Schokolade ist das Letzte, an das ich mich erinnere. Danach: Whamm.«

»Du glaubst, ich hab dir was in die Schokolade gemischt?«, fragte seine Tante fassungslos. »Wofür hältst du mich?« Sie streckte die Hand nach ihm aus und legte sie auf seine Stirn. »Eiskalt«, murmelte sie. »Deine Haut ist eiskalt. Leg dich wieder hin. Was immer die Schlösser dir eingeredet hat, es ist nicht wahr.«

»Wie willst du das wissen?«

»Ich kenne deine Mutter. Sie tut eher sich etwas an als einem anderen Menschen.«

»Aber …«

»Kein aber«, fiel ihm seine Tante ins Wort. »Was immer die Schlösser dir ins Hirn getrichtert hat, ist ebenso falsch wie deine Behauptung, ich hätte dir was in den Kakao getan. Hörst du dir eigentlich selbst mal zu?«

»Wieso erinnere ich mich dann nicht?«

»Du hast eine schwere Gehirnerschütterung, und du hast einfach weitergemacht. Du warst auf einmal nicht mehr ansprechbar. Wie ein Zombie. Und dann hab ich dich ins Bett gebracht.«

»Was ist mit Mama?«

»Ich weiß es nicht. Die Polizei wird mit ihr sprechen, denke ich. Leg dich wieder hin. Mario fährt dich gleich morgen früh nach Hause.«

»Wo ist er? Wieso ist er nicht hier?«

»Er wird gleich kommen. Er ist unterwegs.«

»Du lügst. Du hast keine Ahnung, wo er ist, und du hast Angst. Deshalb hast du geweint. Weil er nicht hier ist.«

»Was redest du da«, murmelte seine Tante, doch er sah die Angst in ihren Augen: Angst vor den Leichen, die aus ihren Gräbern stiegen und anklagend die Finger reckten. Angst vor der Wahrheit.

»Es muss der Schlag sein«, sagte sie, als würde der Gedanke ihr Halt geben. »Dein Gehirn ist verstaucht.«

Verstaucht, sie sagte tatsächlich verstaucht, als wäre sein Gehirn umgeknickt.

»Du willst es nicht wahrhaben, oder?«, schrie Daniel sie an. »Oder hast du es immer gewusst? Haben sie deshalb alle aufgehört zu rauchen? Weil sie Schiss hatten, dass ihnen das Gleiche passiert? Dass ihnen die Welt um die Ohren fliegt, weil sie sich eine Zigarette anstecken?«

Tante Theresia hob die Hand, und ehe er sich wegducken konnte, riss ihn die Ohrfeige von den Füßen.

»Es tut mir leid!« Seine Tante hockte neben ihm, strich ihm über die brennende Wange. Schließlich half sie ihm auf die Füße.

»Leg dich wieder hin«, flehte sie. »Du kannst nicht klar denken.«

»Lass mich.« Daniel riss sich los und torkelte in die Nacht hinaus.

73. Kapitel

»Wohin?«, fragte Thang, als sie im Kanu saßen.

»Keine Ahnung.« Mit den Zähnen riss Klaudia Klebeband von der Rolle, die sie im Schuppen gefunden hatte, und befestigte ihre Maglite als Scheinwerfer am Bug. Im Schuppen hatten sie außerdem noch zwei Regencapes gefunden, die sie nun vor der feuchten Nachtluft schützten. Manchmal war es doch von Vorteil, wenn man ein Haus geerbt hatte, das während der Saison an Touristen vermietet wurde. Mit klammen Fingern griff Klaudia nach dem Paddel und stieß sich vom Steg ab.

»Erst mal zum kleinen Hafen«, sagte sie schließlich. »Von dort kenne ich den Weg zur Klingeweide.«

»Na dann.« Thang tauchte das Paddel ein, und das Kanu schoss vor. Es dauerte bis zum Ende des Fließes, an dem Klaudias Haus lag, dann hatten sie einen gemeinsamen Rhythmus gefunden. Klaudia legte etwas mehr Kraft in jeden Schlag, und Thang hielt sich etwas zurück. Sie kamen an die Abzweigung, wo es rechts zum kleinen Hafen ging und links zum Gasthaus *Wotschofska*. Aber der Fußweg führte an einem anderen Fließ entlang, und dort wollte Klaudia hin.

»Wir müssen geradeaus.«

»Dein Wort in Buddhas Ohr.«

Das Kanu nahm wieder an Fahrt auf und glitt pfeilschnell durchs Wasser. Auch wenn Klaudia besorgt war und ihre Hände zu Eisklumpen mutierten, genoss sie die Fahrt durch den nächtlichen Spreewald: Die meiste Zeit war das leise Klatschen, mit dem die Paddel ins Wasser tauchten, das einzige Geräusch. Nebelfetzen zogen über die Wasseroberfläche, leuchteten grau, wenn das Licht der Maglite auf sie traf, und zerrissen im Wind, der über das Wasser strich. Links neben ihnen raschelte es, und ein Schatten glitt am Boot vorbei. Vielleicht ein Biber, den sie gestört hatten, oder eine Biberratte. Nach der Wende waren viele der Pelzfarmen aufgelöst worden, die es hier in der Gegend gegeben hatte. Zurückgeblieben waren die Nutrias, die seitdem in den Fließen des Spreewaldes lebten.

»Da vorne müssen wir dann rechts.« Sie passierten das Fließ, an dem Annalene den alten Mann in die Büsche neben der Brücke gestoßen hatte.

»Das fühlt sich an wie eine Zeitschleife.« Klaudia seufzte.

»Und täglich grüßt das Murmeltier?«

»So ungefähr.«

»Na, dann wollen wir mal schauen, dass wir heute alles richtig machen.«

»Kann man das?«

»Da fragst du den Falschen.« Thang lenkte das Kanu nach rechts, und im Schein von Klaudias Taschenlampe tauchte der Anleger auf.

»Scheiße!« Klaudias Atemwolke verpuffte in der kalten Nachtluft. Sie waren nicht die Einzigen. Ein Kanu lag am Anleger.

Klaudia sprang auf den Steg und lief zum Haus. Die

Vorhänge waren zugezogen, es brannte Licht. Sie hämmerte mit den Fäusten gegen die Scheibe. »Aufmachen, Polizei!« Keine Reaktion. Sie rannte ums Haus herum und bremste vor dem Holzstapel am Küchenfenster. Genau hier hatte der Junge gestanden. Genau hier war er niedergeschlagen worden. Unwillkürlich zog Klaudia die Schultern hoch. Thangs Atem pfiff ihr in den Nacken.

»Warte!« Er hielt sie am Arm zurück. »Hast du eine Waffe?«

»Nein, du?«

»Ich bin kein Fernsehbulle.«

»Warum fragst du dann?«

»Ich hätte mich besser gefühlt.«

»Meine Sig Sauer hätte denen auch nicht mehr geholfen«, flüsterte Klaudia und starrte in den Raum.

74. Kapitel

Jaulend sauste Balduin an ihm vorbei, als Daniel die Tür aufschloss. Seine Krallen klackerten auf dem Waschbeton, und er hob das Bein am nächsten Laternenpfahl, wie immer, wenn er lange allein gewesen war.

Sie war nicht hier. Sie hatten sie mitgenommen. Genau in diesem Moment dämmerte Daniel, dass er genau das nicht gewollt hatte. Er fühlte sich schuldig, wie ein Verräter.

Was immer die Schlösser dir eingeredet hat. Aber wenn es nicht wahr wäre, dann hätten sie seine Mutter doch nicht mitgenommen. So sehr Daniel sich noch vor wenigen Stunden geweigert hatte, das Wort ›Mutter‹ nur zu denken, so wütend hämmerte es jetzt in seinem Schädel: Mutter. Mutter. Verräter.

Er hatte sie verraten. Selbst wenn sie es getan hatte, sie gehörte nicht ins Gefängnis. Sie war krank. Sie brauchte Hilfe, so wie damals.

Sie würde eher sich etwas antun, wisperte Tante Theresias Stimme in seinem Kopf. Balduin kam zurück und stieß ihn mit der Schnauze an. Mit schiefgelegtem Kopf schaute er zu ihm auf. Grau war seine Schnauze geworden. Daniel hockte sich hin und schloss den Hund in die Arme. Balduins Hecheln strich ihm tröstend über die Wange. Seine Mutter hatte ihm den Hund zu seinem zehnten Geburtstag geschenkt. Weil sie ihm das, was er sich am sehnlichsten wünschte, einen Vater, nicht schenken konnte.

Sie würde eher sich etwas antun.

Nein, dachte Daniel. Die Polizei hat sie mitgenommen. Sie ist in Sicherheit. Der Lärm von Martinshörnern und blaue Lichter, die den Nachthimmel erleuchteten, rissen ihn aus dieser tröstlichen Überzeugung. Er richtete sich auf. Ohne auch nur die Haustür zu schließen, rannte er los. Die Angst trieb ihn vorwärts. Er folgte dem blauen Licht, das über den Horizont flackerte. Er wusste, wo er sie finden würde.

75. Kapitel

Frank Klingebiel lag vor dem Herd. Es sah aus, als sei er durch sein eigenes Blut gekrochen. Mandy Schlösser lag wie aufgebahrt auf dem Sofa. Ihr Gesicht war so weiß, als hätte sie keinen Tropfen Blut mehr im Körper.

»Sie lebt«, flüsterte Klaudia. »Sie atmet.«

»Was geht hier ab?«

»Gas«, murmelte Klaudia. Der Gedanke und die Bewegung, mit der sie das Fenster einschlug, waren eins. »Siehst du die Flaschen in der Ecke?«

Thang nickte.

»Sie muss sie aufgedreht haben.«

»Erweiterter Suizid?«

»Er muss sie zurückgewiesen haben.« Klaudia biss sich auf die Unterlippe. »Lass uns reingehen.«

»Meinst du, es ist schon sicher?«

»Halt einfach die Luft an.«

»Okay.« Thang richtete sich auf und lief zur Haustür. »Abgeschlossen.« Er rüttelte an der Klinke.

»Der Schlüssel steckt.« Klaudia berührte die Schulter des Kollegen.

»Scheiße, ja.« Er drehte ihn, trotzdem öffnete sich die Tür nur einen Spalt und stieß dann gegen ein Hindernis.

»Da liegt jemand.« Klaudia bückte sich und streckte die Hand in den Raum. Sie spürte glatten Stoff unter ihrer Handfläche. Sie wandte den Kopf, um noch einmal die feuchte Nachtluft einzuatmen, und schob dann mit aller Kraft. Über ihr keuchte Thang, der sich gegen die

Tür stemmte. Schwarze Schlieren waberten vor ihren Augen. Ihre Lungen schrien nach Luft, doch sie drückte weiter gegen den Körper, und schließlich war der Spalt so groß, dass sie nach einem gierigen Atemzug in die Datsche gelangte. Es war Jana Schenker, die vor der Tür lag. Was für eine fatale Duplizität.

Thang drängte sich an Klaudia vorbei und hastete zur Terrassentür. Während Klaudia zu den Gasflaschen lief, um die Ventile zu schließen, fragte sie sich, ob sie die ganze Zeit einen falschen Verdacht gehabt hatte. Sie bückte sich und tastete nach dem Puls an Klingebiels Hals. Zuerst spürte sie nur das Wummern ihres eigenen Herzschlages in den Fingerspitzen, doch dann fühlte sie seinen Pulsschlag: ein dünner Faden, der gegen ihre Fingerkuppen schlug. Sie sah auf, und ihr Blick traf Thang, der das Gleiche bei Jana Schenker tat.

»Er lebt.« Sie griff nach ihrem Handy und drückte die Kurzwahl für die Leitstelle. »Und schick einen Streifenwagen zu Mario Schenker und zum Haus der Schlössers.« Sie diktierte ihm die Adressen. »Ich will beide Männer auf dem Revier haben.«

»Du sorgst auch immer für Abwechslung«, sagte der Kollege, nachdem er ihre Angaben wiederholt und die Rettung alarmiert hatte. Klaudia drückte das Gespräch weg und ging zur Couch hinüber, auf der Mandy Schlösser lag.

Was war hier nur passiert?

Eifersucht tötet. Wie eine Murmel klickerte Joes Stimme durch ihren Kopf.

Thang trat zu ihr und legte ihr den Arm um die Schultern. »Lass uns draußen warten. Wibke bringt uns um, wenn wir mehr als nötig anfassen.«

»Ich hätte ihn nicht hierlassen dürfen.«

»Du hast es versucht. Wir leben in einem freien Land. Es war seine Entscheidung.«

»Das?«, fragte Klaudia und zeigte auf den Mann, der durch sein Blut gekrochen war, um die tödliche Gefahr abzuwenden.

76. Kapitel

Während der Notarzt sich um die Opfer kümmerte und Thang auf Wibke und die Kollegen von der Spurensicherung wartete, leuchtete Klaudia mit der Taschenlampe in der Hand den Weg ab, der an der Klingeweide entlang zur Brücke führte. Wer immer den Schlüssel umgedreht und damit die Menschen in der Datsche zum Tode verurteilt hatte, war möglicherweise hier entlanggegangen. Während ihre Augen den aufgeweichten Boden scannten, dachte sie an die beiden Männer, von denen sie wusste, dass sie etwas mit Frank Klingebiel zu tun hatten. Mario Schenker und Mandy Schlössers Ehemann. Keinem von beiden traute sie einen kaltblütigen Mordanschlag zu.

Aber was heißt das schon?, dachte sie und rückte ihren kriminalistischen Fokus wieder gerade. Die wenigsten Morde wurden kaltblütig begangen. Den meisten ging eine Phase von eingebildeten oder tatsächlichen Kränkungen voraus, bis es dann zur oft eruptiven Entladung kam.

Das aufgeregte Bellen eines Hundes unterbrach ihre

Überlegungen. Ehe sie wusste, wie ihr geschah, sprang Balduin an ihren Beinen hoch.

Der Junge, dachte Klaudia. Mit Mühe gelang es ihr, den Hund zu beruhigen. Was machte denn der Junge hier? Sie schaute auf. Stolpernd und torkelnd rannte Daniel auf sie zu. Keuchend blieb er vor ihr stehen.

»Du gehörst ins Bett.« Sie zog ihn neben den Weg.

»Was ist mit meiner Mutter?« Keuchend sackte Daniel gegen sie.

»Wieso weißt du davon?«

»Sie war nicht zu Hause.«

»Und deshalb bist du hierher? Den ganzen Weg?«

Der Junge nickte.

Armer Kerl, dachte Klaudia. Sie war wohl nicht die Einzige, die sich gerade wie in einer Zeitfalle fühlte.

»Der Arzt kümmert sich um sie.« Klaudia wischte die Spuren von Balduins Pfoten von Jeans und Jacke.

»Der Arzt?«, fragte Daniel, und dann noch einmal so schrill, dass Klaudias krankes Ohr klingelte: »Der Arzt?«

»Ich bring dich zu ihr.«

»Die Schlösser hatte also doch recht?«

»Ich glaube nicht.« Klaudia dachte an die verschlossene Tür.

»Aber sie ist verletzt? Was ist mit meinem Vater?«

»Ich bring dich zu ihnen.« Aber zuerst möchte ich, dass du mir eine Frage beantwortest. Klaudia griff nach seinem Arm. »Dein Onkel hätte dich nicht gehen lassen sollen.« Sie wählte diese Formulierung, um nicht direkt nach Mario zu fragen. Der Junge war verwirrt genug. Sie konnte ihm nicht jede Sicherheit nehmen.

»Er weiß nicht, dass ich hier bin.«

»Du hast dich also aus dem Haus geschlichen?« Klaudia gab sich Mühe, ihre Stimme so klingen zu lassen, dass Daniel keinen Verdacht schöpfte.

»Ich hab mich mit meiner Tante gestritten.« Daniel senkte den Blick. »Sie wollte mich nicht weglassen.«

»Und dein Onkel?«, fragte Klaudia wieder. »Was hat der gesagt?«

»Wieso?«, fragte Daniel. »Ist er nicht hier?«

»Nein«, antwortete Klaudia. »Ist er nicht.« Wieder kribbelte ihre Ermittlerader.

»Mama ist krank, wissen Sie?« Daniel schniefte. »Sie kann nichts dafür.«

»Daniel.« Sie streckte die Hand nach dem Jungen aus und zog sie sofort wieder zurück, als Balduin knurrte. Er spürte, dass etwas zwischen ihr und Daniel passierte, dass sie seinem Herrchen wehtat, und es gab wahrscheinlich nicht genügend durch den Fleischwolf gedrehten Speck auf der Welt, um ihn jetzt wieder zu ihrem Freund zu machen.

»Ich bringe dich jetzt zu ihnen. Bleib bitte seitlich vom Weg. Und halt den Hund bei dir.« Sie wandte sich ab und ging voran, Daniels schlurfenden Schritt im Rücken. Kein Laut von dem Hund, kein Hecheln, kein Schnaufen. Er war jetzt auf der Hut, das wusste Klaudia. Eine falsche Bewegung und sie hätte ihn in der Wade hängen. Kein schöner Gedanke. Eine Fledermaus flog Richtung Fließ, wo sie in den Nebelfetzen verschwand, die über das schwarze Wasser der Spree zogen. Schaudernd zog Klaudia die Schultern hoch. Manchmal war ihr die neue Heimat doch recht unheimlich. Dabei war es für die meisten Menschen außerhalb ihrer eigenen vier Wände sicherer als innerhalb. Was die drei Menschen in der Datsche auf eindrucksvolle Weise bewiesen.

Als sie die Datsche erreichten, ließ sie Daniel in der Obhut eines Sanitäters zurück.

»Wie weit bist du?«, fragte sie Thang, der etwas in sein Notizbuch schrieb.

»Wibke und Co. sind unterwegs.«

»Lage um zwölf Uhr?«, fragte Klaudia und zog ihr Smartphone aus der Tasche.

»Das müsste zu schaffen sein.«

»Okay, dann informier ich den Chef. Er kann dann Demeter-Anders übernehmen.«

»Wir brauchen noch jemanden, der mit der Mutter spricht.«

»Das kann Demel machen. Das heißt …« Klaudia biss sich auf die Unterlippe. »Du bist ja gar nicht da. Du musst dich um deine Frau kümmern.«

»Ich kann euch jetzt nicht einfach hängen lassen.«

»Wir kommen zurecht. Glaub mir.«

»Aber.«

»Kein aber. Deine Frau braucht dich jetzt mehr. Demel und ich kriegen das hin.«

»Das ist scheiße.«

»Thang, wirklich.« Klaudia blies die Wangen auf. »Wir beide müssten doch wissen, dass das Leben scheiße ist, also jammere nicht rum, sondern kümmere dich um Janina.«

Bevor sie die Diskussion fortsetzen konnten, klingelte Klaudias Smartphone. Es war die Leitstelle.

»Schenker ist nicht zu Hause«, bestätigte der Kollege, was Klaudia schon wusste. »Und seine Frau hat keine Ahnung, wo er sein könnte.«

»Und Schlösser?«

»Hockt in der dunklen Küche und behauptet, seine Frau umgebracht zu haben.«

77. Kapitel

Thang paddelte mit Klaudia zum Haus am Fließ zurück. Dort trennten sie sich. Er setzte sich in seinen Wagen und fuhr zum Krankenhaus, und sie stieg in ihren Peugeot, um zum Haus der Schlössers zu fahren. Ein uniformierter Kollege öffnete ihr die Haustür.

»Wo ist er?«

»Immer noch in der Küche. Mein Kollege ist bei ihm.«

»Danke.« Klaudia atmete einmal tief durch und trat dann in die Küche. Der Kollege, der hinter Schlösser an der Arbeitsplatte lehnte, nickte ihnen zu. Er wirkte erleichtert, dass die Kripo endlich da war.

Sie setzte sich zu Schlösser an den Tisch. »Erinnern Sie sich an mich?«

»Ich hab sie erschlagen.« Er starrte auf seine Hände, die vor ihm auf der Tischplatte lagen.

Klaudia und der uniformierte Kollege tauschten einen kurzen Blick. »Wollen Sie mir nicht einfach erzählen, was passiert ist?«

»Sie wollte fortgehen.« Zum ersten Mal schaute er auf. Sein Gesicht wirkte eingefallen, und die Lider waren vom Weinen gerötet.

»Fortgehen?«

»Mit ihm.«

»Hat sie das gesagt?«

»Nein.« Schlösser schüttelte den Kopf. »Sie war bei ihm.«

»Wann?«

»Heute«, flüsterte er. »Freitag.«

»Freitag?«, wiederholte Klaudia sanft.

»Ich hab ihr eine Wärmflasche gemacht. Sie hat gesagt, es dauert nicht mehr lange. Aber sie kam nicht«, flüsterte Schlösser. »Da bin ich noch mal los.«

»Und wo sind Sie hin?«, fragte Klaudia, obwohl sie es wusste.

»Zur Datsche. Auf der Klingeweide war mächtig was los. Musik und tanzende Leute. Niemand hat auf mich geachtet. Und an der Datsche war der Junge und hat durchs Fenster gestarrt. Und ich hab ihn niedergeschlagen. Ich weiß selbst nicht, warum. Ich war so wütend. Ich war nicht ich selbst.«

»Sie haben also Daniel Schenker niedergeschlagen.«

»Es tut mir leid.«

»Und dann?«

Schlösser schwieg so lange, dass Klaudia ihre Frage wiederholte.

»Bin ich in die andere Datsche, und da war der alte Mann.«

»Fritz Werheid?«

»Ja.« Schlösser schwieg.

»Und dann?«, fragte Klaudia.

»Er hat mich beschimpft und sie eine Hure genannt. Eine Mörderin.«

Diesmal waren es die Polizisten, die schwiegen, bis Schlösser die letzten Worte wiederholte.

»Eine Mörderin.« Er schüttelte den Kopf. »Ich wollte nur, dass er ruhig ist.«

»Und?«, fragte Klaudia.

»Ich hatte noch den Holzklotz in der Hand, und dann bin ich raus.«

»Und wie sind Sie von der Insel gekommen?«

»Einfach den Weg zurück. Einfach so. An den Leuten vorbei, über die Brücke. Einfach so.«

»Und heute?«

»Ich bin ihr gefolgt.«

Wir auch, dachte Klaudia. Aber dann haben wir den Jungen gefunden.

»Sie ist zum kleinen Hafen, hat den Wagen da abgestellt, und ich hab gewusst, wo sie hinwill. Da bin ich zur Marianne, hab einen Kahn genommen und bin ihr nach. Ich wusste ja, wo sie hinwollte. Sie haben sich so laut gestritten, dass ihre Stimmen übers Fließ schallten. Ich hab den Kahn an den Anleger gelenkt und bin rüber zur Datsche, und da kam sie auch schon raus. Geschrien hat sie und geflucht, und als sie mich gesehen hat, ist sie wie eine Furie auf mich los. Da hab ich zugeschlagen und bin weg. Ich hab sie umgebracht.« Er griff mit beiden Händen nach der Tischplatte, und ehe jemand reagieren konnte, schlug er mit der Stirn auf die Platte. Einmal. Zweimal. Das dritte Mal verhinderten die uniformierten Kollegen. Sie zerrten den sich heftig wehrenden Mann aus der Küche in den Streifenwagen.

»Bringt ihn aufs Revier«, sagte Klaudia, die ihnen gefolgt war. »Und lasst ihn nicht aus den Augen. Herr Schlösser«, sie beugte sich zu ihm hinunter. Schluchzend und die Hände hinter dem Rücken gefesselt, hockte er auf der Rückbank. »Ihre Frau lebt.«

»Sie lebt?« Er schaute auf.

Klaudia nickte.

»Danke«, flüsterte er.

Klaudia schaute dem davonfahrenden Einsatzwagen nach. Hoffentlich, dachte sie und kehrte dann zum Haus zurück. Auch wenn es noch dunkel war, hatte der Tag bereits begonnen. Eine Zeitungsbotin sah neugierig zu ihr herüber, während sie im Nachbarhaus die *Lausitzer Rundschau* in den Zeitungsköcher steckte. Nicht mehr lange, und in den Häusern würden erste Lichter angehen. Nur nicht in diesem. Klaudia hatte das sichere Gefühl, dass es einige Zeit dauern würde, bis im Haus Nummer 27 B das Licht wieder anging. Sie schaute auf, als ein Wagen neben ihr hielt. Leise sirrend fuhr die Seitenscheibe herunter.

»Kaffee gefällig?«, fragte Demel.

»Danke.« Klaudia stieg ein und griff seufzend nach dem Pappbecher. »Warst du bei Frau Klingebiel?«

»Sie ist auf dem Weg zum Krankenhaus. Du hättest mich anrufen sollen.«

»Thang war da.«

»Trotzdem.«

»So habe ich immerhin einen Kaffee bekommen.« Klaudia nippte an dem Becher. Der heiße Kaffee verbrannte ihr die Lippen. Sie lehnte sich zurück und schloss für einen Moment die Augen, bevor sie Demel über Schlössers Befragung informierte.

»Schreiben wir Mario zur Fahndung aus?«

»Ja. Außerdem sprechen wir noch einmal mit seiner Frau.«

»Glaubst du, sie weiß etwas?«

»Eher nicht«, antwortete Klaudia. Ihre Augen brannten, und ihre Knochen fühlten sich an wie mit Blei ausgegossen. »Ich glaube, das ist wie ein Unwetter über alle hereingebrochen.«

»Und die Beerdigung war der Flügelschlag des Schmetterlings, der alles ausgelöst hat?«

»Klingt irre, ich weiß. Aber: Ja, das denke ich.«

»Wenn ich mir vorstelle, dass wir Samstag noch mit ihm und seiner Schwester im Hochwald gewurstet haben.«

»Die Werkstatt!« Klaudia beugte sich vor. Kaffee spritzte auf ihre Hosenbeine.

78. Kapitel

Diesmal war es nicht Schiebschick, der sie zur Lichtung am Rande des Hochwaldes stakte. Das Polizeiboot tuckerte durch den dichten Nebel, der vom Fließ aufstieg. Auf ein Handzeichen von Klaudia schaltete der Kapitän den Motor aus. Fahles Sonnenlicht schien durch die lichten Kronen der novembergrauen Erlen auf die Lichtung.

»Bist du sicher, dass er hier ist?« Demel drückte eine Zigarette an der Reling aus und stopfte die Kippe in die Jackentasche.

»Ja.« Klaudia legte die Hand über die Augen. Das Haus tauchte aus dem Nebel auf. Am Anleger lag ein Kahn mit blauer Borte.

»Wir sollten da nicht ohne SEK rein«, sagte Demel.

»Das sagtest du bereits.«

»Und ich meine es auch. Er hat versucht, drei Menschen zu töten.« Demel öffnete den Reißverschluss seiner Jacke und zog seine P228 aus dem Holster. »Was ist mit dir?«

»Er wird uns nichts tun.«

»Erinnerst du dich an die halbe Sau?«

»Ja, natürlich.« Klaudia nickte. Sie hatte an der Leiter gehangen, die am Holzschuppen lehnte. Hoch genug, damit Balduin, der Fuchsdackel, sie nicht erreichen konnte.

»Wir wissen nicht, was der für Messer in dem Schuppen hat«, brummte Demel. »Und wir wissen nicht, was er damit vorhat.«

»Er ist kein Mörder.« Klaudia starrte hinüber zur Lichtung. Obwohl sie den Motor ausgestellt hatten, musste Mario sie gehört haben. Doch nichts rührte sich.

»Du bleibst hinter uns.« Demel half ihr vom Boot. Einen Moment noch spürte Klaudia das Schwanken der Planken unter ihren Füßen.

»Alles in Ordnung?«, fragte Demel.

»Hörst du das?«

»Was?«

»Da ist was umgefallen.« Klaudia stieß Demel zur Seite und sprintete los.

»Bist du bescheuert?« Demel folgte ihr, doch sie war schneller. Sie riss die Scheunentür auf und prallte zurück. Dann hatte sie sich wieder in der Gewalt. »Die Leiter«, schrie sie und stürzte in den Raum. Sie hechtete über den Schemel, der ihr vor die Füße rollte. Demel folgte ihr.

»Verdammte Scheiße«, fluchte er, während sie beide

versuchten, den heftig zappelnden Körper zu stützen. »Wo bleibt die Leiter? Verdammt noch mal.«

»Halt durch«, flüsterte Klaudia, als das Zappeln nachließ. Nach einer gefühlten Ewigkeit kamen die Kollegen endlich mit der Leiter. Sie durchtrennten den Strick mit einem der Schlachtermesser, die in schimmernden Reihen an der Wand hingen, und legten den Bewusstlosen auf den Boden.

»Mund-zu-Mund-Beatmung!« Klaudia beugte sich vor, nahm das schweißfeuchte Gesicht in beide Hände, überwand die aufsteigende Übelkeit und senkte ihren Kopf. Ihre Lippen umschlossen Marios Nase, und sie blies Luft in seine Lungen. Sein Brustkorb hob sich. Demel, dessen Finger auf der Halsschlagader lagen, schüttelte den Kopf. Klaudia wiederholte das Manöver, und wieder schüttelte Demel den Kopf.

»Einmal noch«, flüsterte er heiser.

»Okay.« Klaudia blies wieder Luft in Marios Lungen. Leichter Schwindel ließ sie die Augen schließen. »Ich hab einen Puls«, rief Demel. »Wir haben ihn.«

Hustend und würgend schlug Mario Schenker die Augen auf. Klaudia ließ sich auf die Fersen zurückfallen und zählte langsam bis zehn. Erst dann ließ sie sich von einem uniformierten Kollegen auf die Füße helfen.

»Mario?« Sie schaute auf den Metzger herab. Er hatte die Augen geschlossen, aber er atmete. Tränen versickerten in den schütteren Haaren an seinen Schläfen. »Kannst du sprechen?«

Er nickte und versuchte sich aufzurichten. Doch noch fehlte ihm die Kraft.

»Möchtest du was trinken?«

Wieder nickte er.

»Ich hab das nicht gewollt«, krächzte er. Ein Hustenanfall schüttelte ihn.

Und täglich grüßt das Murmeltier, dachte Klaudia. Wieder jemand, der gegen seinen Willen etwas Schreckliches getan hatte.

»Besorg ihm was zu trinken«, bat sie einen der uniformierten Kollegen. »Ist die Rettung informiert?«

Der Kollege nickte. Sie dankte ihm mit einem Lächeln.

Es dauerte eine Weile, bis Mario so weit wiederhergestellt war, dass er am Tisch sitzen konnte. Klaudia saß ihm gegenüber und hatte ihr Smartphone auf den Tisch gelegt.

»Erzähl einfach der Reihe nach, was passiert ist«, sagte sie, nachdem sie ihn belehrt und die Formalien aufgenommen hatte. »Du kannst jederzeit abbrechen, wenn es dir zu viel wird. Hast du das verstanden?«

Mario Schenker nickte.

»Das Letzte, was ich weiß, ist, dass du und Jana fortgegangen seid. Was ist dann passiert?«

»Ich hab sie nach Hause gebracht.« Mario starrte auf seine Hände. »Dann hab ich gewartet.«

»Gewartet?«, fragte Demel. »Worauf?«

»Ich hatte so 'ne Ahnung. Und ich hatte recht«, fuhr er fort. »Sie kam wieder raus. Ohne den Hund. Sie hatte sich umgezogen, geschminkt.« Mario wischte sich die Nase. »Also wusste ich, was sie vorhatte, und bin ihr nach.«

Es entstand eine Pause, die nach einem warnenden Blick von Klaudia auch nicht von Demel unterbrochen wurde.

»Sie ist zurück zur Datsche. Nach allem, was er uns angetan hat, ist sie zu ihm, wie eine läufige Hündin.«

Klaudia zuckte innerlich zusammen. »Und du bist ihr gefolgt.«

»Sie hat den Kahn genommen, also bin ich zu Fuß hin. Aber ich war zu spät, als ich ankam, haben sie die Mandy in die Datsche gezogen. Sie hing zwischen ihnen. Ganz schlaff.« Er starrte Klaudia an. »Er hat sie getötet. Und Jana hat ihm geholfen. Und da hab ich Bescheid gewusst.«

»Was hast du gewusst?«

»Dass es nie vorbei gewesen ist. Dass sie uns die ganzen Jahre angelogen hat. Immer nur gelogen hat sie.«

»Und dann?«, fragte Demel. »Was hast du dann gemacht?«

»Ich hab sie belauscht, und sie haben über Marco geredet und das Feuer und den Jungen, und da hab ich Bescheid gewusst.«

»Was hast du gewusst?«, fragte Klaudia sanft.

»Jana ist es gewesen. Sie hat Marco in die Scheune geschickt, und die Schlösser hat es gewusst.«

»Das haben sie gesagt?«

»Ich hab nicht jedes Wort gehört. Aber es passte alles zusammen.«

»Was ist als Nächstes passiert?«

»Ich war so wütend.« Mario schluckte. »Ich hab das Erste gegriffen, was mir in die Finger kam, und bin rein. Hab ihn niedergeschlagen. Sie ist auf mich los, da hab ich sie weggestoßen. Sie ist gefallen, und dann lag sie da, und er lag da.« Schluchzend schlug er die Hände vors Gesicht. »Marco war ein Teil von mir. Wenn ich Albträume hatte, hat er geschrien, und wenn er sich geschnitten hatte, hab ich geblutet, und sie hat ihn in den Tod geschickt. Sie hatte kein Recht zu leben, und er auch nicht. Er steckte genauso tief drin.« Mario umschlang sich mit beiden Armen und wippte schluchzend vor und zurück. Auf ein Zeichen von Klaudia traten die beiden uniformierten Kollegen, die hinter ihm standen, vor. Hoffentlich kam die Rettung bald.

»Was ist dann passiert?«, fragte Klaudia, als das Schluchzen verebbte.

»Ich hab die Gasflaschen gesehen.« Mario wischte sich mit dem Ärmel durchs nasse Gesicht. »Und da hab ich gewusst, dass es das Richtige ist.«

»Du hast sie aufgedreht.«

»Ja.« In Marios verquollenen Augen wuchs die Panik. »Ich hab sie aufgedreht. Ich hab gedacht, wenn er wach wird, steckt er sich eine Zigarette an. Und das ist die gerechte Strafe. Für Jana und für ihn. Auge um Auge.«

»Ich verstehe«, sagte Klaudia. »Was hast du als Nächstes getan?«

»Ich bin weg. Einfach in meinen Kahn und weg. Und dann bin ich hierher. Ich konnte nicht nach Hause. Ich musste nachdenken, und das hätte ich da nicht gekonnt. Wegen Theresia. Sie hätte mich nicht in Ruhe gelassen, hätte alles wissen wollen. Ich konnt's ihr doch nicht sagen. Ich musste doch nachdenken, und hier ist der einzige Ort, wo ich das kann. Und ich hab gedacht: Vielleicht ist das alles gar nicht passiert. Vielleicht hab ich mir alles nur eingebildet. Ein Albtraum. Verstehst du das?«, fragte er Klaudia.

»Ja«, antwortete Klaudia. »Ich verstehe.« In den vielen Jahren, in denen sie schon mit Menschen sprach, die zu Tätern geworden waren, hatte sie gelernt, dass das menschliche Gehirn viele Wege kannte, vor der Wirklichkeit zu fliehen.

»Aber dann habt ihr angelegt. Und da wusste ich, dass es kein Albtraum gewesen ist.«

»Und du hast keinen Ausweg mehr gesehen.«

»Es war so schrecklich, wach zu werden und dich zu sehen. Ich hab sie umgebracht.« Er schlug die Hände vors Gesicht. Endlich kamen eine Notärztin und ein Rettungssanitäter herein. Klaudia nickte ihnen zu und steckte das Smartphone ein. Für jetzt war es genug.

»Sie leben«, sagte sie zu Mario und stand auf. Jeder Knochen in ihrem Körper schmerzte, und ihr Kopf fühlte sich an wie das dröhnende Innere einer Glocke. »Alle drei leben.« Ohne sich noch einmal umzuschauen, verließ sie den Schuppen.

»Der hat sich doch nur aufgehängt, damit wir ihn abschneiden.« Demel lehnte rauchend an der Außenwand des Schuppens. Klaudia widerstand dem Impuls, ihn um eine Zigarette anzuschnorren.

»Kann sein«, antwortete sie. »Aber vielleicht war es auch genauso, wie er gesagt hat.«

»Und?«, fragte Demel. »Meinst du, es stimmt?«

Die Zigarette glühte auf und hüllte Klaudia in aromatisch duftenden Rauch. Sie trat einen Schritt zurück.

»Was?«, fragte Klaudia. »Dass Jana ihren Bruder auf dem Gewissen hat?« Nachdenklich schüttelte sie den Kopf. »Herr Schlösser erzählt eine andere Version.« Sie erzählte Demel, was Dieter Schlösser gesagt hatte. »Werheid hat seine Frau eine Mörderin genannt«, schloss sie. »Deshalb hat er ihn niedergeschlagen.«

»Also denkst du, sie hat damals das Gas aufgedreht und Marco in den Tod geschickt?«

»Möglich.«

»Warum macht eine Frau so etwas?«

»Eifersucht kann töten«, murmelte Klaudia.

»Es wird schwer sein, ihr was nachzuweisen.«

»Ja«, seufzte Klaudia. »Das wird es wohl.«

Epilog

Es war noch früh am Morgen, erster Raureif knisterte unter ihren Sneakers, als Klaudia zu ihrem Anleger lief, um das Kanu auf die Wiese zu ziehen. Ihr kondensierter Atem glitzerte im schräg einfallenden Sonnenlicht. Wildgänse zogen über den wolkenlosen Himmel, ihre Schreie hallten übers Wasser. Vor Klaudia lag einer dieser blass leuchtenden Novembertage, die so kurz wie schön waren. Und sie würde ihn auf der Autobahn verbringen. Sie hatte bereits gepackt und die Reisetasche in ihren Peugeot geschmissen. Die Ermittlungen waren so weit abgeschlossen, Thang war wieder im Team. Sie hatte gestern Abend mit ihm telefoniert. Seiner Frau ging es besser. In der Klinik hatte sie mit einem Psychologen gesprochen. Wir schaffen das, hatte Thang gesagt, und Klaudia hoffte, dass er recht behalten würde.

Sie selbst hatte jetzt ihren Resturlaub nehmen können. Papa würde heute aus dem Krankenhaus entlassen und freute sich, dass seine Große kam. Genau so hatte Conny es formuliert. Klaudia griff nach dem Seil, mit dem sie das Boot vertäut hatte, doch dann überlegte sie es sich anders und stieg hinein. Kalt drückte sich die Sitzschale gegen ihre Oberschenkel. Klaudia stieß sich mit dem Paddel ab und wendete das Kanu, dann beschleunigte sie den Takt, in dem sie die Paddel ins Wasser tauchte. Der Fahrtwind zerriss ihren Atem. Klaudia genoss die Bewegung. Pfeilschnell glitt das Kanu durchs Wasser, schon bald wärmte die körperliche Anstrengung ihre Glieder. Sie paddelte, ohne über den Weg nachzudenken. Doch als sie die Abzweigung erreichte, wo es rechts zum kleinen Hafen und links zum Gasthaus *Wotschofska* ging, fuhr sie geradeaus. Sie lenkte das Kanu an der Klingeweide vorbei und erreichte schließlich die von Erlen gesäumte Lichtung am Rande des Hochwaldes, an der alles angefangen hatte. Etwas außer Atem lenkte Klaudia ihr Kanu an den Anleger. Die Leiter, an der das halbe Schwein gehangen hatte und die sie benutzt hatten, um Mario vom Dachbalken zu schneiden, lehnte wieder am Schuppen. Die ganze Lichtung wirkte ordentlich, wie frisch geharkt, und vielleicht war sie das. Mario war in U-Haft, die Metzgerei geschlossen. Von Schiebschick wusste Klaudia, dass Klingebiel wieder in Valera war oder wie immer der Ort hieß. Sein Sohn wollte ihn in seinem nächsten Urlaub dort besuchen.

Klaudia versenkte die Hände in den Jackentaschen und setzte sich an den Holztisch, unter dem Balduin auf seinen Speck gewartet hatte. Die Befestigung des Fleischwolfs hatte sich tief in die Tischkante gekerbt.

Für einen Moment schloss Klaudia die Augen und genoss einfach nur die Sonne auf den Lidern. Eigentlich könnte sie zufrieden sein. Ihr Eingreifen hatte drei, wenn man Mario hinzuzählte, vier Menschen das Leben gerettet. Die Schuldigen saßen in Untersuchungshaft, die Opfer waren mit blauen Augen davongekommen. Klaudia dachte an die Befragung von Mandy Schlösser. Es war im Krankenhaus gewesen, Mandy hatte die verzweifelte Ehefrau gegeben, die ihrem Mann verziehen hatte, und natürlich geleugnet, etwas mit der Explosion vor zwanzig Jahren zu tun gehabt zu haben. Und da der einzige Augenzeuge tot war und ihr Mann seine Aussage widerrufen hatte, standen die Chancen gut, dass sie damit durchkam. Im Zweifel für den Angeklagten. So war das Gesetz, und das war gut so. Doch im Gegensatz zu Joe, den diese Akte nie losgelassen hatte, wusste Klaudia, was damals passiert war. Nur beweisen konnte sie es nicht. Dafür konnten sie etwas anderes beweisen. Sie hatten Mandys blutige Fingerabdrücke im Kanu gefunden. Und es war Werheids Blut, das an ihren Händen klebte. Mit den Tatsachen konfrontiert, gab sie schließlich zu, das Holzscheit aufgehoben zu haben, und räumte auch ein, den sterbenden Mann gesehen zu haben. Weil sie keine Hilfe geholt hatte, drohte ihr jetzt zumindest eine Anzeige wegen unterlassener Hilfeleistung. Ein schwacher Trost, wenn man bedachte, wen sie alles auf dem Gewissen hatte.

Was die Ereignisse der Nacht angingen, die zu Marios Selbstmordversuch geführt hatten, waren die Aussagen sehr lückenhaft. Wenn man sich von Filmriss zu Filmriss hangelte, ergab sich folgendes Bild: Mandy Schlösser hatte sich, nachdem ihr Mann sie niedergeschlagen hatte, bis zur Datsche geschleppt. Dort war sie zusammengebrochen. Erster Filmriss.

Klingebiel war gerade dabei, sich um sie zu kümmern, als Jana Schenker dazukam. Sie schafften Mandy in die Datsche, und er erzählte ihr von seinem Verdacht. Auftritt Mario Schenker. Zweiter Filmriss.

Jana Schenker hatte noch versucht dazwischenzugehen, aber ihr Bruder schleuderte sie gegen einen Tisch. Dritter Filmriss.

An dieser Stelle ihrer Gedanken tschilpte Klaudias Handy.

»Bist du schon unterwegs?«, fragte Demel anstelle einer Begrüßung.

»Alles in Ordnung?« Unruhe stieg in Klaudia auf. Es musste einen besonderen Grund haben, dass der Kollege sie anrief.

»Wir hatten gerade Lage.« Demels Stimme klang abgehackt.

»Ja, und?« Unwillkürlich sprach Klaudia lauter.

»Es steht eine größere …«

Der Rest war Rauschen. Klaudia sprang auf und lief wieder zum Anleger. »Hörst du mich?«

»Einigermaßen«, sagte Demel. »Wo bist du überhaupt?«

»Im Wald.« Dass sie hier war, ging nur sie etwas an.

»Schickt PH dich vor?« Mitarbeiterführungsseminare hin oder her. Klaudia traute ihrem Chef zu, dass er Demel vorschicken würde, um ihr noch einmal den Urlaub zu streichen.

»Nein.« Demel lachte. »Der ist ja froh, dass du nicht da bist. Wenn Klaudia das wüsste, hat er gesagt. Aber ich finde, du hast das Recht, es zu wissen.« Die Verbindung rauschte.

»Was?«, rief Klaudia in das Rauschen hinein, doch Demel antwortete nicht mehr.

Danksagung

Phileas Fogg ist in achtzig Tagen um die Welt gereist. Etwas länger habe ich schon gebraucht, um dieses Buch zu schreiben. Ich bin auch nicht um die Welt gereist, sondern habe – Schritt für Schritt – neunhundertsechsundzwanzig Kilometer auf meinem Laufbandschreibtisch zurückgelegt. Das ist eine ganze Menge und wäre nicht möglich gewesen ohne die tätige Mithilfe freundlicher, zugewandter und kompetenter Menschen. In erster Linie möchte ich meinem Mann danken, der mich auch in Schreibphasen erträgt. Und dann natürlich den Menschen, ohne die aus meinen Ideen keine Bücher würden: meinem Agenten Peter Molden, meiner kritischen Erstleserin Dr. Regina Molden und meinen Lektorinnen Frau Wegscheider und Frau Lammers, denen ich so manchen zusätzlichen Kilometer verdanke. Außerdem danke ich all den freundlichen Menschen im Verlag, die sich darum gekümmert haben, dass mein Buch nicht als Loseblattsammlung in den Buchhandel kommt. Und schließlich möchte ich mich auch bei Ihnen bedanken, die Sie meine Bücher kaufen. Vielleicht sehen wir uns ja einmal bei einer meiner Lesungen. Ich würde mich freuen. www.krimiane.de

Tödliche Abgründe im Spreewald

Polizistin Klaudia Wagner lässt sich vom hektischen Ruhrgebiet in den idyllischen Spreewald versetzen. In Lübbenau ist es allerdings wenig beschaulich. Zwischen den Kanälen und Fließen verbergen sich Geheimnisse und nie vergessene Schicksale. Und so bekommt Klaudia gleich drei schwierige Fälle auf den Tisch: Ein toter Unternehmer, eine verschwundene Geliebte und, tief im Wald vergraben, das mumifizierte Skelett einer jungen Frau. Regen und Nebel ziehen im Spreewald auf, und Klaudia droht, sich bei den Ermittlungen selbst zu verlieren. Bald muss sie erkennen, dass die Idylle nicht nur trügt, sondern eine mörderische Kehrseite hat ...

»Die Sprache: Außergewöhnlich. Die Handlung: Verstörend. Die Figuren: Undurchsichtig. Alles an diesem Buch macht Lust auf mehr.«
Arno Strobel

Christiane Dieckerhoff
Spreewaldgrab
Kriminalroman

Taschenbuch
Auch als E-Book erhältlich
www.ullstein.de

ullstein

Mörderischer Spreewald

Ein Toter im Fließ stellt Kommissarin Klaudia Wagner vor eine neue Herausforderung. Dabei ist sie nach ihrem letzten spektakulären Fall noch psychisch angeschlagen und hat Probleme, mit ihrem verhassten Kollegen Demel zusammenzuarbeiten. Erste Spuren führen die beiden zu einem bekannten Gurkenbauern aus der Gegend. Der Tote war einer seiner Erntehelfer aus Rumänien. Hat die Tat einen ausländerfeindlichen Hintergrund? Bald gibt es eine weitere Tote, und Klaudia droht in einem Strudel aus Intrigen unterzugehen ...

Christiane Dieckerhoff
Spreewaldtod
Kriminalroman

Taschenbuch
Auch als E-Book erhältlich
www.ullstein.de

ullstein